창작역사소설

은행나무 숲

글 · 장현필

차례

창작역사소설 은행나무 숲

창작역사소설

초판 1쇄 인쇄 ㅣ 2018년 9월 20일
초판 1쇄 발행 ㅣ 2018년 9월 20일

지은이 ㅣ 장현필
기 획 ㅣ 김광호
펴낸이 ㅣ 안대현
디자인 ㅣ 부성
펴낸곳 ㅣ 도서출판 풀잎
등 록 ㅣ 제2-4858호
주 소 ㅣ 서울시 중구 필동로 8길 61-16
전 화 ㅣ 02-2274-5445/6
팩 스 ㅣ 02-2268-3773

후 원 ㅣ 대동문화재단
표지타이틀 ㅣ 허정 장안순 화백

ISBN 979-11-85186-63-4 03810

• 이 도서의 국립중앙도서관 출판예정도서목록(CIP)은 서지정보유통지원시스템 홈페이지
(http://seoji.nl.go.kr)와 국가자료공동목록시스템(http://www.nl.go.kr/kolisnet)에서
이용하실 수 있습니다. (CIP제어번호 : CIP2018029938)

1. 천년의 역사가 시작되다

지리산 노고단에 천둥과 벼락이 친다.

"우르르 꽈-앙! 꽈-광!"

시퍼렇고 날카로운 벼락이 먹구름을 예리하게 잘라내고 있다. 찢겨진 먹구름이 아픈 상처를 쏟아내듯 억수 같은 빗줄기를 노고단 천제단에 퍼붓는다. 숨도 쉬지 못할 만큼 두터운 먹구름이 하늘과 맞닿아 있다. 그때, 하늘에 저항이라도 하듯 곰 한 마리가 천제단에 올라 엄청난 괴성을 지르며 울부짖는다.

"우우우-웅! 우우우-웅!"

거칠게 대항하는 곰을 혼내주려는 것인지, 하늘도 '우르르 꽈-앙! 꽈-꽝! 우르르 꽈-앙! 꽈-꽝!' 더욱 더 시퍼런 칼날로 내리친다. 애꿎은 천년 묵은 주목나무만이 벼락에 힘없이 풀썩 무너지더니 허리춤에서 검고 흰 연기를 품어낸다.

송곳 같은 이빨을 드러낸 곰은 가슴에 뭉친 불덩어리를 털어내듯 가슴을 쿵쿵 내리치며, 천제단을 벌떡벌떡 뛰어다닌다. 어느새 지리산의 하늘에서 내리치는 천둥소리와 곰의 포효하는 울림소리가 뒤섞여 사방천지로 퍼져나간다.

* * *

쓰러져 있는 곰 주변의 하늘 위로 까마귀가 떼를 지어 날았다. 포근한 햇살이 천제단을 비추자 어디선가 노란 은행잎과 동자꽃가루가 바람을 타고 날아오기 시작했다. 은행잎들이 천제단 주변에 내려앉고 동자꽃가루는 쓰러진 곰을 살포시 덮어줬다. 까칠까칠한 곰 털에 내려앉은 동자꽃가루가 아롱아롱 투명한 빛줄기로 솟구치더니 그 빛 속에서 머리를 곱게 단장한 여자 아이가 스르륵 나타났다.

"싫다, 싫어!"

시녀 복장을 한 여자 아이는 투덜거리며 옷을 털었다.

"어서 나오시지. 죄 없는 곰만 고생시키지 말고⋯."

여자 아이는 쓰러져 있는 곰을 보고 중얼거리듯 말했다.

"조금 빌려 쓴 것 가지고 너무 그러지 마."

쓰러진 곰의 몸 안에서 할머니 목소리가 들렸다. 여자 아이가 떨어진 은행잎으로 곰에 달라붙은 동자꽃가루를 털어 냈다. 여자 아이가 "곰이 무슨 죄냐고?"라고 말하자, 동자꽃가루가 투명한 빛줄기로 변하면서 그 속에서 지리산신 마고할매가 나타났다. 마고할매는 푸른 눈동자에, 입은 닭똥구멍처럼 작고, 코는 오뚝했다.

그때, 쓰러진 곰의 막힌 숨이 탁 트이면서 거칠게 숨을 몰아쉬었다. 곰은 화들짝 놀라 일어나더니 마고할매를 쳐다보고 무서운 듯 산속으로 황급하게 도망쳐 버렸다. 여자 아이는 도망가는 곰을 불쌍하다는 듯이 쳐다봤다. 그리고 마고할매에게 말했다.

"할매! 아직도 철이 안 든 건지, 아니면 미련이 많은 건지. 내가 할매 때문에 걱정이여!"라며 가슴을 내리쳤다.

"아이고 이년 말버릇하고는…. 이년아! 이래 살다 죽게 내버려 둬."

마고할매가 치마에 묻은 먼지를 털며 옷고름을 다시 만졌다.

"아이고, 나 없이는 하루도 못 사는 양반이…. 창피한 건 아나 봐!"

"…."

"근데, 어제는 뭣 때문에 그리 화가 나셨을까?"

"곰으로 변해 천지에 악이라도 쓰고 나니 시원한 마음

이다."

마고할매가 곰처럼 가슴을 쳤다.

"도대체 누가 우리 할매를 열 받게 했대?"

"그년 땜에 큰일이다. 큰일이야!"

마고할매는 한숨을 토해냈다.

"어째 또 무게 잡고 이러실까?"

여자 아이가 조롱하듯 다시 물어봤다.

"인간 세상이 걱정이여. 그년이 백성 무서운지 모르고 저러고 있으니 마음이 답답해."

"그놈의 세상 걱정! 요새 조용하다 했네. 인간 세상에 관여하다 쫓겨난 산신들이 하나둘이 아닌 것을 뻔히 알면서…."

"그러게 말이다. 내가 절 얼마나 좋아했는데 그것도 모르고 사내한테 빠져서…."

"할매가 좋아한다는 그년이라면…. 천추태후 말인가요?"

"그래, 천추 이년이 낯바닥만 멀끔한 놈한테 홀딱 빠져 백성도 잊어버리고 나라를 통째로 씻어서 그놈 주둥이에 털어 넣어 주려고 해. 그래서 걱정이다. 근데 내가 날궂이 안하고 버티겠냐?"

"천추태후라면 할매가 엄청 좋아하는 손녀인데…."

"내가 엄청 예뻐했지. 반달아! 뭐 좋은 묘안이 없을까?"

"뭐 그것이야…. 할매가 나한데 어떻게 하느냐에 따라

달려있지….”

“너, 계속 그러면 지리산 땅지옥에 묻어버린다!”

“아-, 알아요. 알아. 징그럽게 못생긴 할매가 오기는 많아서 아무한테도 지려고 하질 않아요. 하여간 할매 똥 굵다, 굵어!”

“이년이….”

천제단 아래에 있는 노랗게 물든 은행나무 고목 속으로 반달이란 여자 아이가 아무 말 없이 웃으며 들어가 버렸다. 그러자 천제단 주변에 떨어져 있던 동자꽃들이 스르륵 공중으로 떠올라 마고할매를 감쌌다. 마고할매는 하늘을 향해 한 숨을 크게 쉬더니 고목나무 안으로 따라 들어갔다.

살아 천년 죽어 천년 산다는 은행나무가 천년의 세월을 묵은 채로 지리산 정상 중심에 서 있다. 사람 아름으로 스무 아름이 넘을 만큼 크고 괴기스럽게 생긴 고목이다. 줄기 맨 위에는 노란 은행잎이 조금 붙어있다. 고목나무 안은 아주 넓은 동굴 속처럼 안온하다. 이끼가 낀 바닥엔 작은 돌들이 깔려 있다. 작은 구멍에서 들어오는 따사로운 햇살이 나무 안에 온화하게 비춰들었다.

마고할매는 고목나무 속으로 들어와서는 반달이를 쳐다보지도 않고 지하로 통하는 돌계단으로 내려갔다. 벽을 따라 원형 계단이 놓여있고 이 계단을 통해 내려가면 온통 얼음벽으로 쌓여있는 지하 얼음방이 있다. 지하방의 바닥에 은행잎들이 깔려있고 가운데는 하얀 천으로 된 두툼한 보가 놓여있다. 작은 통로에서 비춰드는 가냘픈 빛이 지하방을 어슴푸레 밝히고 있다.

마고할매는 벽에 걸린 작은 방울을 손에 쥐고 두툼한 보 위에 앉아 지그시 눈을 감았다. 작은 통로에서 비추는 햇살이 빛줄기로 변하더니 서서히 돌아 마고할매 얼굴에 드리웠다. 마고할매는 눈을 뜨고 그 빛줄기를 바라봤다. 방울소리가 들리더니 투명한 얼음거울처럼 생긴 벽에서 사람들의 모습이 나타났다.

마고할매는 얼음벽에 나타난 사람들을 쳐다보지 않고 눈을 감아 버렸다. 얼음벽에 나타난 사람들이 영 못마땅한 듯 마고할매의 얼굴은 굳어지고 이마엔 주름이 굵게 생겼다. 마고할매는 몸 하나 겨우 빠져나갈 좁디좁은 통로로 화가 난 듯 나가버렸다. 연기처럼 움직였다. 몇 발 나가지 않아 천 길 낭떠러지 바위동굴 끝에 다다랐다. 지리산 자락이 한눈에 다 보이는 절벽 위에서 아스라이 해지는 저녁놀을 가슴에 담고 바위 위에 앉았다. 지리산 능선과 저 멀리 인간세상과 노을에 물든 세상이 다 내려다보였다.

마고할매는 며칠 동안 먹지도 자지도 않고 그 자리에 앉아 명상에 잠겨 있었다. 마고할매가 손에 쥔 작은 방울이 햇살을 받자 흔들거리기 시작했다. 마고할매가 살포시 눈을 떴다. 마고할매의 푸른 눈동자에서 빛이 일어나더니 푸르스름한 얼음거울 벽에 천추전에 머물고 있는 천추태후와 김치양의 모습이 그대로 보였다.

* * *

"이제 금은 보화로 가득한 곳간이 삼백 칸이고 무기를 보관한 창고가 수백 개가 되었소."

"그것 가지고 되겠어요? 앞으로 우리 아들이 왕이 되려면 무기와 군사가 많을수록 좋으니 더 모으세요."

천추태후와 김치양이 개경 만월대 궁궐 안에 있는 천추전에서 은밀한 이야기를 나누고 있다. 방에는 산해진미로 가득 찬 주안상이 마련돼 있고, 온갖 진귀한 보석으로 장식된 침대가 놓여 있다. 천추태후와 김치양의 얼굴은 이미 발그스레한 게 취해 보인다.

"당신뿐이구려. 태조 왕건 폐하의 손녀이신 천추만이 내 야망을 알아주는구려."

"뭘요! 전 당신의 사랑만 있으면 돼요."

"아이! 이 사랑스런 사람!"

김치양은 천추의 허리를 꽉 껴안고 옷깃사이로 숨어있는 속살을 꽉 쥐었다. 그러자 천추는 숨이 턱 막히는 것 같아 몸을 꼰다. 그때 김치양이 천추태후의 귀에 대고 말한다.

"근데, 우리 아들이 왕이 되려면 막는 자가 많을 텐데…."

"걱정 마세요, 고려 백성과 신하는 내 맘 먹기에 달렸어요. 당신 아직도 모르세요? 제가 바로 고려 최고의 권력을 쥐고 있는 천추태후랍니다."

숨을 헐떡이던 천추의 눈에 갑자기 생동감이 돌았다. 다시 한 번 김치양이 천추의 엉덩이 속살을 한손으로 받쳐 들어 올리며 물어본다.

"그래! 그럼, 천추는 누구의 여자지요?"

"그야 당연히 당신 여자이지요."

"그렇지! 그렇지! 음— 하하하하!"

김치양이 크게 웃으며 쥐었던 속살을 놓자 천추의 막힌 숨이 트이며 허리의 힘이 빠진다.

김치양이 천추에게 술잔을 건네준다.

"이제는 내 아들이 고려의 왕이요."

천추는 술을 마신다. 술잔을 상 위에 놓으며 "대량을 어찌할 것이오?"라고 묻는다.

"죽일 것입니다. 고려 왕씨 가문의 혈통은 죽은 내 여동생의 아들인 대량원군뿐입니다. 훗날을 대비해 어려서부터 절에 보내놨지요. 세상도 모르고 심성도 나약한 자이니 자객을 보내 대량을 죽이고 우리의 아들을 왕으로 만들 것입니다."

천추의 눈에 독기가 내비친다.

"당신 오라비가 날 유배만 안 보냈어도….”

"난 고려를 세운 태조 왕건의 손녀로 고려의 적통자요. 내 아들이 왕이 되는 것은 당연한 것입니다. 내가 당신과 정을 나눈다고 파렴치한 인간이라 손가락질 하는 이 시대 유학자나 대신들은 내가 모두 처단할 것이요. 그런 치졸한 대신들이 옹립한 내 아들 목종은 남색에 빠져 병색이 짙고 자식도 없으니 훗날이 걱정이지요. 그러니 대량원군만 죽이면 당신과 나의 아들이 왕위에 오르는 것은 당연한 일이 되지요.”

"그래도, 어찌 걱정이 안 되오.”

"모든 권력은 내 손에 있어요. 왕이 왕씨면 어떻고, 김씨면 어떤가요? 거란도 여진도 우릴 잡아먹으려고 눈에 불을 켜고 있소. 고려만 강하게 만들면 되는 것이지요. 그러니 제 말대로 걱정 말고 재물이나 많이 모으세요.”

"알겠소.”

김치양은 살기어린 천추의 얼굴을 살피며 조심스럽게 말한다.

"강한 고려를 만들어 거란놈들이 우릴 농락하지 못하게 할 것이요.”

"당연히 그래야지요. 근데….”

"뭔데요?”

"나도 천추태후의 남편으로서 위상이 필요해요. 그래서 내 사당을 짓고 있소.”

"잘했어요, 이제는 당신에게 걸맞은 위상이 필요하지요. 사당을 짓는 일이야 무지한 백성들을 잡아다가 시키면 될 것입니다."

"알겠소. 나를 알아주는 사람은 당신뿐이구려."

김치양은 취한 천추를 들어 올려 침대에 눕히고 촛불을 끈다. 천추궁의 불이 꺼지면서 권력자들의 욕망은 깊어간다.

* * *

고려 6대 왕인 성종은 자식이 없어 조카인 어린 왕송(목종)에게 왕위를 물려주었다. 그래서 목종은 고려 7대 왕이 되었다. 어린 목종이 왕위에 오르자 단지 나이가 어리다는 이유로 친모 헌애왕후(천추태후)가 섭정을 하면서 정권을 손아귀에 쥐었다. 의욕을 잃어버린 목종은 정치를 멀리하고 술과 남색에 빠져 흥청망청 세월을 보냈다.

정권을 잡은 천추태후는 자신과 정을 통하다가 발각돼 장형을 맞고 귀양 중이던 김치양을 불러 삼사사에 임명해 인사권을 주었다. 김치양은 천추를 등에 업고 벼슬을 팔고 백성의 부역을 착취했다. 부패한 권력자가 돼 부와 권력을 쥐고 호가호위하며 살았다.

고목나무 지하 얼음방에 바람이 일더니 작은 방울소리가

다시 들렸다. 마고할매는 살며시 눈을 떴다. 푸르스름한 얼음벽에서 희미하게 천추태후 모습이 어른거리자 마고할매는 눈을 감아버렸다.

마고할매는 며칠 동안 식음을 전폐하고 기도를 올렸다. 수천 송이의 동자꽃잎들이 햇살을 타고 얼음방 안으로 스르륵 날아 들어왔다. 동자꽃잎들이 투명하게 빛을 발하자 얼음방이 서서히 밝아졌다.

"마고야! 마고야!"

지하방 천장에서 크고 맑은 음성이 들렸다. 얼음방에 상서로운 기운이 감돌았다.

"하늘신이여! 제 기도를 들으셨군요?"

"그래, 네가 곡기를 끊고 죽음으로 나를 부르니 오지 않을 수 없었다."

"감사합니다. 하늘신님!"

"산신이 인간 세상에 관여하면 어찌 되는지 누구보다 잘 알고 있는 네가 왜 이러느냐?"

"그럼요, 잘 알지요. 하지만 지리산의 산신이기 이전에 고려를 세운 왕건의 어미로서 걱정이 너무 큽니다. 우리 아들이 어떻게 세운 나라인데…. 그런 자랑스러운 고려를…. 저 천추라는 망할 년이 욕심만 목구멍까지 찬 놈한테 나라를 통째로 바치려고 하니 제가 나서지 않을 수 없습니다."

"그래, 네 심정이 이해는 되나 인간 세상의 역사는 인간들

스스로 풀어가야 한다. 시행착오를 거치면서 많은 고통을 대가로 치르겠지만 그래도 인간들이 스스로 찾아가야 하는 것이다. 걱정이 돼도 그냥 지켜만 보거라."

"차라리 저를 버리고 인간 세상의 일에 간섭하면 어떻게 될는지요?"

"뭐라? 마고할매의 지위를 버린다? 그러면 지리산 산신을 버리고 귀신으로 구천에서 살겠다는 것이냐?"

"예, 구천을 떠도는 귀신이 되더라도 막고 싶습니다."

"천추 곁에는 악독한 마녀들이 있다. 마녀들을 데리고 있는 천추를 어떻게 막을 수 있겠느냐?"

"그건…."

마고할매는 말을 잇지 못했다.

"하늘신님! 저 같이 미천한 몸에서 고려를 세운 왕건이 태어난 것만으로도 행복하고 감사할 따름입니다. 저 같은 것은 이제 흔적도 없이 사라져도 괜찮습니다. 제발 저에게 고려를 구할 방도를 알려주십시오."

"방도라?"

"…."

"하늘신님!"

"…."

"제발."

"방도는 바로 지혜니라."

"지혜라고요! 지혜가 뭔가요?"

"지혜라? 지혜는 눈으로 보이는 것이 아니니라."

"눈에 보이지 않으면 뭘 어찌…."

"명심하거라. 급한 마음에 인간 세상 일에 직접 나서면 넌 하루를 천년처럼, 천년을 하루처럼 살아야 한다."

"하루를 천년처럼, 천년을 하루처럼 산다는 말이 무슨 뜻인지요?"

"으이구! 산신도 멍청하면 안 되는데…. 이 할망구야! 절대 직접 나서지 마라는 뜻이다. 말을 듣지 않으면 돌로 굳어버릴 것이야. 알았어?"

"짜증내지 마시고요. 저 같이 멍청한 산신도 알아들을 수 있게 쉽게 알려주세요."

"지혜를 찾아서 그를 통해서만 해야 한다는 말이다."

"그것도 관여하는 것 아닌가요?"

"그래, 그래야지. 이제 좀 내 말을 알아듣는구먼. 엄밀히 말하면 그것도 인간 세상에 관여하는 것이지만 그 정도는 용서하마. 대신 산신으로 계율을 어기고 마법을 쓴다거나 직접 관여하면 그 대가는 반드시 치르게 될 거야. 아마도 천년 동안 네 목이 잘리고 몸이 깨어지는 돌덩이로 살아야 한다. 그러니 인간 세상의 일은 지혜를 얻어서만 행하거라."

"근데 지혜는 어디서? 눈에 보이지도 않는다면서 제가 어찌…. 그리고 지혜는 어떻게 해야…."

"아예 나보고 지혜를 가져다 달라고 하지 그러냐? 답답하기는…. 네가 직접 찾아보고 알아보고 해야 지혜를 얻을 수 있을 게야."

"…."

"하늘의 이치를 깨닫는 음과 양이 있는 곳에 가면 백성을 구하고 고려를 구할 지혜를 만날 것이다."

근엄한 하늘신의 말에 마고할매는 "꼭 어렵게 말해요."라며 궁시렁거렸다.

"뭐라 재잘거리느냐?"

마고할매는 아무 일도 없던 것처럼 하늘신에게 다시 물어봤다.

"음과 양이 있는 곳이라 하시면?"

"음 속에 양이 빛나는 곳을 찾아라."

"음 속에 양이 빛난다?"

"그 곳에 지혜가 있을 것이다."

"지혜가 있는 곳이 어디입니까? 하늘신님!"

마고할매의 대답을 듣기도 전에 하늘신은 어디론가 사라져버렸다. 하지만 얼음방 안에는 상서로운 기운이 돌고 있었다. 손에 들고 있던 방울이 작게 흔들리며 소리를 냈다. 마고할매 푸른 눈동자에서 빛이 일어났다. 마고할매의 눈동자에서 쏟아지는 푸른빛이 시퍼런 얼음벽에 닿자 거기에 달려가는 동자승의 모습이 나타났다.

은행나무

2. 천추태후와 대량원군

 잿빛 가을 하늘과 노랗게 물든 은행나무 사이로 개경 숭경사가 보인다. 떨어지는 노란 은행잎을 맞으며 동자승이 고래고래 소리 지르며 대웅전 앞마당으로 급하게 뛰어간다.
 "스님! 자객이 와요! 자객이 와요!'
 썩어가는 은행 알의 쾌쾌하고 구린 냄새를 몰고 온 동자승의 얼굴에 땀이 흥건하다.
 "큰스님! 자객들이 말을 타고 사찰로 들어오고 있어요. 어서 피하셔야 합니다."
 "어디쯤이냐?"
 "아마도 일주문을 지났을 것입니다."

"가서 전하거라. 밖에서 무슨 일이 벌어져도 숨어 있어야
한다고…."

"예!"

동자승은 선방을 돌아 대량원군(훗날 현종)이 숨어있는
칠성당 토굴로 달려간다. 어느새 검은 복면을 한 자객들이
숭경사 대웅전을 돌아 선방으로 다가온다. 자객들은 누구에
게 물어보지도 않고 익숙한 몸짓으로 대량원군을 찾기 위해
경내 전각들을 뒤진다.

"누구시오? 누구시기에. 감히 신성한 스님들의 선방에
살상무기를 들고 무단으로 침입한단 말이요."

자객들은 선방 스님들의 턱을 쳐들고 얼굴을 확인해
나간다.

"없는데요?"

"꼼꼼히 찾아야 한다. 대량을 찾지 못하면 우리가
죽는다."

자객들은 선방을 지나 대웅전, 팔상전, 각황전, 칠성당
등 숭경사 안에 있는 모든 절간을 샅샅이 뒤져가며 대량을
찾는다.

"나리! 어디에도 없습니다."

"없어? 없다 이거지!"

자객들이 서로 눈빛을 주고받는다.

선방 앞마당. 수백 년 묵은 은행나무 고목들이 즐비하게 서 있다. 봉황 장식에 화려한 올림머리를 하고 붉고 화려한 황후복을 입은 천추태후가 떨어지는 은행잎을 밀쳐내며 당당하게 들어선다. 다가올 죽음의 놀이를 아는지 모르는지 은행잎들이 하늘에서 바람을 타고 춤을 춘다. 노란 은행잎이 수북이 쌓인 앞마당으로 선방에 있던 자객들이 들어오더니 천추태후 앞에 고개를 숙이고 선다.

"아무리 뒤져봐도 보이지 않습니다."

"…."

천추태후는 눈빛마저 싸늘하고 당당하다.

"어찌할까요?"

자객은 땅바닥에 깔리는 목소리로 나지막이 물었다.

"…."

천추태후는 눈을 지그시 감았다.

"쳐라!"

"예!"

신호가 떨어지기 무섭게 자객들은 선방으로 들어가 스님들을 가차 없이 칼로 베어 버린다. 선방에서 들려오는 비명 소리가 바람을 가르는 칼 소리에 묻혀버린다.

"멈추시오!"

절 마당으로 뛰쳐나온 큰스님이 크게 소리친다.

"모두 없애 버려라!"

"천추태후님! 도량에서 살상이라니요. 멈추어 주시오. 하늘이 무섭지도 않소?"

"하늘. 그것이 나에게 뭘 할 수 있단 것이냐? 내 손에 있는 권력이 하늘보다 무서운지 모른단 말이냐?"

"한 줌도 안 되는 권력만 믿고 죄악을 저지르면 반드시 벌을 내리는 하늘의 이치를 알게 될 것이오."

"하늘의 이치라? 때가 되면 비가 오고 눈이 오는 하늘의 이치? 하늘이 나에게 무슨 벌을 줄 수 있단 말이냐?"

"교만하기 그지없는 말이오. 하늘보다도 백성들이 당신을 절대 용서치 않을 것이오!"

"스님! 잘 들으시오. 나의 힘이 권력이고 곧 천력이오. 내 의지가 곧 하늘의 의지다."

천추태후는 두 주먹을 불끈 쥐었다.

"하늘은 생명이고 생명은 백성이오. 천추태후 그대 또한 한 생명일진대 세상의 이치를 아직도 모르는 것이오? 백성들의 원성이 무섭다는 것을 곧 알게 될 것이오."

"시끄럽다. 내 손이 하늘이고 힘이다. 네 놈의 모가지가 하늘에 달려있는 것이 아니고 이 손 안에 달려있지. 여봐라! 당장 저자의 목을 거두어라."

말이 떨어지기가 무섭게 자객은 노승의 목을 가차 없이 베었다. 장작처럼 배짝 마른 노승은 그대로 풀썩 쓰러지고 만다. 피가 솟구치고 스님의 몸에서 흘러내린 피가 마당을 붉게 적신다.

"대량을 반드시 찾아라! 여기에 틀림없이 있다. 반드시 찾아서 죽여야 한다!"

천추가 명을 내리는 순간, 하늘에서 검은 회오리바람이 거칠게 일어난다.

"천추야! 생명을 함부로 해하면 너에게는 죽음뿐이다. 이것이 하늘의 이치니라. 그러니 제발 욕심을 버리고 대량 원군을 살려 주거라."

하늘에서 거부할 수 없는 위엄 있고 묵직한 음성이 들렸다. 놀란 천추는 하늘을 향해 고개를 두리번거린다.

"대량원군을 살려? 절대 그럴 순 없지. 난 내 아들을 다시 왕으로 만들어 강한 고려를 만들 것이오. 권력을 내 손에 넣고 천년만년 누리고 싶소. 그것이 뭐가 문제요?"

"천추야, 그동안 널 귀하게 여겼다만 내 아들 왕건이 세운 고려를 김치양에게 넘기는 것은 용서할 수 없다. 그러니 이제 그만하고 너의 헛된 욕심을 버리거라."

"난 그리 못하오. 이미 고려는 망해가고 있소. 나약하고 무능한 대량만큼은 안 될 일이오. 김치양과 사이에 난 내 아들을 왕으로 세워 고려를 구하고 백성을 구할 것이오."

"백성을 구한다고? 백성을 위한다는 년이 죄 없는 사람을 아무렇지도 않게 죽여? 이런 나쁜 년!"

"산속에 처박혀 밥이나 축내는 저런 인간들이 뭐 대수

라고….”

“시끄럽다. 주둥이가 터졌다고 말을 함부로 해? 이런 나쁜 년이 있나!”

하늘에서 벼락 창이 천추태후의 몸을 향해 날아간다. ‘우르릉 쾅쾅-’ 하늘에서 떨어진 벼락 창에 놀란 천추태후가 말에서 떨어지고 만다. 자객들은 급하게 천추태후를 데리고 은행나무 사이를 뚫고 줄행랑을 놓았다.

마고할매는 도망가는 천추태후를 향해 날벼락 창을 계속 쏘아댔다. 하지만 자객들은 벼락 창을 막으며 천추태후를 데리고 숭경사를 황급하게 빠져나갔다.

* * *

저 멀리서 푸른 햇살이 구름바다를 비추자 망망대해처럼 보이는 구름바다 위에 지리산 천왕봉이 묵직하게 나타났다. 점점 빛이 강해지고 바람이 휘몰아치자 어둠 속에 숨어 있던 주목나무며 바위들이 세월의 찌든 흔적을 숨기지 못하고 민낯을 보였다. 지리산 천왕봉을 감싸고 있던 구름은 거대한 용들이 싸움이라도 하는 것처럼 거센 바람을 타고 능선을 넘어갔다. 구름이 걷히자 묵직한 돌 바위 위에 마고할매와 반달이 서있다.

마고할매가 지리산 천왕봉의 바위 위에 치마저고리를 붙

잡고 서 있다. 구름에 휘날리는 치맛자락의 나풀거리는 소리가 유난히도 크게 들렸다. 그 옆에 반달은 벌벌 떨며 고개도 들지 못하고 돌바닥에 머리를 조아리고 있다.

"마고야! 어찌 내 말을 듣지 않는 것이냐?"

"죄송합니다. 천추가 대량원군을 죽이려고 하는 바람에 너무 급한 나머지 하늘신님의 말씀을 거역하고 말았습니다!"

"신들이 인간 세상에 관여하는 것은 우주의 순리에 역행하는 것임을 모르는 것이냐? 이로 인해 인간 세상은 스스로 살아가는 힘을 잃게 될 것이며, 결국 인간 세상은 종말을 맞을 것이다. 네가 좋아하는 왕건의 고려도 인간이 아닌 신이 개입하는 순간 결국은 파멸하게 되는 것이야."

"죄송합니다. 알면서도 우선 급한 마음에 계율을 어기고 말았습니다. 어떠한 벌도 달게 받겠습니다."

"계율을 어겼으니 당연히 죄 값을 치러야지."

"받겠습니다. 하지만 내 아들의 고려와 백성을 귀하게 여기는 나라를 위해 어떻게든 도움을 주고 싶습니다. 이대로 두면 고려는 없어지고 말 것입니다."

"이놈! 아직도 정신을 차리지 못했구나. 눈앞에 보이는 것만이 전부가 아니라고 누누이 말했건만, 내 말 뜻을 이리도 못 알아듣는 거냐. 인간 세상은 네가 생각하는 것처럼 그렇게 나약하지 않다."

"그러면 고려가 몰락하는 꼴을 이렇게 앉아서 지켜만 보란 말씀인가요?"

"그렇다. 스스로 찾아가게 두어라."

"지금은 천추가 무소불위의 힘을 가지고 있어 대량원군은 낙엽보다 미약한 존재입니다. 손가락으로 '톡' 치면 대량은 죽고 고려는 김치양의 나라가 될 것입니다. 하늘신님! 제발 굽어 살펴 주십시오."

"내가 너에게 지혜를 찾아보라 했건만 결국 너는 내 말뜻을 무시하고 네 멋대로 하는구나. 네 운명도 이대로 끝이 나는구나. 나도 안타깝다."

"하늘신님! 부디 한 번만 용서해 주시면…."

"그것 또한 계율을 어기는 것이다. 나마저 계율을 어기면 우주의 원리가 무너지고 말 것이야. 언젠가 순수한 지혜를 만나게 되면 기회는 있을 것이다. 부디 나를 원망치 말거라, 마고야!"

천왕봉을 덮고 있던 구름바다는 바람에 실려 사라지고 하늘에서 은빛구름이 일어나더니 구름 사이로 강렬한 햇살을 비췄다. 서서히 빛을 따라 동자꽃 꽃불이 내려앉는다. 떨고 있던 반달은 동자꽃 무더기로 빨려들어 마고할매의 가슴에 녹아들어갔다. 마고할매 가슴에 반달 모양의 흔적이 만들어지면서 반달은 서서히 사라졌다.

은빛구름이 먹구름으로 변하더니 동자꽃 꽃불 사이에서 상스러운 빛이 마고할매를 감쌌다. 순간 마고할매는 굳어 버렸다. 돌로 변한 마고에게 천둥이 치면서 벼락이 떨어졌다. 천왕봉 정상에서 벼락을 맞은 마고할매는 돌무더기와 함께 낭떠러지 아래에 있는 은행나무 숲으로 굴러 떨어지고 말았다.

3. 한국사를 좋아하는 지혜

청소년을 대상으로 열린 한국사 겨울방학 특강 시간. 누구나 편하게 강의를 들을 수 있도록 강의실은 반원형 계단식으로 만들어져 있다. 강의실 한쪽 벽면에 예스럽고 고급스러운 장식장이 놓여 있고, 그 안에 역사책과 다양한 피규어들이 전시돼 있다.

동양사, 서양사, 한국사 서적들과 캡틴아메리카, 아이언 맨, 헐크, 토르 같은 마블 시리즈 피규어부터 트랜스포머, 아바타, 스타워즈, 라이온 킹, 엘사 같은 피규어도 있다. 그 옆 진열대에는 관운장, 장비, 제갈량, 조조, 조자룡 등 삼국지에 등장하는 인물들의 피규어가 있고, 그 아래에는 로버트 태권V, 이순신, 홍길동, 전우치, 왕건, 견훤, 궁예 등

다양한 인물 모형 장난감들이 각자의 모습과 동작을 뽐내며 서 있다. 언제라도 하늘 요정이 지휘봉을 들어 올리면 생명을 부여받은 피규어들이 살아 움직일 것 같다.

강의실 맨 뒷자리에 지혜와 규석이 나란히 앉아 있다. 지혜는 이어폰으로 음악을 듣고 있고, 규석이는 피규어가 놓여 있는 진열대만 바라보고 있다. 규석이가 지혜에게 쪽지를 내밀었다.

"저기 마블 시리즈 보여?"

"건들지 마라, 응! 지금 음악 감상 중….."

지혜도 규석이에게 카톡으로 답장을 보냈다.

"캡틴 아메리카가 완전 대박이야! 저거 전 세계 100개 한정판이거든."

"욕심내지 마라, 응!"

"한번 만져만 볼 수 있다면 오늘 죽어도 좋아."

"까불지 마라, 응!"

"수업 끝나면 너 혼자 가. 대신 나 오늘 너희 집에서 자는 거다. 알았지?"

"맘대로 해…."

쪽지를 보내고 지혜는 음악 감상에만 집중했다.

책상 위에는 〈한국사 이야기〉 역사책이 놓여 있다. 몰래 음악을 듣던 지혜는 이어폰을 귀에서 뺀 뒤 천 년 전 고려 초기 왕실 구조도를 유심히 바라봤다. '근친이면 멍청이를 낳는데….' 궁금해진 지혜가 역사 선생님에게 질문을 했다.

"선생님! 친척들끼리 결혼하면 멍청한 아이가 태어난다고 하던데, 고려 시대 왕족들은 왜 그렇게 근친결혼을 많이 해요?"

"자세히 알려주지. 고려 8대 왕이자 유일한 여자 왕인 천추태후만 봐도 5대 경종의 3번째 아내였지. 근데 천추태후의 남편인 경종은 천추와 4촌 관계였고, 친동생인 헌정왕후는 경종의 네 번째 부인이 되지. 그리고 6대 성종은 친오빠이고 7대 목종은 천추의 아들이야. 경종이 죽은 이후 여동생 헌정은 태조 왕건의 여덟 번째 아들인 왕욱 사이에서 왕순(대량원군)을 낳기도 하지. 다시 말하면 여동생인 헌정은 삼촌과 다시 재혼한 사이가 된 거지. 이처럼 고려 초기에는 왕족 간에 결혼하는 일이 흔한 일이었고, 사별한 여인들이 재혼하는 것도 부끄럽지 않은 일이었지."

"남녀 관계가 뒤죽박죽인 것은 천 년 전이나 지금이나 똑같네요. 그렇죠?"

"뭐 그거야, 생각하기 나름이고…."

"그럼, 천추태후는 정치를 잘 했나요?"

"그것도 생각하기 나름이지. 나중에 정변을 일으켜 조카인 대량원군을 죽이고 왕이 됐지. 그리고 정치를 했는데 이것에 대한 후대 역사가들의 역사적 판단은 다양하지."

역사 교사는 이후에도 고려 전기의 왕들에 대한 이런저런 이야기를 해주었다. 특히 세 번에 걸친 거란의 침입을 극복하는 과정에서 백성들의 긍지와 자부심이 높아졌다고 설명했다.

"그럼 천추태후는 어떤 인물인가요?"

"천추라? 이 여왕에 대한 역사적 해석은 다양하지. 초기에는 강한 고려를 만들기 위해 많은 힘을 기울였지. 남편 경종이 일찍 죽고 오빠가 6대 성종 왕이 되었지. 천추는 외간 남자인 김치양과 밀회를 나누다가 발각돼 결국 김치양은 유배가고 권력에서 밀려나는 신세가 됐지. 하지만 성종도 일찍 죽고 후사가 없어서 천추와 경종 사이에서 낳은 아들이 7대 목종 왕이 되었지. 천추는 다시 권력의 중심에 섰어. 그 이후에 김치양을 불러 부부처럼 살며 권력을 쥐고 호위호식하며 아들도 낳았지."

"아들을 낳았어요?"

"끝까지 안 듣고 말 끊을래? 아무튼 천추를 파렴치한으로 몰던 최항 같은 유학자들이 목종을 옹립했기에 천추는 아들 목종을 좋아하지 않았어. 하여튼 천추가 섭정을 심하게 하자 목종은 정치는 멀리하고 술과 남색만 즐겼지."

"남색이라 하면 게이?"

아이들이 입을 가리고 웃는다.

"유행간, 유충정 같은 광대를 가까이 하며…. 하여튼 뭐 설명하기 곤란한 그런 일이 있었어."

"그때도 게이가 있었어요?"

"사람 사는 세상은 옛날이나 지금이나 똑같은 거야. 너도 생각을 바꿔. 아무튼 목종은 부인을 멀리했지. 그래서 자식이 없었지. 목종은 많이 아팠는지 병색이 짙은 사람이었다고 역사에 기록돼 있어."

"자식도 없는 목종이 아파 천추가 왕이 된 건가요?"

"천추의 권력 욕심이 엿보이는 대목이지. 목종이 죽고 난 이후를 걱정했겠지. 유일한 왕씨 혈육인 왕순(대량원군)을 죽이면서 천추태후가 김치양의 아들을 왕으로 세우고 싶어 했으나 결국은 본인이 나서 고려 제8대 왕이 된 것이지. 자, 오늘은 여기까지 하고 다음 시간에 보자."

수업이 끝나자 모두들 가방을 들고 나갔다. 하지만 규석은 테이블 아래로 들어가 숨었다.

"석아! 가자."

"나 안가! 이 자리에 꼼짝도 않고 밤까지 기다릴 거야. 모두 나가면 혼자 저기 있는 마블 피규어를 내 맘대로 가지고 놀 거야."

"미쳤다, 미쳤어! 너 그러다 경찰한테 잡혀갈 수도 있어."

"걱정 마. 설령 잡혀 들어가도 만 14세 미만은 청소년

보호법 때문에 현행법으로 처벌도 못 해. 난 14세가 되려면 아직 2개월이나 남았거든. 넌 내가 저 한정판 피규어를 얼마나 가지고 싶었는지 모를 거야. 어서 가, 다른 사람들 눈치 채지 못하게….”

“미쳐, 미쳤어! 요즘 남자들은 애나 어른이나 다 미쳤어. 피규어와 놀든, 경찰서에 잡혀가든 네 맘대로 해.”

“나 오늘 너희 집에서 자는 거다?”

“미쳤어!”

규석은 테이블 아래로 숨었고 지혜는 어이가 없다는 듯이 이어폰을 끼고 “워— 워— 워워워- 난 깨어나 까만 밤과 함께….” 노래를 흥얼흥얼대고 어깨를 들썩거리며 나가버렸다. 해가 넘어가더니 강의실은 물론 주변까지 온통 어두워졌다. 그리고 밤이 되면서 추워졌다.

아무도 없는 어두운 강의실 테이블 밑에서 밤이 될 때까지 자고 있던 규석이 일어나 피규어가 전시된 진열대로 올라갔다. 규석은 마블 시리즈를 포함해 많은 피규어들을 가지고 밤새 신나게 놀았다. 마치 오래 만나온 친구들과 노는 것처럼 시간 가는 줄 몰랐다.

날이 새고 아침이 되자 하루가 시작되었다. 경비 아저씨들이 강의실 문을 하나씩 열었다. 규석은 다른 아이들이 강의실로 들어오기 전에 아무 일도 없었던 것처럼 조용히 빠져나왔다. 피규어가 전시된 공간에는 캡틴아메리카와 왕건의 피규어가 비어 있다.

지혜는 아빠와 함께 작은 빌라 4층에 살았다. 지혜 아빠는 여러 개의 곰 인형이 있는 거실에서 곰에 대한 책을 보고 있고, 지혜는 규석이와 둘이서 방에 앉아 있다. 지혜 스마트폰에서는 빅뱅의 노래가 흘러나왔다.

"너 이제 어쩔 건데?"

"많아서 한두 개 없어져도 몰라. 너만 조용히 모른 채 해 주면 돼."

"너 완전히 미쳤구나!"

"지혜야. 이거 왕건 피규어인데 네가 생각나서 가지고 왔어. 한국사하면 지혜고 지혜하면 한국사잖아. 너에게 선물하려고 가지고 왔어. 자 여기."

"싫어, 내가 아무리 한국사를 좋아해도 그렇지. 왕건 피규어를 갖고 싶다고 말한 적도 없는데…. 이건 아니지 싶어."

"왜 그래, 내가 주는 거니 받아."

"미쳤니?"

"정 그러면 며칠만 가지고 놀아. 다시 가져다 놓으면 되잖아. 그때까지 가지고 노는 것은 죄도 아니야. 닳아지는 것도 아니고…."

"…."

지혜는 아무 말도 할 수 없었다. 그때 갑자기 지혜 어깨 너머로 비단구렁이가 나타나 슬슬 기어오른다. "아악-!" 비단구렁이를 본 규석은 기겁을 하고 뒤로 발라당 넘어졌다. 지혜는 아무 일도 없던 것처럼, "봉팔이! 가라."라고 말하니 비단구렁이가 어깨에서 스르륵 내려갔다. 넘어진 규석이 일어나 이런 일이 몇 번 있었던 것처럼 물었다.

　"쟤하고 이젠 말도 하냐?"

　"당연하지. 얼마나 잘 통하는데….."

　"거짓말하고 있네, 그러고 보니 둘이 눈동자가 푸른색으로 같네."

　"하지마라니깐."

　지혜가 벌떡 일어나 규석의 허벅지를 세게 찼다. 핸드폰 충전기 줄이 걸리면서 벽에 부딪치고 방바닥에 떨어졌다.

　"아! 아파라. 그런다고 그렇게 세게 차냐?"

　"까불지 마라, 응!"

　지혜는 바닥에 떨어진 핸드폰을 주웠다. 폰 액정이 깨지고 말았다. 지혜는 빅뱅의 노래를 꺼버렸다.

　"으이구, 짜증나!"

　"미안해, 지혜야! 나 피규어 놔두고 간다!"

　"싫어. 가져가."

　규석은 지혜가 늘 메고 다니는 배낭에 왕건 피규어를 넣고 급하게 나가 버렸다.

"석아!"

지혜가 불러도 규석은 거실에 있는 지혜 아빠에게 서둘러 인사를 하고 지혜 집을 나가버렸다. 지혜는 배낭을 쳐다봤다. 그때 지혜 아빠가 방으로 들어와 지혜에게 애원하듯 처량한 눈으로 쳐다봤다.

"아빠, 난 가기 싫어. 가려면 혼자 가."

"지혜야! 엄마랑 새해 첫인사를 해야지. 아빠를 혼자 보내고 싶진 않지?"

"아냐, 아빠. 그냥 아빠 혼자 가. 지난번에도 결국 엄마를 못 봤잖아. 난 지리산도 싫고 곰은 더 싫어. 생각만 해도 짜증나."

"이번에는 만날 수 있어. 멀리서 엄마만 보고 오자."

"정말 싫어! 더 이상 가자고 하지 마. 곰은 꼴도 보기 싫어."

"왜 그래. 반달곰이 네 엄마라니까!"

"아우, 징그러! 아빠 말대로 내 엄마가 곰이라고 해도 싫어. 곰만 좋아하는 아빠는 더 싫고."

지혜는 머리를 절레절레 흔들었다.

"지혜야! 너무 미워하지 마. 네 엄마야. 작년에도 못 봤잖아. 그러니 지금 보러가자. 겨울잠 자기 전에 만나봐야 돼."

"아, 좀! 그렇게 가고 싶으면 관리사무소 아저씨들이랑 가. 내 핸드폰 액정이 깨져서 서비스센터에 맡겨야 된단 말이야."

"너도 잘 알잖아! 지난번 일로 아빠는 당분간 사무소에 못 나가. 아빠도 그래서 가슴이 아파."

지혜 아빠는 울먹였다.

"그러니까. 아빠도 가지 마. 곰이 무슨 내 엄마라는 거야!"

지혜는 자기 가슴을 만져봤다.

"…."

아빠는 아무 말도 하지 않고 고개를 돌려버렸다.

"또 삐졌구나. 삐져! 어휴 내가 미쳐요. 미쳐."

"…."

"요즘 남자들은 애나 어른이나…."

지혜가 방 안의 구렁이를 쳐다보자 구렁이도 고개를 돌려버렸다.

"…."

지혜는 지혜 아빠를 쳐다보며 한참을 망설였다.

"그럼, 이번 한 번만이다. 아빠!"

"그래, 그래! 고마워, 우리 딸. 우리 지리산에 가서 멀리서 엄마만 보고 얼른 오자."

"이번에 갔다 오면 더 이상 지리산 가자고 하지 마, 알았지?"

"그래, 그럴게. 너무 고마워."

지혜 아빠는 지리산국립공원 관리사무소에서 곰을 관리하는 부서에서 일하던 사람이었다. 곰을 좋아해서 곰에 미쳤다는 말을 들을 정도였다. 14년 전, 반달곰이 새끼를 낳는 날에 지혜를 출산하다가 지혜 엄마가 죽고 말았다. 지혜 아빠는 아내 곁에 함께 있어주지 못한 죄책감과 죽은 아내에 대한 사랑으로 정신적 충격이 컸다. 그래서 더욱 곰에게만 집착했다. 곰에 대한 집착이 정신병으로 발전하면서 정상적인 현장 업무가 불가능하다고 판단돼 관리사무소 측에선 당분간 쉬면서 치료를 하라며 휴직을 권고했다. 지혜 아빠는 지리산에 사는 반달곰이 지혜 엄마라고 여기면서 지혜와 함께 외로이 살고 있다.

　"지혜야! 곰은 주로 해발 1000m 이상에서 사니까 오늘은 바로 천왕봉으로 올라가자. 알았지?"
　"아빠, 알아서 하세요."
　지혜는 아빠 뒤를 따르면서 시큰둥하게 대답했다.
　"왜 이리 짜증이 났을까?"
　"좋아하는 빅뱅 음악도 못 듣잖아."
　"그거야, 서비스센터가 쉬는 바람에 찾질 못해 어쩔 수 없었잖아."
　"알았어! 알았으니 그냥 가기나 해."
　"내 딸, 사랑해!"

"으이구, 사랑 안 해도 되거든!"

"지혜야, 왜 그래. 아빠 가슴 아프게….."

"으이구, 됐어! 곰이나 지금 나타났으면 좋겠네. 여기서 보고 그냥 돌아가게."

"오우-, 우리 지혜가 엄마 보고 싶구나?"

기분이 좋아진 지혜 아빠는 지혜를 데리고 험난하기로 유명한 중산리에서 천왕봉 가는 등산로를 선택했다. 법계사를 지나 올라가는 길은 어른들도 가기 힘든 고난도 코스다. 하지만 지혜는 어려서부터 아빠와 산행을 많이 했고 태권도를 배웠기 때문에 체력이 좋은 편이다.

겨울이라고 해도 산 아래는 눈이 쌓여 있지 않았다. 지혜는 작은 배낭을 멨고, 지혜 아빠는 배낭도 없이 가벼운 차림이었다. 신기하게도 가을에 피는 쑥부쟁이와 자줏빛의 산오이풀 그리고 보랏빛의 투구꽃이 따뜻한 양지에 몇 송이 남아있다. 정상 부근에 다다르자 눈도 쌓여있고 바람도 차가웠다. 지혜 아빠는 정상에 가까워지자 방향을 틀어 사람 흔적이 없는 산길로 들어섰다. 작은 동굴이나 바위틈, 고목나무 구멍을 찾으며 위험한 비탈길을 성큼성큼 기어올랐다. 그런 모습에 익숙한 지혜는 조금 뒤에서 잠자코 따라갔다.

사람의 흔적은 찾아볼 수 없는 깊은 골짜기로 들어서자 앙상한 줄기만 남은 은행나무 숲이 보였다. 그늘진 곳에는 누렇게 말라버린 은행잎과 함께 눈이 쌓여 있다.

"아빠! 이제 그만 내려가자, 응? 조금 있으면 해가 져. 어서!"

"알았어, 저 앞쪽으로 조금만 더 가보고."

"벌써 몇 번째야. 해가 진다니까! 지금도 늦었어, 아빠!"

"저 칼바위 사이에 있는 바위틈에 엄마가 살고 있을 거야. 조금만 기다려."

지혜 아빠는 결국 험하고 높은 벼랑에 있는 칼바위 사이로 올라가고 있었다.

"아빠, 그만 가자. 나 무서워."

"…."

"아빠!"

"…."

"아빠, 나 무섭다니깐."

"지혜야 찾았어. 이 틈에 엄마가 보여."

"그래 알았어. 봤으면 어서 와. 가자."

"그래 기다려."

"어서 와. 아빠!"

지혜가 아빠에게 돌아오라고 말하는 순간 "아—악!" 하는 비명소리와 함께 '쿵—쿵- 벅-!' 하는 소리가 들리고 그 후론 정적만이 흘렀다. 지혜는 귀를 쫑긋 세우고 잠시 조용해진 주변을 살펴봤다. 아무 소리도 들리지 않았다.

"아빠! 아빠!"

아무 대답도 없었다. 지혜는 불길한 예감을 지울 수 없어 비명소리가 난 곳으로 떨리는 발걸음을 조심스럽게 내밀었다. 손과 다리가 후들후들 떨리고 심장 뛰는 소리가 지혜 귀에 들릴 정도였다. 지혜는 서서히 아련하게 퍼졌던 소리 끝을 찾아갔다. 높은 칼바위 벼랑 아래 피투성이가 된 지혜 아빠가 돌무더기와 눈 덮인 은행잎 사이에 떨어져 있었다.

"아빠! 아빠!"

지혜 아빠는 얼굴도 몸도 처참하게 망가지고 숨도 쉬지 않은 채 피만 흘리고 있었다. 지혜는 흉측하게 쓰러진 아빠를 보는 순간 겁이 나고 무서웠다. 아빠의 몸에 손을 댈 수도 없었다.

"아빠! 아빠!"

조심스럽게 흔들어 봐도 아무런 반응이 없자 심장이 떨려 왔다. 그때 어디선가 거친 숨소리가 들렸다. 두려움에 떨고 있던 지혜는 누군가 자기 등 뒤로 다가오는 것도 모르고 있었던 것이다. 귀 뒤에서 들리는 거친 숨소리를 향해 고개를 돌렸더니 큰 곰이 고개를 쑥 내밀고 쓰러진 지혜 아빠를 쳐다보고 있었다. 놀란 지혜는 그만 뒤로 넘어졌다. 불룩 튀어나온 돌에 기댄 지혜는 도망가려 했지만 목소리도 나오지 않고 온 몸에 기운이 쭉 빠져 손발에 힘이 들어가지 않았다. 마음은 빨리 도망가고 싶은데 몸이 말을 안 들었다. 혼이 빠져버린 지혜는 그저 놀란 눈망울로 멍하니 주저앉아 곰을 빤히 쳐다봤다.

지독한 냄새가 나기 시작했다. 아빠 몸에서 나는 피비린
내는 역겨웠지만 오히려 곰 냄새는 싫지가 않았다. 곰도 그
자리에 그냥 앉아 지혜와 지혜 아빠를 쳐다보며 눈만 껌벅
거렸다.

해가 뉘엿뉘엿 지더니 하늘을 온통 벌겋게 물들였다. 가
슴 시리도록 아름다운 저녁놀이 죽어 간 고목나무들을 감싸
안아주었다. 하지만 아름다운 노을은 어둠을 이기지 못했
다. 주위는 어느새 깜깜해지고 말았다. 조금씩 긴장이 풀렸
다. 저녁이 되면서 추위가 급속도로 밀려왔다. 손발이 떨리
기 시작했다. 추워서 이가 맞부딪쳤다. 지혜는 커다란 곰의
눈치를 보며 옆에 떨어진 은행잎을 한 장씩 모아 다리 위를
덮었다. 그때까지 곰은 아무런 동작도 하지 않았다.

"가자, 우리 집으로!"

지혜는 순간 놀라 눈이 휘둥그레졌다. 가만히 앉아 있던
곰이 지혜에게 말을 한 것이다. 놀란 지혜는 곰을 쳐다보
았다.

"뭘 봐! 반달곰 처음 봐?"

지혜는 그게 아니라는 뜻으로 고개만 살래살래 저었다.

"곰이 말을 하네."

아주 작은 목소리로 혼잣말을 했다.

"아니, 네가 내 말을 듣는 것뿐이야"

"내가 곰의 말을 들어?"

"그거는 조금 있다 설명하기로 하고…. 우선 추우니까 우리 집으로 가자."

"…."

지혜는 아무런 대꾸도 하지 못하고 죽은 아빠를 내려다보았다. 지혜 아빠는 피를 흘리며 쓰러진 모습 그대로 누워 있었다. 지혜는 그때서야 눈물이 핑 돌았다. 곰은 발로 낙엽을 모아 쓰러진 지혜 아빠를 덮어주었다. 지혜는 곰이 고마웠다. 곰을 따라 칼바위 틈에 있는 작은 동굴로 들어갔다. 동굴 안은 따뜻했다. 역겨운 냄새가 아니라면 집처럼 안온했다.

동굴 사이로 따사로운 아침 햇살이 들어왔다. 지혜는 엄마 품에 안겨 있는 아이처럼 곰의 품에 안겨 잠을 잤다는 것을 알게 됐다. 고개를 들어 곰을 쳐다봤다. 곰도 멀뚱멀뚱 지혜를 쳐다보고 있다. 지혜는 곰과 눈이 마주치자 퍼뜩 놀라 일어났다.

"잘 잤어?"

"으-응, 덕분에 잘 잤어."

"네 아빠 일이 걱정이다."

"아차! 혹여라도…, 아빠가 살았을지도 몰라. 아빠한테

가고 싶어."

"그래, 어서 가보자. 어젯밤에 날짐승들이…."

지혜와 곰은 동굴 아래 지혜 아빠가 있던 곳으로 내려갔다. 수북이 쌓여 있던 낙엽을 헤치자 죽어 있는 지혜 아빠의 시체가 보였다. 흐르던 피는 굳어있고 얼굴은 창백하니 몸이 딱딱해졌다. 참으로 끔찍했다. 지혜는 눈물이 났다.

"지혜야, 이대로 두면 날짐승들이 뜯어 먹을 거야. 그러니우선 돌로 덮어두자."

지혜는 뭔가 생각난 듯 배낭을 열었다. 그리고는 "으이그병신." 하면서 자기 머리를 쥐어박았다.

"뭘 찾는 거야?"

"내 핸드폰."

"그게 뭔데?"

"있어. 아빠 핸드폰이라도 찾아보자. 관리사무소에 도와달라고 연락을 해야겠어."

곰과 지혜는 사고 현장 주변을 뒤지며 아빠 핸드폰을 찾아보았으나 보이지 않았다.

"어쩔 수 없어. 내가 내려가서 사람들을 불러올 테니 우선은 그렇게 하자."

"좋아! 내가 도와줄게"

지혜와 곰은 주변에 있던 돌을 옮겨 돌무더기를 만들기로

했다. 힘이 센 곰은 지혜 아빠를 편안하도록 바르게 눕혔다. 지혜는 주변에 있는 돌을 하나씩 주워 아빠를 덮을 돌무더기를 쌓아갔다.

돌무더기를 쌓다가 조금 전까지 아빠가 쓰러져 있던 곳 머리맡에 이끼 낀 푸르스름한 돌이 놓여 있는 것을 보았다. 지혜는 하던 일을 멈추고 신기하게 생긴 돌을 살펴봤다. 그리고는 돌무더기를 조금씩 들어냈다. 서서히 드러나는 푸르스름한 돌은 사람의 형체를 하고 있었다. 이끼 묻은 돌을 닦아보니 치마저고리에 코는 오뚝하고 눈은 움푹 들어간 못생긴 할머니 모습이었다.

지혜가 인형처럼 생긴 돌의 가슴 부분에 묻은 이끼를 닦자 반달 모양이 보였다. 지혜는 깜짝 놀랐다. '어! 나도 가슴에 발달 모양의 반점이 있는데….'라고 속으로 중얼거렸다. 돌 인형의 반달 반점을 깨끗이 닦아주었다. 그러자 지혜와 곰 주변에 밝은 빛이 덩어리져 회오리치고 동자꽃 꽃불이 날리기 시작했다. 빛이 반원 모양의 에너지 덩어리로 솟구쳐 공중에서 빛났다. 갑자기 바람이 불고 춥던 곳이 포근해졌다.

동자꽃이 허공을 가득 채우자, 여자 아이가 동자꽃을 한 움큼 들고 반원 덩어리 속에서 스르륵 나타났다. 바로 마고할매와 함께 있었던 반달이다.

"아이고, 땅속에 처박혀 죽는 줄 알았네."

"누, 누구세요?"

놀란 지혜는 뒤로 한 발짝 물러섰다. 곰도 놀란 표정이다. 잠시 후 동자 불꽃가루가 더 화려하고 아름답게 허공을 가득 메우자 푸르스름한 돌이 마고할매로 스르륵 변했다.

"아이고, 얼마만이야?"

"누, 누구세요?"

"난 마고인데, 넌 누구냐?"

마고할매는 지혜 눈을 쳐다봤다. 그러자 지혜도 마고할매 눈을 쳐다보며, "저요? 지혜라고 해요."라며 작은 목소리로 대답했다.

"뭐! 지혜?"

그 말에 마고할매도 놀라고 반달도 놀랐다.

"할매! 지혜라면⋯."

반달이 마고와 지혜 눈을 번갈아 쳐다봤다.

"그렇지. 눈을 봐. 나하고 똑같이 푸른 눈동자야."

"할매 말고는 푸른 눈동자를 가진 사람을 처음 봐요. 근데 지혜래. 우리가 찾고 있던 지혜가 맞는 건가?"

"우리가 찾던, 자기가 우리를 찾았던 간에 지혜만 찾으면 됐지. 누가 먼저면 어때."

"그러면 저 애가 고려를 구한다?"

반달은 지혜를 요리조리 훑어봤다.

"뭐? 애! 나는 애가 아니거든. 나보다 쪼맨한 것이⋯."

"…."

말이 없던 지혜가 갑자기 소리를 질렀다. 마고할매와 반달은 서로 눈을 깜박거렸다.

"고려를 구해요?"

마고할매는 지혜의 말에는 아무런 관심도 없다.

"데리고 가자. 한시가 급해."

마고할매는 지혜 손을 확 잡고 데려가려 했다.

"왜 그러세요. 전 못가요."

지혜가 뒤로 물러서며 돌무더기를 쳐다봤다.

"애야! 가자. 네 손에 나라의 운명이 달렸어."

"으이구, 나는 애가 아니라고요!"

"아, 미안해. 애든 어른이든 상관없어. 네가 날 도와줘야겠다. 가자! 나랑 가서 조금만 도와주면 돼."

마고할매는 지혜 손을 붙잡고 부탁했다.

"안 돼요, 보다시피, 이 돌무더기 안에 아빠가 죽어 있어요. 빨리 시내로 내려가 사람들에게 알려야 해요."

그 말을 들은 마고할매와 반달은 돌무더기를 쳐다봤다. 반달이 지혜에게 다가와 한참동안 귓속말을 했다.

"진짜에요?"

지혜는 마고할매를 쳐다보고 물어봤다.

마고할매는 얼떨결에 "그럼." 하고 고개를 끄덕였다.

"좋아요. 믿고 갈게요."

지혜 얼굴에 굳은 의지가 보였다.

"좋아, 그럼 가자, 곰도 가자."

마고할매 얼굴에 웃음이 번졌다. 지혜와 곰은 마고할매를 따라가기 전에 죽은 아빠를 위해 돌무더기를 튼튼히 쌓아올렸다. 지혜 눈에서 눈물이 흘렀다. 지혜가 눈물을 닦고 일어나자 마고할매는 반원 모양의 형태에 동자꽃가루를 뿌렸다. 그리고 지혜를 데리고 구름 속으로 뛰어 들어가자, 반달도 곰을 데리고 구름 속으로 함께 빨려 들어갔다. 아무 일 없었던 것처럼 지리산의 산 능선들에서는 아침 안개가 피어올랐다.

4. 음과 양이 있는 담주(담양)

중앙에 백두산신이 있고 동쪽엔 토함산신, 서쪽엔 계룡산신, 남쪽에는 지리산신(마고할매), 북쪽에는 태백산신이 동서남북으로 앉아 차를 마시며 화기애애하게 담소를 나누고 있다. 그들 뒤에는 반달과 지혜 그리고 함께 온 곰인 웅녀가 앉아 있다.

"음 속에 양이 빛나는 곳에서 지혜를 찾아라…."

백두산신이 수염을 만지며 중얼거리듯 말했다.

"저 어린 애가 지혜라면서?"

계룡산신이 지혜를 쳐다보며 말했다.

"저, 어린애 아니거든요."

뾰로통해진 지혜가 계룡산신에게 짜증을 냈다.

"아이고, 미안해요."

계룡산신이 웃으며 사과했다.

"저 애가 지혜라고 하는데, 음 속에 양이 빛나는 곳이라는 말과는 연관이 없는 거 같아요."

마고할매가 대답했다. 지혜는 다시 '애'라는 마고할매의 말을 듣고 마고할매를 째려봤다.

"그래, 너 애 아니다."

마고할매는 사과했다.

"아이구 답답해라. 그럼 지혜가 뭐냐고? 먹는 것인지, 아니면 손으로 가지고 노는 것인지, 그것도 아니면 무서운 괴물인지. 지혜가 뭔지 알아야 찾아보든지 하지!"

다혈질적인 태백산신이 참지 못하고 화를 냈다.

"그러네. 저 애가 지혜라면 사람이 지혜라는 말인가?"

듣고 있던 지혜가 또 '애'라는 말에 토함산신을 째려봤다.

"내가 봐서는 우리 산신들이 인간 세상에 관여할 순 없고, 누군가는 대량원군을 지켜야 하니 아마도 백두산 호랑이 처럼 강한 놈일 겁니다."

수염을 빗질하며 쓰다듬던 백두산신이 말했다.

"우- 답답해. 차라리 우리가 가서 대량을 도와줄까요?"

태백산신이 벌떡 일어나며 말했다.

"그건 절대 안 됩니다. 날 보세요. 내가 세상일에 관여했다가 혼난 일을 말씀드렸지요? 그나저나 백두산신님은 그때 어찌했다고 하셨나요?"

마고할매가 백두산신에게 물어봤다. 그러자 백두산신이 서서히 일어나서 말했다.

"아! 그 일이요?"

"뭔 일 있었나요?"

궁금한 태백산신이 바짝 다가오며 물어봤다.

"어느 날, 백두산에 해가 솟아오르지 않자 두려움에 떨던 마을 사람들의 근심과 걱정이 커졌지요. 알아보니 백두산 천지에 살고 있는 흑룡부부가 해를 삼켜버렸어요."

"그래서 바로 혼을 내주고 해를 찾아 오셨나요?"

태백산신이 물어봤다.

"아니지요. 제가 직접 인간 세상에 관여했으면 저도 마고할매처럼 하늘신에게 벌을 받게요? 전 흑룡담 마을에 살고 있는 쌍둥이 형제를 시켜 흑룡이 삼켜버린 해를 찾아 왔지요."

"아, 그랬구나! 그러면 이렇게 합시다. 첫째, 지혜가 뭔지? 둘째, 음 속에 양이 빛나는 곳은 어딘지? 서로 알아봅시다."

"좋아요. 간단하네."

토함산신이 맞장구를 쳤다. 듣고만 있던 지혜가 답답했는지 한 마디했다.

"산신들이면 둔갑술 같은 요술도 부리고 벼락도 치고 말이야. 모두들 산신이 맞긴 해요? 이런 일 하나 알아내지도 못하고….."

그러자 태백산신이 작은 불덩이를 지혜 앞에 '확!' 쏘았다. 놀란 지혜가 태백산신을 빤히 쳐다봤다.

"요술은 좀 하시네."

지혜가 피식 웃어버린다. 백두산신이 태백산신에게 검지를 들어 가로 저으며 요술을 부려서는 안 된다는 표시를 했다.

"우선 지혜라고 하는 것은 보이는 것이 아니고요, 음 속에 양이 빛나는 곳은 아마도 어느 지명을 뜻할 거라고 봐요."

"지혜가 보이지 않아?"

"사물의 이치를 깨닫고 정확하게 판단하고 처리하는 정신적인 능력을 말하는 추상명사지요. 먹는 것도, 무서운 괴물도 아니라고요."

"추상명사?"

산신들이 갸우뚱거렸다.

"아, 그래. 하늘신께서 눈에 보이지 않는 것이라 했어."

마고할매가 연신 고개를 끄떡거렸다.

"현명한 판단을 지혜라고 하는구먼. 인간들이 어리석기는 해도 지혜가 있네. 그러면 인간이 지혜인가?"

"인간이 지혜가 아니고요! 생각! 생각이라고요!"

답답한지 지혜가 손가락으로 머리를 가리켰다. 그러자 웅녀가 지혜를 쳐다보며 가슴 치는 흉내를 냈다. 그런데 웅녀 가슴에 있던 반달 모양 무늬가 사라지고 없다.

"첫 번째 의문은 풀렸고. 그러면 음 속에 양이 빛나는 곳이라는 말은 무슨 뜻이지?"

"산신들 맞아요? 이런 문제는 산신들에겐 껌 아닌가?"

"껌?"

산신들이 전부 지혜를 쳐다봤다. 그러자 지혜가 등에 메고 있던 배낭 안에서 껌 한 통을 꺼내 산신들에게 하나씩 나누어 줬다. 산신들이 껌을 들고 쳐다만 보자 지혜가 시범을 보여주듯 하나를 입에 넣고 씹었다. 산신들도 조심스럽게 따라했다. "겁은 많아가지고." 중얼거리는 지혜를 보며 산신들이 껌을 씹기 시작했다.

"이게 껌이에요. 껌! 껌이라는 말은 그냥 쉽다는 뜻이에요. 어이구, 이 말이 어려우면 껌이나 맛나게 씹으세요."

지혜는 뒤로 한걸음 물러났다.

"음! 달달한 것이 너무 맛있는데!"

산신들은 서로 얼굴을 쳐다보며 재미나게 껌을 씹었다. 어느 순간 모두 삼켜버리고 하나 더 달라고 지혜에게 손을 내밀었다. 지혜는 다시 껌을 주면서 "삼키지 말고 계속 씹어야 해요."라고 일러줬다.

어느새 노고단 주변에는 껌 씹는 소리와 함께 어둠이 내렸다. 차가운 겨울바람이 골짜기를 타고 노고단으로 올라왔다. 고목나무 끝에 노랗게 변한 은행나무 잎이 한겨울밤의 추위를 이겨내려고 힘겹게 흔들거렸다. 산신들은 마고할매에게 다음 일을 맡기고 껌을 씹으며 어디론가 사려져 버렸다.

지혜, 웅녀, 반달 그리고 마고할매는 음과 양이 있는 곳을 찾기 위해 구름을 타고 백두산으로 향했다. 흑룡이 살고 있다는 천지에는 시퍼런 물이 가득 차 있었다. 마고할매는 백두산신이 살고 있는 신선봉에 내렸다. 백두산신은 마고할매를 데리고 장군봉 아래로 가서 기도를 올리기 시작했다. 아무 말 없이 푸른 물이 넘실거리는 천지를 바라보며 명상에 잠겼다. 그렇게 며칠이 지나자 백두산신이 드디어 말문을 열었다.

"마고할매! 백두대간의 기운이 남도에 있는 지리산을 지나 백운산까지 펼쳐졌으니 아마도 좋은 일이 생길 것입니다."

"그래야지요. 마음으로 기도해 주시니 감사합니다."

"제가 백두산 호랑이라도 보내드릴까요?"

"아닙니다."

"도움이 필요하면 언제든지 말씀하세요."

"예, 그러겠습니다."

마고할매는 일행들과 백두산을 떠나 묘향산, 금강산, 설악산, 태백산, 덕유산, 지리산, 무등산, 한라산까지 한반도의 땅을 돌아보았다. 지혜가 마고할매에게 부탁해 한라산 백록담에 내렸다. 지혜는 죽은 아빠를 생각하며 바위에 앉아 먼 남해바다를 바라봤다. 웅녀가 뒤에서 살포시 등을 기대주었다.

한라산 백록담에서 다시 구름을 타고 남해바다를 건너 해양도(전라남도) 땅에 접어들었다. 마고할매 일행들은 이 전보다 더 자세하게 음과 양의 땅을 찾아 다녔다. 아름다운 영산강을 따라 서석산(무등산)을 막 돌아서자 담주(담양) 고을이 나타났다.

"할매! 저기?"

반달이 마고할매를 툭툭 치며 말했다.

"그래, 나도 보인다. 주변은 온통 고요한데 붉은 빛이 참으로 강해."

그들은 구름을 타고 하늘 위에서 내려다보았다.

"호수 같은 푸른 물이 신비롭구나. 호수에 떠 있는 한 움큼의 산이 바람에 흔들리고 있어. 저기로 한번 내려가 보자."

마고할매와 반달 그리고 지혜와 웅녀는 구름에서 내려 빛이 시작되는 곳을 향해 작은 다리를 건넜다. 푸른 물이 가득 담겨 있는 넓은 호수를 내려다보자 똘망똘망한 지혜의 모습이 맑은 물결에 그대로 비쳐보였다. 하지만 선명했던 지혜 얼굴이 순식간에 희미해지며 사라지고 말았다. 놀란 지혜가 옹녀를 붙잡고 옆으로 물러섰다.

다리를 건너가자 거대한 대나무 숲이 그들을 압도했다. 바람에 쓸려가는 대나무 잎들이 귀신처럼 괴기스러운 소리를 내며 흔들렸다. 굵은 대나무 사이를 지나자 폭포 소리가 점점 크게 들려왔다. 시원한 바람이 지혜 얼굴을 휙 스치더니 눈앞에 거대한 돌기둥들이 펼쳐졌다. 두려울 정도로 웅장해 보이는 돌기둥 뒤로 폭포수가 콸콸 흘렀다 거대한 돌기둥을 따라 한참을 올라가자 천 길 낭떠러지 돌다리를 만났다. 겁에 질려 후들거리는 다리를 붙잡고 돌다리를 건너자 저 멀리서 불꽃이 보이기 시작했다.

어느새 하늘에는 벌겋게 달아오른 둥근 달이 막 떠오르고 있었다. 아늑하고 포근해 보이는 돌담길을 따라 마을에 다다르자 마을 어귀 대장간에서 대장장이가 풀무질을 하고 있다. 낯선 이를 의식하지 않고 자기 일에만 열중했다. 풀무질이 끝나자 불에 달궈진 허연 쇠를 망치질하기 시작했다. 쇠 두드리는 소리가 마을을 넘어 조용했던 호수물결을 일렁거리게 만들었다.

마을 어귀를 돌아서자 작은 시냇물이 흐르고 그 사이를 두고 정자가 하나 있다. 돌계단을 올라 정자에 이르자 노인이 대금을 불며 한가로운 시간을 보내고 있다.

"노인, 여기는 어디입니까?"

반달이 물어봤다.

"여기가 어딘지도 모르고 오셨단 말인가?"

노인은 쳐다보지도 않고 대금을 내려놓으며 일행에게 말했다.

"어찌 하다 보니 그리 되었소."

촌스럽게 생긴 마고할매가 근엄한 목소리로 답을 하자, 노인은 다시 한 번 할매를 쳐다봤다.

"여기는 음과 양이 함께하는 곳이라오."

마고와 반달은 깜짝 놀랐다.

"뭣이라? 음과 양이 함께 있어?"

마고할매는 주변을 둘러봤다.

"왜 그리 놀라시오, 내 옆에 귀신이라도 보이오?"

"아니요. 내가 찾던 곳이라 그렇소. 좀 더 자세히 말해보시오."

"우리가 사는 이 마을은 물이 가득 담겨 있어 못 담(潭)과 불꽃이 강해 볕 양(陽)이라 하는 담주 고을에 있는 담양이란 마을이오."

듣고 있던 지혜가 나섰다.

"담양이라고요. 여기가 담양? 에이 거짓말! 우리 엄마 고향이 담양이어서 외할머니 만나러 자주 갔는데 이런 관광지는 없었는데….."

노인이 지혜를 쳐다봤다.

"그래, 맞았어. 음과 양은 물과 불꽃이었어. 이곳에서 지혜를 찾아야 하는데…. 그런 그렇고 말씀하신 어르신도 보기에 예사롭지는 않아 보이는데 누구십니까?"

"저요, 내 이름은 고지라고 하오. 성은 고 씨요 이름은 지혜롭다는 의미로 지를 쓰오."

마고할매가 이 말을 듣고 무릎을 탁 하고 쳤다.

"오-, 그래, 당신이었어! 바로 고려를 구할 사람은 당신이었어."

마고할매는 고지라는 노인 앞에 무릎을 꿇고 말했다.

"노인. 날 도와주시오. 당신만이 천추를 물리쳐 고려를 구하고 백성을 구할 수 있소. 도와주시오."

"당신이 누구신지는 모르겠으나 나같이 힘없는 늙은이가 뭘 할 수 있다는 거요. 쓸데없는 말 하지 말고 어서 가시오."

옆에 있던 반달이 마고를 할머니라고 부르는 노인을 쳐다봤다. 그러자 마고할매는 눈치를 주며 반달이 말을 하지 못하게 막았다.

"이보시오, 내 손녀 중에 천추라고 있소."

"천추태후가 손녀라고요?"

"그렇소. 그년이 김치양이란 사내한테 빠져 대량원군을 죽이고 왕씨 고려를 없애고 김씨 나라를 만들려고 하오.

막아야 하오."

옆에서 듣고 있던 지혜는 무척 혼란스러웠다.

'고려 7대는 목종, 8대는 유일한 여왕인 천추태후인데 그러면 내가 지금 어디에 와 있는 거지? 천 년 전의 고려인가?'

지혜는 속으로 혼자 중얼거리며 배낭에서 〈한국사 이야기〉 책을 꺼냈다.

"가만, 그러면 지금이 고려 목종 때란 말인가요?"

"잠깐, 저 애기 말은 무시하시오. 노인장! 날 제발 도와주시오."

"할매! 나 애기 아니라니깐. 왜 그래?"

지혜가 크게 화를 냈다. 그러자 마고할매는 지혜에게 미안하다 말하고 노인에게 다시 사정했다.

"노인, 날 도와주어야 하오. 노인!"

"할머니, 전 그런 능력도 힘도 없어요. 김치양이 백성의 피를 빨아먹고 매관매직에 고리대금까지 엄청난 부를 축척하고 있다고 들었소. 하지만 난 개경에 가본 적도 없는 촌로일 뿐이오."

"도대체 하늘신은 뭐야? 고려를 구할 능력자를 만나게 해주어야지."

마고할매가 갑자기 하늘신에게 짜증을 냈다.

"제가 봐도 늙어빠진 것이 힘도 없고 볼품없는 노인

인데요."

반달이 마고할매 귀에 대고 말했다.

"그러게…."

옆에서 고민하던 지혜가 말을 차고 나왔다.

"자. 천천히 답을 하세요. 혹시 담주에 단련사가 있나요? 없나요?"

"단련사는 없어진 지 몇 년 되었지."

"몇 년이라. 정확히 말하세요."

"그러니까, 을사년이니까 병오, 정미, 무신, 기유년 벌써 4년이나 지났네."

"그러면 1005년, 6년, 7년, 8년, 9년이네. 그럼 지금이 1009년?"

"뭔 소릴 하는 거야?"

"1009년 2월 강조의 난으로 천추태후가 왕에 오르지. 그러면 지금이 몇 월인가요?"

"저 달을 봐라. 오늘이 정월 보름이지."

"정월 보름? 그러면 불과 2주 정도 남았네."

"지혜야, 도대체 뭔 소리야? 알아듣게 이야기를 해봐."

지혜는 천 년 전 고려 이야기와 그동안 이상했던 과정을 모두에게 설명해 주었다. 누구도 믿기는 어려웠다. 마고할매는 천추태후가 왕이 된다는 말을 듣고 화를 감추질 못했다. 모든 것을 다 들은 노인은 벌떡 일어나 마고할매 앞에 무릎을 꿇고 앉았다.

"산신님. 용서해 주십시오. 죄 많은 노인이 이 대금을 돌려드리겠습니다. 이 대금은 천년 동안 자란 매마디 대나무로 만든 귀한 것입니다. 광양 고을 백운산에서 자란 대나무로 만든 대금을 불면 예로부터 나라가 어려울 때 세 마리 동물, 삼정이 나타나 나라를 구한다는 전설이 서려 있습니다. 천 년의 정령이 살아있는 대나무로 만든 대금이지요. 세상을 구하고 소리가 좋은 대금을 만들려는 욕심에 정령이 살아 숨 쉬는 매마디 대나무를 베어버린 죄를 짓고 말았지요."

"겁 없는 인간이군."

"죽을죄를 짓고 말았습니다. 그렇지만 천년을 살아온 정령이 깃든 대나무라 그 기운은 여전할 것입니다."

"…."

"수 년 전에 우리 마을에 큰 물난리가 났는데, 이 대금이 스스로 소리를 내 백성을 구하기도 했습니다."

"음과 양이 있는 담양 마을에서 고지 노인이 만든 대금이라…."

마고할매의 얼굴이 점점 굳어졌다. 마고할매는 예사롭지 않은 인연을 감지했다.

"나는 늙고 병들었으니 여기 있는 지혜를 믿어 보시면 어떨는지요?"

"겁이 많아 곰 똥구멍이나 잡고 따라다니는 어린 애가…,"

"아이참! 어린 애 아니라고요."

지혜는 어린아이라는 말을 듣고 마고할매를 쳐다봤다. 마고할매도 지혜를 쳐다보며 미안하다고 눈인사를 했다.

"아닙니다. 이 친구에게는 지혜가 있습니다. 우리가 살고 있는 역사를 미리 알 수 있는 지혜를 가지고 있으니, 이것보다 더 중요한 것은 없습니다. 천년의 정령이 살아있는 대금과 지혜라면 지리산신께서 원하시는 역사를 만들 수 있으리라 믿습니다."

"…."

모두들 노인의 말을 듣고 서로 쳐다만 봤다.

"어려움에 처했을 때 대금을 불면 아마 답이 있을 것입니다. 잠시만 기다려 주시면…."

그러더니 호리병 세 개를 들고 나갔다. 제일 먼저 대장간에 들리고, 다음은 호수에 들렸다. 마지막으로 대숲을 다녀왔다. 모두들 초조하게 노인을 기다렸다.

"천년의 정령에게 지은 죄 값을 담았습니다. 안은 보이지도 않고 누구도 열 수 없는 호리병입니다."

기이한 만남이었다. 마고할매와 지혜 일행은 대금과 호리병을 받아들고 지리산 노고단으로 다시 돌아왔다.

지혜는 우울하고 답답한 마음을 달래기 위해 고목나무

아래 앉아 둥근달을 등에 지고 대금을 쳐다봤다. 노란 은행 잎이 지혜 앞에 떨어졌다. 지혜 외할머니는 대금 연주 이수자였다. 어려서부터 어깨 너머로 대금을 배운 지혜는 노인이 준 대금을 불어보았다. 그 대금 소리가 너무나도 구슬프고 애달프게 들렸다. 지혜 눈동자에 푸른빛이 이글거리더니 대금 안을 돌아 은행나무를 감싸곤 어디론가 허공 속으로 사라졌다.

며칠 뒤 지리산 노고단에 겨울바람을 타고 진눈개비가 세차게 내렸다. "꽝, 꽝, 꽝!" 누군가 문을 거칠고 강하게 찼다. 반달이 문을 열고 나가보니 아주 못생긴 돼지 한 마리가 짧은 뒷발로 발길질을 하고 있었다.

"뉘신데, 이리 무식하게 문을 두드리오?"

"무식해! 내가 제일 듣기 싫은 말을 골라 쓰네. 너 오늘 혼나봐라."

돼지는 짧은 앞다리로 반달을 찼다. 반달 무릎 아래밖에 닿지 않는 엉성한 자세가 우스꽝스럽다.

"내가 바로 광양고을 백운산에 사는 돼지인데, 누가 날 불렀소? 대체 누가 날 부른 거요?"

반달은 돼지를 이리저리 쳐다봤다.

"어찌 이리 생겼을까? 이런 놈이 고려를 구해? 쯔-쯧!"

이때 어디선가 여우와 봉황이 날아들었다. 그리고 돼지는 당당하게 안으로 들어왔다. 어려움에 처했을 때 나라를 구한다는 삼정(돼지, 봉황, 여우)이 찾아온 것이다. 돼지는 목이 짧고 다리도 짧고 몸은 뚱뚱해 못생긴 동물의 대명사였다. 반면에 봉황은 깃털이 부드럽고 아름다우며 품위가 있어 보였다. 금빛 날개가 당당했고 당장 입에서 불이라도 뿜을 것처럼 보였다. 여우는 너무 작아서 손 안에 들어올 정도였고 큰 눈에 귀는 쫑긋하니 영리해 보였다.

마고할매가 가운데 앉고 반달과 지혜 그리고 웅녀, 돼지, 여우, 봉황이 나란히 앉았다.

"할매! 호랑이 한 마리도 없이 무슨 대량원군을 구해요. 저거 봐요. 어찌 저런 애들이…."

반달이 마고할매에게 속삭였다. 아무런 기대감도 없어 보이는 마고할매는 마지막 말을 마쳤다.

"내 이야기는 다 했으니 너희들만 믿을 것이다. 대량원군을 꼭 지켜주고 왕이 되도록 해주시오."

걱정이 많은 마고할매 목소리는 건조하고 힘이 없었다.

"…."

모두들 마고할매의 말을 듣고 대답이 없다. 또 다시 마고할매가 물었으나 여전히 대답이 없다. 침묵만 흐르던 중 여우가 말을 꺼냈다.

"산신님. 저희들은 소망이 하나 있습니다. 혹시 들어주실 수 있는지 궁금합니다."

마고할매는 잠시 당황했다.

"그래, 말은 해 보거라."

"저희들은 동물로 태어나 이 세상에 아무런 도움도 되지 못하고 음식만 축내고 살았습니다. 우리도 세상에 보람된 일을 하고 싶습니다. 우리가 대량원군이 왕이 되도록 도와주면 우리를 사람으로 환생시켜주십시오."

"아, 그건! 어려워….'

옆에 있던 반달이 고개를 저으며 안 된다고 계속 신호를 보냈다. 마고할매는 고민에 빠지고 말았다. 지혜는 반달을 한 번 보더니 마고할매를 바라봤다.

"할매. 우리 아빠도….'

"죽은 아빠는 썩지 않고 그대로 있을 것이다. 하루를 천년처럼, 천년을 하루처럼 네가 사는 세상의 시간과는 다르단다. 여기서 오랫동안 머물러도 네가 사는 세상에서는 하루에 불과할 것이다. 걱정 말거라."

"산신님의 요술을 보여주세요."

여우와 봉황 그리고 돼지가 마고할매에게 간절하게 부탁을 했다. 하지만 지혜는 더 이상 아무 말도 하지 않고 고개만 숙이고 있었다. 반달이 지혜를 가련한 눈빛으로 바라봤다.

"뭘 보여달란 말이냐?"

반달은 마고할매에게 다시 고개를 저으며 안 된다는 뜻을 전달했다. 마고할매는 이야기를 하다 말고 밖으로 나가 버렸다. 노고단의 차가운 눈이 매서운 겨울바람에 섞여 세차게 내리고 있었다.

5. 칼춤 추는 유행간

"불이야! 불이야!"

연등행사를 하던 회경전 기름 창고에서 불이 났다. 놀란 내시들과 궁녀들은 불을 끄기 위해 물을 나르고 쏟아 부어 보지만 오히려 불은 시꺼먼 연기를 내며 활활 타올랐다.

검으로 무장한 건달 몇 사람이 김치양에게 다가와 귓속말을 전했다. 김치양의 명을 받은 건달들은 어디론가 쏜살같이 가버렸다. 지근거리에서 목종 왕을 돌보는 유충정이 김치양과 건달들의 수상한 행동을 예리하게 지켜봤다. 유충정은 불길한 상황을 직감하고 측근들을 불러 은밀하게 지시를 내렸다. 잠시 후에 천추태후가 기거하는 천추전에도 큰불이 타오르기 시작했다. 합종사 유행간이 목종 왕이 있는 연등 행사장으로 다급하게 달려 왔다. 유충정은 합종사 유행간에 게 김치양의 수상한 행동을 자세하게 설명해 주었다.

"전하, 어서 피하셔야 합니다!"

유행간과 유충정이 놀란 목종을 호위해 연등회 장소를 떠나려고 나섰다. 많은 대신들이 함께 움직이기 시작했다.

"저기는 어디인데 불이 저리도 크게 붙었다는 말이냐?"

목종이 황급한 발걸음을 잠시 멈추고 물어봤다.

"저기는 천추전입니다."

"뭐야? 어마마마가 계시는 천추전이라고…?"

"전하! 그렇사옵니다. 어서 여기를 피하셔서 옥체를 지키 셔야 합니다. 어서 가시지요."

그때, 복면을 한 자객들이 건물 모퉁이에서 나타나 목종 을 시해하려 칼을 들고 달려들었다. 놀란 대신들은 도망가 고 말았다. 호위무사들과 함께한 유행간은 수적으로 불리함 에도 불구하고 처절하게 맞서 싸웠다. 유행간의 허공을 가 르는 정확한 칼 솜씨는 대단했다. 이마에 구슬땀이 맺히고 거친 숨을 몰아쉬면서도 유행간의 눈빛은 살기로 빛나고 있 었다. 자객들이 하나 둘 쓰러지면서 도망가고 말았다.

"주변을 살피거라."

"예, 합종사 어른."

"충정아! 어서 모시거라."

유행간은 주변을 경계하며 왕이 업무를 보는 건덕전으로 발걸음을 돌렸다.

건덕전 외부 경계를 강화했다. 안에는 덩그러니 목종과 유행간 그리고 유충정만이 있다. 멀리서 불붙은 기와가 터지고 나무기둥들이 무너지는 소리와 불을 끄는 사람들의 아우성이 혼미하게 섞여서 밤새 소란스럽더니 새벽녘이 되어서야 잠잠해졌다.

"충정아! 너는 나가서 피해를 살펴보고 오너라. 특히 천추전에 계시는 천추태후가 어떻게 되셨는지 자세하게 알아봐야 할 것이다."

유행간은 유충정에게 명을 내렸다. 유충정은 목종의 얼굴을 쳐다보고 나서 밖으로 나갔다.

"행간아! 너무나 힘들구나. 어서 중광전으로 가서 쉬어야겠다."

"아직은 아니 되옵니다. 어디에서 자객들이 다시 나타날지 모릅니다. 천추전에 불이 났으니 천추태후의 안위를 확인하는 것이 중요합니다."

"행간아. 그것은 나중 일이고 이젠 침전에 들어도 되잖느냐?"

"…."

"그렇게 하고 싶구나."

"……"

"내가 너무 힘들어서 그래."

깊은 고민에 빠진 유행간이 대답을 했다.

"예, 그렇게 하시지요."

유행간은 왕의 침전인 중광전으로 향했다. 건덕전을 돌아 돌계단을 따라가자 중광전이 나왔다. 중광전에 다다르기도 전에 갑자기 목종은 쓰러지고 말았다. 내관들과 시녀들은 목종을 엎고 침전으로 들어갔다.

중광전에 몇 번의 아침이 밝았지만 목종은 일어나지 못했다. 얼마 전, 목종은 왕손(대량원군)이 보고 싶었는지 나약한 몸으로 개경 숭경사를 다녀오다가 폭풍을 만나 죽을 고비를 넘긴 적이 있었다. 또한 자객들의 시해사건 이후로 급속도로 쇠약해져 시름시름 앓기 시작했다.

천추전에 불이 나면서 천추태후가 잠시 김치양의 집에 머물게 되었다. 김치양 집 주변에는 많은 군사들이 경비를 섰다. 특히 솟을대문 앞은 무기를 든 호위 군사들이 겹겹이 둘러쌌다. 대문을 열고 들어가면 마당에는 큰 가마와 수십 필의 말이 묶여 있다. 마당을 지나면 궁궐보다 더 웅장한 원형기둥으로 이루어진 본채가 우뚝 솟아 있다. 좌측으로 넓은 뜰이 있고 정원을 돌면 안채가 있다. 우측으로 돌면 사랑채가 있고 그 뒤로 소나무 숲을 돌아가면 널찍한 공간에 김치양의 사당이 본채보다 훨씬 높은 처마 끝을 자랑하고 있다. 천추태후는 본채 큰방에 앉아 김치양과 대화를 나누고 있다.

"원래는 기름 창고만 불을 내기로 하지 않았나요?"

"그렇소. 어수선한 틈을 이용해 전하를 시해하려는 거사를 완벽하게 준비했는데, 생각하지도 못한 천추전에 불이 나는 바람에 자객들 일부만 보내 실패하고 말았소."

"그렇다면 천추전은 누가?"

"당연히 전하의 명을 받은 유행간 이 놈의 소행이지요."

"내 아들 놈이 날 죽이려 불을 질러? 용서가 안 돼. 왕도 왕이지만 유행간 이놈이 더 나쁜 놈이요."

"천추! 전하는 너무나 병약해서 오래가지 못하니 우리가 그를 죽였다는 백성들의 원한을 들을 이유는 없소. 문제는 대량원군이요. 지금은 유행간이 아무리 미워도 대량원군을 죽일 때까지만 함께해야 합니다."

"대량이 숨어 있는 숭경사에 갔을 때, 하늘에서 벼락이 떨어질 줄 미처 몰랐어요."

"우연한 일을 가지고 너무 마음 쓰지 마시오. 내가 반드시 자객을 보내 대량의 숨통을 끊어버릴 것이오."

"내가 부리는 사람 중에 죽음을 불러들이는 무녀가 있습니다. 그녀는 마녀를 다스리는 법을 아니 그 무녀에게 거사를 맡길 것입니다."

"한방에 죽여 버립시다. 시간이 없소."

김치양의 얼굴에 잠깐 잔인한 미소가 스치다 사라졌다.

"마녀의 손은 누구도 벗어나지 못할 것입니다. 결국 우리의 세상은 생각보다 빨리 올 테니 거사 날짜를 정합시다."

"좋소, 마지막으로 군을 장악해야 하오. 그러기 위해서는 서경에 있는 도순검사 강조가 꼭 필요하오. 죽이든지 아니면 우리 편으로 만들어야 하오."

"한낱 도순검사가 뭘 할 수 있겠어요?"

천추태후는 강조 장군을 평소 가소롭게 생각했다.

"그렇지 않소. 흥화진에 있는 양규 장군이나 서경에 있는 강조 장군은 군사를 지휘하는 중요한 인물이오. 하지만 흥화진은 개경과 너무 멀어 의미가 없고 서경은 여기서 코앞이니 꼭 강조 이 자를 정리해야 하오."

"그렇다면 난 대량원군을 맡아 죽일 테니, 당신은 강조를 어떻게 할 것인가 고민하세요. 그 다음에 목종을 폐위하고 고려를 우리 아들에게 물려줍시다."

소리 없이 내려오는 하얀 눈꽃들이 말발굽에 튀어 오른 거친 눈꽃들과 함께 뒤섞여버렸다. 화려한 올림머리에 붉은 겉옷을 입은 천추태후가 말을 타고 어디론가 급하게 달려갔다. 그 뒤를 따르는 검은 옷을 입은 사내들도 함께 바람을 가르며 달려갔다.

중광전 침전에 누워있던 목종이 며칠 만에 깨어났다.

"충정아! 내가 며칠이나 이리 있었느냐?"

"엿새가 되었습니다."

"뭐라? 엿새를 내가 이렇게 누워만 있었단 말이냐."

"그렇습니다. 이렇게 깨어나시니 제가 더 감사합니다."

"행간이는?"

"건덕전에 있을 것입니다."

목종은 유충정에게 가까이 오라고 손짓했다.

"더 가까이 오너라. 전에 말한 채충순을 불렀느냐?"

병석에 누워있던 목종은 유충정의 귀에 대고 힘들게 말했다.

"예! 충주로 사람을 몰래 보내 궁 밖에서 대기하라고 일렀습니다. 전하."

"유행간이 알면 우리 모두 죽는다. 절대 알아서는 안 되느니라."

"전하, 먼저 유행간을 죽이셔야 합니다. 그 자가 살아있는 한 김치양과 함께 대량원군을 죽이고 말 것입니다."

그때 유행간이 들어오자 목종과 유충정의 대화가 끊겼다. 둘은 흠칫 놀랐다. 놀란 유충정이 먼저 웃으며 말을 꺼냈다.

"합종사 어른! 전하가 깨어나셨습니다."

"그래, 다행이구나."

"충정이는 이제 그만 나가 보거라."

유충정은 "예!" 하고 대답하고는 목종을 쳐다보고 나갔다.

유행간은 밖에 있는 상궁을 불렀다.

"상궁은 가서 내의를 데리고 오너라."

유행간의 말을 들은 상궁은 전의를 데리고 왔고 진맥을 마친 내의는 유행간에게 귓속말을 전하고 방을 나갔다. 유행간이 방을 나가면서 침전을 지키는 상궁과 병사들에게 "아무도 들어가지 못하게 하거라. 알았느냐!"라고 명을 내리더니 어디론가 가버렸다.

잠시 후, 유행간은 목종이 머무르는 침전으로 대신들과 함께 들어왔다. 방문이 열리자 유충정이 목종을 뒤에서 끌어안고 있는 모습이 보였다. 목종은 유충정의 귓가에 입을 대고 있다. 둘의 괴상한 포즈에 대신들도 서로를 쳐다보며 민망해 했다. 유행간은 동공이 좁아지며 살 끝이 움츠러들었다.

"누가 들어가게 허락했느냐?"

유행간이 경비군사에게 채근했다.

"전하께서 유충정을 불러오라 해서…."

그 말을 듣는 순간 유행간은 경비군사가 들고 있는 칼을 꺼내 그 자의 목을 베어버렸다. "내가 아무도 들이지 말라

했거늘, 감히…" 하고 혼자 중얼거렸다. 유행간이 다시 유충정을 향해 걸어갔다. 칼끝에서는 핏물이 '뚝! 뚝!' 떨어졌다. 유행간은 유충정의 목 밑에 칼끝을 들이댔다. 칼끝에 묻은 핏물이 유충정의 가슴을 타고 미끄러지듯 흘러내렸다.

"충정이는 늦은 시각에 여기서 뭐하고 있느냐?"

"합종사 어른, 제가 할 것이 뭐가 있겠습니까. 전하 노리갯감이나 되는 것이지요."

유충정은 칼끝을 밀고 옷맵시를 단정하게 하며 일어났다.

"하-, 노리갯감? 죽어가면서도 밝히는 것은 여전하구나. 나가거라."

"예! 합종사 어른"

유충정은 엉덩이를 뒤로 하고 방문을 빠져나갔다. 유행간이 목종에게 다가갔다.

"전하, 오늘은 제가 도와드릴까요?" 하면서 병석에 누워 있는 목종의 이불 속으로 손을 넣고 불알을 꽉 잡았다.

"행간아! 그러지 말거라."

목종은 가까이 있는 사람도 알아듣기 어려울 만큼 쇠약한 소리를 냈다.

"이 세상에서 전하를 가장 아껴주는 사람은 누구이지요?"

"그야, 행간이 너지."

"전하의 뜻을 가장 정확하고 바르게 전달하는 자는 누군 가요?"

"당연히, 행간이 너지."

"전하! 이 나라에서 전하 다음은 뉘지요?" 하고 대답을 기다렸다.

"그거야. 지금까지 그랬던 것처럼 행간이지."

점점 작아지는 목종의 말을 듣고 만족한 듯 유행간은 이불 속에서 손을 빼냈다. 곁에 있던 시중에게 유행간이 물었다.

"시중! 당신은 얼마 만에 전하를 뵙는 거요?"

"연등행사 때 잠시 뵌 것을 제외하면 석 달 만에 뵙습니다."

"이제 잘 아셨지요? 누가 가장 전하를 잘 보필하고 전하의 뜻을 전달하는지 말입니다."

"예, 봤습니다."

"이제 전하는 걱정하지 말고 내가 전달하는 뜻이나 잘 시행하도록 하시오."

"그렇게 하지요."

"자, 그럼 나가 보시고 더 이상 전하를 뵈려고 하지 마시오. 보다시피 병색이 짙어 사람 만나는 것을 피해야 하오."

"알겠소."

시중을 포함한 대신들은 물러나고 유행간과 목종만이 남게 되었다. 잠시 침묵이 흘렀다. 바람 한 점 없는 방안에 촛불이 아른거렸다.

"송아!(목종의 아호) 오래 살아야 한다. 네 놈이 죽으면 나도 끝이다. 근데 어찌 이리 아프단 말이냐? 내가 가슴이 아프고 시리다."

유행간의 말을 듣고 있던 목종의 얼굴이 붉어지면서 눈물을 흘렸다.

"내 말이 그렇게 감동스럽단 말이냐? 인간은 누구나 죽는다. 너는 호사를 누릴 만큼 누렸으니 아니, 남들은 하지 않는 남색도 줄기차게 즐겼으니 오늘 죽어도 여한은 없을 것이다. 문제는 네가 죽고 난 다음이다. 대량원군이 왕이 되면 난 죽는다. 그래서 천추와 김치양이가 대량원군 죽이려 하는 것을 모른 체하거나 조금씩 도와주고 있지. 분명 그들은 대량원군을 죽일 것이고…. 그 다음 내가 천추만 죽이면 이 고려는 내 것이 되는 것이다."

"…."

듣고 있던 목종이 침을 한 번 삼켰다.

"이미 만월대 궁궐 권력은 내 손에 있고 신하들도 군사들도 내 손안의 노리갯감이지. 넌 죽기 전까지 아니, 죽고 나서도 내가 권력을 장악할 때까지는 누구도 만나지 못할 것이다."

누워있는 목종은 흐르는 눈물을 닦을 힘도 없었다. 얼굴이 붉어지고 눈알에 핏기만 돌았다.

"죽기는 싫은 모양이구나. 그렇지. 죽는다는 것은 다 슬픈 일이지."

유행간은 벌떡 일어나더니 방안을 어슬렁거렸다. 손에 쥔 칼을 쳐다보더니 칼춤을 추기 시작했다. 바람을 가르는 유행간의 칼춤은 세련되고 부드러우며 품위가 있어 아름다웠다. 빠름과 느림, 그리고 우아함은 유행간과 이미 한 몸이 되었다. 이마에 땀방울이 맺히고 겨드랑이에서 땀내가 날 무렵 유행간은 허공에 칼을 던져 목종의 얼굴 옆에 꽂았다. 꽂힌 검이 울었다. 놀란 목종이 고개를 돌리며 눈을 감았다.

"살고 싶겠지. 그게 인간이지. 근데…. 당신은 나 같은 욕심덩어리를 좋아한 것이 문제였어. 어의가 말하더구나. 머지않아 죽을 거라고…. 하지만 조금만 더 버텨주어야 해. 그래야 내가 이 나라를 모조리 차지할 수 있으니까. 살아야 한다. 날 위해 살아야 한다. 크하하!"

유행간은 갑자기 크게 웃으며 소리를 질렀다.

은행나무 숲

6. 개경 만월대와 신혈사

산 전체가 큰 바위로 이루어지고 소나무가 아름다워 송악이라 불리는 송악산 남쪽에 고려의 수도, 개경이 있다. 송악산 북쪽으로는 천마산과 박연폭포가 있고, 남쪽으로는 진봉산이 솟아 마치 고려 수도인 개성을 향해 조공을 드리는 형상을 하고 있다. 송악산 남쪽 아래에 위치한 궁궐인 만월대는 내성인 궁성과 외성인 황성으로 나누어져 있으며 송악산을 둘러싸고 있는 발어참성은 외성인 황성과 연결돼 궁을 감싸고 있다.

궁성의 정문은 남쪽 승평문이고 황성의 정문은 동쪽 광화문이다. 광화문에서 남북으로 향하는 큰 도로 양쪽에는 시전이 있어 많은 사람들이 모여들었다. 특히 벽란도에 출입하는 송나라 상인이나 사절들은 순천관이란 객사에 머물며 문물을 교환했다.

개경이 한 눈에 내려다보이는 송악산 산기슭에 지혜와 웅녀 그리고 돼지, 봉황, 여우인 삼정이 서 있다.

"저기가 바로 개경이다."

"허벌나게 크네."

못생긴 돼지가 코를 씩씩 불며 말을 했다.

"저기에는 왕이 사는 궁궐, 백성이 사는 마을, 장사하는 시전까지 수천 채가 되는데 도대체 어디 가서 대량원군을 찾는단 말이야?"

지혜를 쳐다보며 덩치 큰 봉황이 말했다. 봉황과 눈이 마주친 지혜가 모두에게 말했다.

"모두 잘 들어, 시간이 없어. 먼저 대량원군을 찾아서 지키는 것이 중요해. 여기 보면 삼각산 신혈사라는 작은 암자에 머무르고 있는 것으로 돼 있어."

지혜는 〈한국사 이야기〉 책을 보며 말을 했다.

"삼각산이 어디지?"

지혜 어깨 위에 올라 탄 여우가 물어봤다.

"여기서 남쪽으로 가야 돼. 먼저 봉황은 신혈사를 찾아라. 만약 찾게 되면 우리에게 길을 알려줘."

"응, 알았어."

봉황이 곱고 아름다운 자태를 뽐내듯 화려한 날개를 펄럭이며 기운차게 날아가는 바람에 여우는 뒤로 넘어지고 말았다.

"웅녀와 돼지는 사람들 눈을 피해 임진강 선착장에서 만나자. 난 여우와 함께 도성에 들러서 갈 테니."

"내가 있어야 널 지켜줄 텐데….."

걱정스런 눈빛으로 웅녀가 물어봤다.

"네가 보이는 순간 사람들이 널 잡아 가죽을 벗기고 웅담을 꺼내려고 환장할거야."

"그럼 난?"

돼지가 없는 고개를 세워 으스대며 말했다.

"넌, 아마 보이는 순간 뜨거운 물에 삶아 먹어 버릴 걸?"

그 대답에 돼지가 힘없이 고개를 수그렸다.

지혜는 대금이 삐쭉 나와 있는 배낭 위에 여우를 태우고 도성 앞 광화문을 돌아 시전을 지나갔다. 백성들은 못 보던 배낭을 메고 있는 지혜를 쳐다봤다. 시전 앞 대로를 지나갈 무렵, 말을 타고 가는 기마 군사부터 창과 검을 들고 달려가는 군사들까지 다급하게 광화문 안으로 들어가는 모습이 보였다.

잠시 후, 광화문이 다시 열리더니 말을 탄 사내가 부하들을 거느리고 시전 앞 대로로 나왔다. 검은 망토를 걸친 사내들은 비장해 보였다. 지나가는 행인들이 모두 고개를 숙이고 있는데 지혜는 말 탄 사내를 쳐다봤다. 두 사람은 서로 눈이 마주쳤다. 지혜와 김치양이 처음 만난 것이다.

해질 무렵, 임진강 선착장에 지혜와 여우가 도착했다. 지혜가 주변을 살피자 뒷산에서 소나무가 흔들리는 것이 보였다.

"애들이 저기 있나보다."라며 지혜와 여우가 뒷산으로 올라가자 웅녀는 개미를 잡아먹고 있고, 돼지는 칡뿌리를 씹어 먹고 있다. 허기를 채운 웅녀는 지혜와 여우를 등에 태우고 임진강을 건너 삼각산을 향해 밤새 걸었다. 아침 여명이 밝아올 때쯤 신혈사 작은 암자가 보이는 길목에 도착했다. 지혜와 친구들은 암자가 보이는 산마루에 앉아 잠시 휴식을 취했다. 큰 바위와 바위 사이에 있는 조그마한 암자는 겨우 몇 명이 지날 수 있을 정도의 좁은 돌계단으로 이루어져 있었다. 그때 봉황이 사뿐히 내려앉으며 나직하게 말했다.

"지혜야, 저기 검은 옷을 입은 사내들이 신혈사로 올라가고 있어."

"뭐라고?"

지혜는 봉황이 말하는 곳을 쳐다봤다. 벌써 사내들은 신혈사 입구에 다다르고 있었다.

"웅녀와 돼지는 어서 가라. 몸으로라도 막아야 해!"

"응, 알았어!" 하고 웅녀와 돼지가 달려 나갔다. 지혜는 여우를 배낭에 담고 달리기 시작했다.

"으–! 큰일이다. 너무 늦었어!"

그러자 날아가던 봉황이 지혜 앞에 먼지를 내며 멈추더니 제안했다.

"지혜야! 한 번 업혀 봐. 누구를 한 번도 업고 날아 본적은 없는데…. 지금 한번 해보자."

"그럴 수 있을까?"

역시 잘 되지 않아 실패하고 말았다. 봉황은 하늘로 높이 비상하더니 내려와 다시 태워봤다.

"자, 다시 하자!"

"그래, 용기를 내자."

그들은 다시 업혀 날아보려 했으나 균형을 제대로 잡지 못해 떨어지고 말았다. 지혜와 여우는 흙더미 위로 '꽈—당!' 떨어졌다.

"아이고, 머리야!"

봉황은 세차게 날갯짓을 하고 하늘로 힘껏 올라갔다 내려오더니 다시 말했다.

"할 수 있어, 한 번 더 해보자!"

그들은 용기를 내서 다시 날아보려 했으나 또 떨어져 넘어지고 말았다. 지혜는 그냥 달리기 시작했다. 봉황은 그 자리에 풀이 죽어 주저앉아 버렸다.

지혜가 신혈사에 도착했을 때는 자객과 스님 몇 사람이 피를 흘리고 쓰러져있었다. 다른 자객들은 보이지 않고 도망간 상태였다. 돼지는 거친 숨을 몰아쉬고 있었다. 웅녀의 날카로운 손톱에 피가 묻어 있었고 다리에서는 피가 흐르고 있었다.

"너무나 고맙다."

신혈사 주지인 진관 스님이 웅녀와 돼지에게 고마움을 표했다. 뒤늦게 도착한 지혜도 진관 스님에게 합장으로 인사를 하고 웅녀의 상처를 쳐다봤다. 진관 스님은 안으로 들어가더니 으깨진 약초 잎을 들고 나왔다.

"얘야! 이것을 발라주거라."

"스님! 저 애 아니거든요."

그 말을 들은 스님은 작은 미소를 지으며, "아, 그래. 그래. 미안하다."라며 사과를 했다.

"돼지야! 너 진짜 빠르더라. 먹는 것만 빠른 줄 알았는데 대단했어. 송곳같이 날카로운 이빨이 무섭더라. 근데 봉황은 어디 있지?"

웅녀의 시선을 따라 모두들 주변을 돌아보았다. 정말로 봉황은 보이지 않았다. 그때 봉황은 날아서 오지 않고 신혈사 일주문을 따라 돌계단을 터벅터벅 걸어오고 있었다.

"봉황아! 어서와. 늦었네."

봉황은 대답을 하지 않았다. 고개를 숙이고 오다가 힘에

겨운지 한 쪽에 철퍼덕 주저앉아버렸다. 그리곤 잠깐 쉬어야겠다는 듯 손사래를 쳤다. 지혜가 진관 스님에게 물었다.

"스님! 그자들은 누구인가요?"

"아마도 자객들이겠지. 요즘 들어 자주 오는구나."

"이제 대량원군을 다른 곳으로 피신시켜야 합니다. 조만간 천추가 보낸 강조 군사들이 대량원군을 죽이러 올 것입니다."

진관 스님은 지혜의 말을 듣고 소스라치게 놀랐다.

"아니, 대량원군이 여기 있다는 것을 너 같은 꼬맹이가 어찌 안단 말이냐?"

"스님! 저는 애도 아이고 꼬맹이는 더더욱 아니라고요."

"아–! 미안, 이 비밀을 아는 사람은 몇 안 되는데…."

"스님, 제 말을 믿으셔야 해요."

"전, 대량원군이 지하 토굴에 숨어있는 줄도 알아요."

"토굴도 알고 있는 넌 도대체 누구냐?"

스님은 고개를 돌려 금강경을 암송하기 시작했다. 금강경을 암기하다 말고 "미래불이 오신건가?" 하고 혼자 중얼거린다.

"스님 놀라지 마시고요, 저에게는 아주 쉬운 일이예요. 아무튼 여기 계시면 안 되고 저랑 멀리 피해야 해요."

"전하께서 여기에 숨어있으라고 하셨다. 그러니 여기를 내가 지키고 있어야 한다."

"그래서 죽어요. 그러면 안 된다니까요. 저를 믿으세요."

"전하께서 시키신 일이다. 어떻게든 여기를 지켜야 한다."

"전하께서는 많이 아플 것이고…."

진관 스님은 지혜 말이 끝나기도 전에, "오-, 미래불이 오신거야. 나무관세음보살, 나무관세음보살! 전하가 아픈 것까지 알다니."라며 지혜 앞에 무릎을 꿇고 큰 절을 했다. 그러자 뒤에 있던 다른 스님들도 따라서 일제히 무릎을 꿇고 절을 했다. 그때 여우가 잽싸게 지혜 어깨 위로 올라가 스님들의 절을 기분 좋게 받았다.

"스님, 전 미래불도 아니고요. 지혜라고 해요. 놀라지 마시고. 며칠 후에 천추태후가 강조 장군과 함께 반란을 일으켜 목종, 유행간, 유충정을 죽이고 여기 계신 대량원군도 죽일 것입니다. 그러기 전에 우리가 할 일은 대량원군을 다른 곳으로 안전하게 모셔야 하고 강조 장군을 만나 천추태후가 아닌 대량원군의 사람으로 만들어야 해요."

"나무관세음보살, 미래불이시여! 분부만 내리시지요."

"스님. 지금은 현명한 판단…. 지혜가 필요할 때입니다."

지혜가 말하면서도 지혜라는 말을 하는 게 조금은 어색했다. 그때 돼지를 태운 봉황이 신혈사 앞을 날아갔다.

"우와- 신난다! 내가 하늘을 날고 있어."

돼지가 목청껏 소리를 지르며 날아갔다. 봉황이 돼지를

태우고 하늘을 날 수 있게 된 것이다. '봉황이 해냈구나. 잘
했다!' 지혜도 입가에 미소를 띠었다.

"미래 부처님! 그러면 아무도 찾지 못하게 깊은 산속으로
들어갈까요?"

"그것이 혜안인지, 조금만 더 생각해 보지요."

"일단 목숨은 구해야…."

"목숨 하나 구할 수는 있으나 도피에 불과하니 세상을 등
지는 것이라 생각합니다. 대량원군은 그냥 한 사람이 아닌
고려를 책임지고 백성을 구할 사람이지요. 강조의 변은 며
칠 후에 일어날 것이고 그것에 대비해야 역사가 바뀝니다."

"근데, 어찌 그런 천기를 다 예언하시는지요?"

"쉬워요, 다 써져 있어요."

"쉽다고요? 어디에 써졌습니까? 천기 예언서라도 가지고
계신가요?"

스님은 갑자기 궁금한 것이 많아졌다.

"…."

지혜는 스님을 쳐다보고 미래에서 왔다고 말을 하는 것이
좋을지, 아니면 말을 안 하는 것이 좋을지 헷갈렸다. 그때
돼지를 태운 봉황이 신혈사 마당에 먼지를 일으키며 내려앉
았다. 여우가 지혜 귓가에 대고 말을 했다.

"내가 보면 봉황은 굉장히 차분하고 신중해 보여 한번
물어보자."

"좋아. 좋은 생각이다."

지혜는 봉황에게 다가갔다.

"미래부처가 확실해. 저런 미물과 말도 하고⋯."

진관 스님은 지혜를 졸졸 따라다니며 지혜가 하는 행동을 눈여겨봤다. 머리 위로 올라간 여우가 따라오는 스님을 보고 웃었다. 지혜는 봉황과 돼지 그리고 웅녀와 함께 이야기를 했다.

"지금 가장 위험한 곳은 어디일까?"

지혜가 물었다.

"그거야. 자객이 오는 신혈사이거나 천추나 김치양이 있는 궁궐이겠지." 영리한 여우가 대답을 했다.

"그래, 가장 위험한 곳은 천추와 김치양이 있는 궁궐이지."

봉황이 차분하게 말했다.

"그러면 궁궐 그 다음은 신혈사네?"

돼지가 정답을 맞히기라도 한 양 신이 나서 즐거워했다.

"그렇다고 보는 것이 맞지."

봉황이 대답을 하자 지혜가 나섰다.

"난, 아니라고 생각해. 가장 위험한 곳이 지금 가장 안전한 곳이라고 생각해. 또 정변이 나면 그 시대의 중심지에 있어야 고려를 구할 가능성이 커진다고 생각해."

그 말을 듣고 봉황이 거들었다.

"그래, 지혜 말이 맞아. 대량원군은 고려를 구할 사람인데, 정변이 일어나는 시기에 산속에 숨어있는 것은 올바른 판단이 아니. 감히 상상도 못할 대궐, 그곳이 가장 안전하다고 생각해."

"난, 봉황의 생각에 찬성해. 너희들은 어때?"

"…."

동물들의 말을 알아듣지 못하는 진관 스님은 지혜만 쳐다봤다.

신혈사 법당 지하에 있는 토굴에서 지혜와 대량원군이 마주섰다. 대량원군은 팔자로 벌어진 눈썹에, 찢어진 작은 눈에, 가냘프고 창백한 얼굴이었다. 팔 다리가 얇아 '훅' 불면 넘어질 것 같았다. 볼품없는 대량원군을 처음 보는 지혜 얼굴에 실망감이 그대로 나타났다.

"지혜가 필요할 때입니다."

모두들 지혜를 쳐다봤다. 또 다시 정적이 흘렀다. 대량원군은 지혜의 파란 눈동자를 바라봤다.

"넌 눈동자가 파랗구나?"

"내가 별로 말하고 싶지 않은 거지만 맞아요."

"신기해서 물어봤다."

"신기할 것까지 없고요, 서양 사람들에게는 아주 흔한 모습이에요."

"서양사람?"

"키도 크고 머리카락도 노랗고 눈동자도 파란 그런 사람들이 있어요. 아무튼 대량원군의 생각은 어떠신지요?"

대량원군은 바로 답을 하지 못했다. 또 다시 긴 침묵의 시간이 흘렀다. 차분한 목소리로 대량원군이 말을 시작했다.

"난, 수년 동안 토굴에서만 숨어 지냈소. 전하께 여러 번 살려 달라고 편지를 썼으나 기다리란 답변만 있었소. 개경은 천추와 김치양이 장악했고, 궁궐은 유행간이 장악해 전하의 귀와 입을 막아버린 상태요. 이미 전하는 힘도 능력도 없소. 난 궁궐이 정말 무섭소. 언제 죽을지 모르니 멀리 도망가고 싶소."

대량원군의 말을 듣고 지혜는 친구들을 쳐다봤다.

"인간은 태어날 때 운명이 주어진다고 들었습니다. 대량원군은 일개 한 사람이 아니라, 고려 왕족 중 전하를 제외한 유일한 왕씨 혈통입니다."

지혜가 단호한 어조로 말했다. "저 아이는 미래 부처가 맞아."라고 스님이 중얼거렸다. 잠시 머뭇거리더니 대량원군이 말했다.

"태어나면서 어미가 죽고 아비는 유배 가서 죽었소. 어려서부터 천추 이모가 얼마나 무서웠는지 생각만 해도 끔찍하오. 머리를 깎아 절에 강제로 보냈고 언젠가부터 수도 없이 날 죽이려 하고 있소. 신혈사 토굴에 숨어서 어찌어찌 살고는 있으나 세상이 무섭고 사람이 두렵소."

"…."

"난 왕이 되는 것도 싫고 조용히 초야에서 살고 싶소."

대량원군의 말을 듣고 지혜는 더 이상 말을 잇지 못했다.

지혜와 웅녀 그리고 삼정은 토굴을 나와 신혈사가 보이는 바위로 갔다. 지혜는 웅녀 다리에 난 상처를 다시 한 번 치료해 주었다. 답답해진 봉황이 지혜에게 다가갔다.

"지혜야! 근데, 조금 전에 대량원군의 말을 듣고 왜 그냥 있었어?"

지혜는 봉황의 얼굴을 빤히 쳐다만 봤다.

"사실 난 실망했어. 저렇게 나약하고 허약한지 몰랐어. 저런 사람이 왕이 되면 뭐하겠어. 능력이 있어야 백성들이 편안한데, 저렇게 세상물정 모르는 사람이 왕이 된들…. 걱정이다."

"왕족 혈통이니깐 해야 한다는 것이지…."

"난 그것도 싫어, 미래를 위해 튼튼한 나라를 만들고 백성들이 행복하게 살 수 있도록 하는 사람이 왕이 돼야지. 능력도 없는데 혈통이니깐 왕이 되는 것은 잘못된 거야."

"너무 그러지마. 대량원군을 지켜 왕이 되도록 돕겠다고 약속했잖아."

"그래, 약속이나 잘 지키자."라며 지혜는 고개를 흔들었다.

"지혜야! 답답하지."

"응, 죽은 아빠도 불쌍하고 얼굴도 모르는 엄마가 보고 싶어."

지혜는 바위에 벌러덩 누워버렸다.

"언제부터 대금을 불었어? 불어져?"

"담양에 사시는 우리 외할머니한테 어려서부터 등 너머로 조금 배웠어. 한 번 들어볼래?"

지혜는 대금을 꺼내 옷소매로 한 번 닦았다. 늙은 소나무 아래 지혜가 부는 대금 소리가 구슬프게 울려 퍼졌다. 대금 속에서 푸른빛들이 가벼이 일어나 주위를 감쌌다.

7. 마녀 나림과 대금 소리

　어둠을 조금씩 갉아먹더니 가느다란 빛줄기 조각만이 남아있는 어느 그믐밤. 당줄로 묶여진 느티나무 아래 무녀가 주문을 외우고 있다. 뒤에는 곱디고운 명주 방석 위에 권력을 움켜쥐고 있는 천추태후가 눈을 지그시 감고 앉아있다. 천추태후 주변에는 검은 망토를 걸친 사내들이 검을 들고 반원 모양으로 지켜 서있다. 어디선가 말 콧방귀 소리가 히-잉-! 하고 들리더니 김치양이 말에서 내렸다. 김치양이 천추태후에게 급히 다가가 귓속말을 했다.

　"뭐라! 또 실패?"

　천추태후가 나직이 중얼거렸다.

"미안하오."

김치양은 고개를 숙이고 말했다.

"서경 도순검사 강조에게 인편은 보냈나요?"

"거사 날짜까지 정해 보냈으니 답이 있을 것입니다."

"딴 맘을 먹지는 않겠지요?"

"제까짓 것이 딴 맘이라니요? 천추태후가 보낸 서신 인데."

천추태후가 고개로 몸짓을 하자 김치양은 천추태후 옆에 앉았다.

"무녀! 독한 마녀를 불러주셔야겠네."

천추태후가 무녀에게 예물 주머니를 던져줬다. 무녀는 좀 더 강한 어조로 알 수 없는 주문을 외쳤다. 이마에 맺힌 땀 이 얼굴을 타고 흐르기 시작했다. 순간 짧은 광란의 바람이 일어나더니 검고 붉은 띠 연기가 느티나무 주변을 감싸 돌 기 시작했다. 주변 사내들의 망토가 심하게 흩날리며 몸이 들썩거려도 천추태후는 꿈쩍도 하지 않고 자리에 앉아있다. 느티나무 아래에 괴이한 연기 형체가 살아 꿈틀거리더니 웃 음소리가 들렸다.

"나림아! 왔느냐?"

무녀가 물어보자 괴이한 연기가 가냘픈 어미의 모습으로 나타나더니 고개를 끄덕였다.

"신주님! 나림 대령입니다."

"어딘가에 숨어 있는 볼품없는 자를 찾아 주거라. 그리고 그 자를 너의 세상으로 멀리멀리 데려 가다오."

"신주님! 누구를 데려갈까요?"

맑고 상냥한 여인의 목소리가 연기 형체 속에서 들렸다.

"삼각산 신혈사에 있는 대량원군이다. 지금까지 찾지도 못하고 죽이지도 못했으니 이제는 나림이가 그 자를 인간 세상에서 데려가거라."

"전, 애들만 잡아가는데 어찌 저한테…."

"애기처럼 마음이 여리고 나약한 자이다."

"그래도…."

듣고 있던 천추태후가 나선다.

"나림이! 나 천추태후일세."

"태후마마께서 여기까지 납셔 계시옵니까?"

"내 일이네, 자네가 꼭 나서주어야 하네. 급하고 중요한 일이야."

"…."

나림은 대답을 하지 않았다.

"부탁하네."

"…."

"나림이! 시간이 없어. 어서 대답해!"

"예, 마마. 시간이 없다 하시니 작은 재주를 부려보겠나이다."

"고마워. 나림이!"

괴이한 모습의 나림은 고개를 끄덕이더니 어디론가 사라져버렸다. 무녀는 그 자리에 쓰러지고 말았다.

"고생했네, 고생했어."

"으—흐, 으-흐!"

무녀가 흐느꼈다.

"어찌, 이러는가?"

"나림이가 불쌍해서요."

무녀가 울면서 말하자 천추태후는 손에 끼고 있는 옥가락지와 값나가는 장식 노리개를 치마폭에 휙 던져줬다.

지리산 노고단에 있는 마고할매는 은행나무 지하 얼음방에서 기도를 올리고 있다. 한줄기 바람이 일어나더니 작은 방울이 울리기 시작했다. 마고할매는 살포시 눈을 떠 푸르스름한 얼음벽을 보니 천추태후와 무녀가 기도하는 느티나무가 보였다. 긴 한숨을 내쉬는 마고할매의 얼굴이 굳어졌다.

지혜와 친구들은 신혈사가 보이는 바위 위 소나무를 지붕삼아 옹기종기 모여 자고 있다. 차가운 밤하늘에 떠있는 별들이 밝게 빛났다. 지혜는 이제 웅녀 품에서 자는 것이 익숙해져 곤하게 잠들었다. 고개를 곧게 세우고 자고 있는 봉황의 모습이 우아하고 품위 있어 보였다. 돼지 코에서 공기방울이 커졌다 작아지기를 반복했다. 돼지는 코를 골았다.

지혜 품속에서 자고 있던 여우가 일어나더니 코를 들고 킁킁거리며 냄새를 맡고 다니다 절벽 위 바위 가장자리에서 멈춰 섰다. 어두운 신혈사를 검고 붉은 연기가 감싸 돌았다.

"지혜야! 지혜야!"

지혜와 친구들은 눈을 부비며 여우 옆으로 다가왔다. 신혈사에 감도는 괴이한 연기가 산 위로 퍼져 올라오는 중이었다.

"뭐지?"

콧방울을 불려 곤한 잠에 빠져 있던 돼지가 물어봤다.

"이상하게 젖내가 심하게 나서 일어났더니 저래."

"무슨 일이 생긴 것 같아. 어서 가보자."

지혜가 말하자 모두들 달려갔다. 봉황은 자세를 낮추고 지혜를 쳐다봤다. 지혜가 봉황의 날갯짓을 보며 올라탔다. 여우도 재빠르게 기어올랐다. 이미 웅녀는 뛰어가고 있고 봉황은 지혜를 태우고 가볍게 하늘로 날아올랐다. 돼지만 혼자 남겨두고 날아 가버리자 툴툴거리며 육중한 몸으로 달리기 시작했다.

지혜와 여우는 어두운 밤하늘을 수놓은 별들과 춤추는 환상을 짧게나마 느끼며 날아갔다. 금세 신혈사 마당에 봉황이 내려앉았다. 이미 마녀 나림이의 진탕질로 신혈사는 검붉은 연기에 휩싸였다. 선방 안에서 비명소리와 함께 스님들이 연기에 휘감겨 쓰러졌다. 진관 스님은 법당에서 목탁을 두드리며 귀신 쫓는 법문을 다급하게 읊었다.

붉은 연기가 법당 안으로 쑥 들어가더니 진관 스님의 목을 둘러 감아 법당 밖으로 내던졌다. 달려오던 웅녀가 진관 스님을 몸으로 받았다. 웅녀와 돼지는 손에 잡히지도 않는 마녀 나림과 싸우려 애를 쓰지만 허공에 헛발질만 했다.

마녀 나림은 미세하게 나는 인간 냄새를 찾아 부처님 불상 주변을 맴돌더니 부처님 불상을 걷어 차버렸다. 불상 아래 토굴에 숨어있던 대량원군이 걱정된 지혜는 법당 안으로 뛰어 들어갔다. 지켜보고 있던 봉황이 큰 날개로 법당 안에 가득 찬 마녀 나림의 연기를 몰아내기 위해 강하게 날개짓을 하자 연기가 잠시 빠져나가는 듯 보였다. 그러자 돼지도 곰도 입으로 바람을 불어 봤다. 하지만 붉은 연기가 더욱 검붉게 변했다. 지혜가 외쳤다.

"악마야! 여기가 어딘지 알고 그러느냐?"

"아니, 애잖아. 너야말로 죽기 싫으면 가거라."

마녀답지 않은 상냥한 목소리였다.

"와우, 짜증나. 난 애가 아니라고⋯."

"난 아이를 좋아해, 그래서 아이만 잡아가는 나림이다. 근데 이번에는 대량원군만 잡아가면 되거든."

마녀 나림은 아리따운 여인의 목소리처럼 부드럽고 장난

기 많은 말투로 이야기했다.

"난 꼬맹이 아니거든 이 악마 놈아! 아니 악마 년아!"

"아이고 무서워라. 꼬맹이가 성깔 있네."

"내가 제일 싫어하는 말이 꼬맹이란 말인데, 네가 날 건드렸어."

"아이고, 무서워 죽겠네."라며 나림이가 입김을 '훅!' 불자 지혜가 뒤로 '꽝!' 하고 넘어지고 말았다.

"난 손도 대지 않았다."

"으이그 성질나."

화가 난 지혜가 무기 될 만한 것을 찾아보았지만 보이지 않았다. 그때 배낭에 있던 대금이 생각내 칼처럼 찌르며 휘둘렀다. 서서히 대금에서 푸른빛이 일어나자 마녀 나림이 몸을 움츠리며 뒤로 물러났다. 지혜는 대금에게 신비한 기운이 있다는 것을 알아채고 그대로 대금을 쳐들고 마녀 나림에게 더 가까이 다가갔다.

"그래, 뭔가 있다. 침착하자."

대금을 준 할아버지의 말을 곰곰이 떠올렸다. 대금을 불자 소리 구멍에서 강한 푸른빛이 나오더니 엄청난 빛을 만들어냈다. 푸른빛으로 형성된 원형의 형체가 검붉은 연기와 서로 뒤엉켜 싸웠다. 법당을 빠져나와 신혈사 계곡과 하늘에서 불꽃을 주고받으며 격렬한 싸움을 벌였다. 지혜는 대금을 들어 "지혜를 주세요!"라고 외치며 마녀 나림을 향해 대금을 던졌다. 마녀 나림의 가슴에 대금이 꽂히더니 대금소리가 나지막하게 울리기 시작했다. 그러자 마녀 나림이 심하게 괴로워하며 "아-악!" 하고 괴성을 지르고 어디론가 사라져버렸다.

푸른빛을 내던 빛들이 대금 소리 구멍으로 빨려 들어왔다. 부서진 불상 아래 작은 문틈으로 대량원군이 떨며 이 장면을 지켜봤다. 순식간에 일어난 싸움에 모두들 넋을 잃고 먼 산을 바라만 봤다.

"뭐가 뭔지 하나도 모르겠다. 정신을 차려야 해."

지혜는 대금을 찬찬히 쳐다봤다.

"그러게…."

"이건, 예전과는 차원이 달라. 뭔가는 모르지만 급박해졌어. 봉황은 여우를 데리고 궁궐로 가거라. 전하가 있는 곳과 김치양의 집을 잘 살펴보아라. 무슨 낌새가 보이면 바로 알려주고."

"응, 알았어."

봉황은 여우를 태우고 우아한 날갯짓을 하며 날아갔다.

"대량원군은 숨어 있지 말고 나오세요."

대량원군이 지하 토굴에서 문을 열고 마당으로 나왔다. 진관 스님은 대량원군 옆에서 보필했다.

"대량원군! 이제는 어디에 숨어도 마녀가 찾아낼 것입니다. 이번에는 행운이 따라 물리쳤으나 다음에는 쉽지 않을 겁니다. 우리가 저 무시무시한 마녀를 어떻게 이겨내요?"

"그 대금만 있으면 마녀가 꼼짝도 못하는 것을 보았소. 그 대금을 나에게 주시오."

"뭐라고요?"

지혜는 어이가 없다는 듯이 대량원군을 쳐다봤다.

"난 대금을 가지고 세상 더 깊숙이 들어가 숨어 살고 싶소."

"어이가 없네. 당신을 지키려다 죽어가는 저 사람들은 뭔데? 왜 당신 같은 사람들은 받는 것을 당연하다고 생각하지? 당신이나 저 사람들이나 뭐가 다르기에…."

"…."

"감사하고 고마운지도 모르는 인간. 으이구, 내가 미쳤지. 저런 인간은 지켜줄 가치가 없어. 가자."

지혜는 신혈사를 내려가기 위해 몸을 돌렸다. 진관 스님이 황급히 막아보았지만 지혜는 뒤도 돌아보지 않고 가 버렸다. 곰과 돼지도 지혜를 따라 나섰다. 지혜와 친구들은 노송이 있는 바위로 갔다. 차가운 겨울밤인데 바람은 없고 얼음장처럼 맑은 밤하늘에 별들만 선명했다. 별들 속에서 아빠의 웃는 모습이 보이는 듯했다. 지혜는 아빠가 보고 싶었다. 그때 멀리서 불길이 보였다. 저 멀리 있는 마을에서 웅성거리는 아우성 소리와 함께 불길이 번져가고 있었다.

날이 밝자, 지혜는 신혈사 마당에 당당하게 섰다. 법당 안에는 진관 스님이 목탁을 두드리며 불경을 외우고 있다.

"거기 숨어 있지만 말고 나오세요." 하고 지혜가 크게 소리쳤다.

"…."

진관 스님은 지혜가 외치는 소리를 듣고 마당으로 나왔다.

"거기 있는 것 알고 있으니, 나오세요."

"…."

진관 스님은 이러지도 저러지도 못하고 안절부절 했다.

"미래불께서 왜 이러신가요?"

"스님, 전 미래불도 아니고요. 아니…, 미래에서 오긴 했네. 아무튼 이대로 있을 수 없습니다. 나오세요!"

그때 토굴 문이 배꼼 열리더니 놀란 대량원군의 얼굴이 보였다.

"나오세요. 어서요."

지혜의 목소리에 놀란 대량원군의 발걸음이 빨라졌다. 지혜는 허약해 보이는 대량원군과 진관 스님을 데리고 어젯밤 불이 난 마을로 내려갔다. 불타오른 마을에는 시체가 즐비했고, 땅바닥에 떨어진 쌀 톨을 줍기 위해 아이들이 몸싸움을 하고 있었다. 군사들이 민가에 들어가 곡식을 빼앗으며 저항하는 백성들을 몽둥이로 내리쳤다. 더 이상 볼 수 없어 골목을 빠져 나오자 죽은 어미의 젖꼭지를 물고 울고 있는 갓난아이가 보였다. 스님이 달려가 갓난아이를 안고 나왔다. 대량원군은 아무 말도 못하고 눈살을 찌푸렸다.

세 사람은 돌아오는 길에 아무런 말도 하지 않았다. 진관 스님은 하루 종일 불경을 외우며 죽은 자들의 영혼들을 달래주었다. 대량원군도 토굴에 들어가 나오지 않았다. 신혈사 암자에는 밤새도록 아이 울음소리가 들렸다.

다음 날, 열정이라고 조금도 없어 보이는 대량원군을 데리고 삼각산 정산에 올라 세상을 내려다보았다. 토굴에 숨어만 지내던 대량원군도 확 트인 산하의 모습을 보면서 새로운 기분을 만끽했다.

"산 속에 들어가 숨어 살면 어떨 거라고 생각해요?"

"…."

"그렇게 살면 평생 죽지 않는가요? 속세나 산속이나 인간은 때가 되면 죽어요. 변화도 가치도 열정도 보람도 없이 시간만 흘러가면 뭐해요? 결국 죽을 목숨인 것은 다 같은데."

"…."

"인간은 누구나 죽기 때문에 삶에 매력이 있다고 생각해요. 누구에게나 사회적 책임이 있고 대량원군은 고려를 지켜야 할 책임이 있어요."

"…."

대량원군은 아무 말도 못하고 먼 산만 바라보며 깊은 한숨을 쉬었다.

"저도 엄마를 본 적이 없어요. 대량원군처럼 저를 낳다가 돌아가셨거든요. 엄마에 대한 죄책감으로만 살았던 우리 아빠도 돌아가셨어요. 대량원군과 저는 그런 면에서 똑같아요."

"…."

대량원군이 지혜를 안쓰럽게 쳐다봤다.

"어려서부터 세상이 원망스러웠죠. 엄마는 없고 아빠는 정신병을 앓고…. 눈동자는 푸른색이라 놀림을 당하고…. 왜 나에게 이런 일이…. 화도 나고. 제가 일찍 철이 들었던 것도 억울해서 그랬어요."

"어쩜, 그랬구나. 나도 그랬는데…."

"유일한 돌파구는 혼자 책을 보는 것이었어요. 그 속에 제가 고민하고 힘들어 했던 문제들의 해결책들이 다 있었거든요."

"난 나만 불행하다고 생각했어."

듣고 있던 대량원군이 말문을 열었다.

"토굴에 숨어 사는 것이 쉬운 일은 아니지요."

"죽음이 두렵고 무서웠어."

"…."

지혜는 당황했다.

"토굴에 계속 있다 보니, 햇살도 바람도 들꽃도 별빛도 모르고 살았어. 음식 냄새가 없고 대소변의 양이 적은 죽만 먹었지. 그래서 죽이 제일 싫어."

"난, 죽을 좋아하는데…."

"내 얼굴을 봐. 아파도 참아야만 했지. 오로지 나 혼자 외로움과 두려움을 이겨야 했어."

"말을 듣고 보니 불쌍하네."

"백성들이 뭘 먹고 사는지? 뭘 하는지? 관심도 없고 나만 걱정했어. 근데 널 만나고 부끄럽다는 생각이 들기 시작해."

"…."

지혜 눈에서 눈물이 흘렀다.

"햇살을 보고 바람도 느끼면서 살고 싶은 충동이 들어. 이상하지? 아니야, 당연한 거야. 나도 죽고 싶다는 생각을 여러 번 했어. 그런데 인간의 목숨은 자기가 결정할 권한이 없어."

"저도 죽으려고 해봤는데 눈물만 엄청 나더라고…."

지혜가 대량원군의 어깨를 감싸주었다.

"이대로 가면 며칠 뒤에 천추에게 죽어요. 지금은 용기가 필요해요."

"두려워!"

"두렵지 않은 용기는 없어요."

"용기를…."

"과거는 우리 맘대로 못하고 당했지만 미래는 우리가 의지를 갖고 만들어 가야 하지 않을까요? 그래야 역사가 바뀌어요."

"난, 배운 것도 들은 것도 없어."

"현자를 만드는 것은 껍데기가 아닌 생각, 마음의 철학이에요."

"맞아. 그리고 보니 넌 스님이 말씀하신 것처럼 미래에서 온 부처인가 봐."

"아니, 부처는 무슨 부처. 용기를 내요. 함께해요."

"세상도 모르고 고려도 모르지만 살고 싶어."

"힘들고 어려울 땐 정공법이라 했어요. 개경으로 가요. 그리고 전하의 도움을 받고 백성을 위해 당당하게 살아요."

"자신은 없지만 도와줘."

두 사람은 삼각산 정상에서 강산을 바라봤다.

노송에 앉아 지저귀는 새들의 소리에 지혜가 일어났다. 그러자 봉황이 우아한 자태를 뽐내며 바위에 내려앉았다. 날개 깃털 속에 숨어있던 여우가 급하게 뛰어 내리더니, "전하가 위독해."라고 외쳤다.

"뭐라고? 전하가….."

"유행간은 유행간대로, 김치양은 김치양대로 전하를 죽이고 서로 권력을 잡기 위해 수작을 부리고 있어."

"서로 믿지 못해."

"속셈이 서로 달라. 유충정만이 대량원군을 위해 전하를 돕고 있어."

"그래, 그러면 내가 유충정을 만나야겠구나. 믿을 수 있는 사람을 만나는 것이 중요해. 봉황아! 나랑 궁궐로 가자. 웅녀와 돼지는 대량원군을 지키고 있어. 난 여우를 데리고 다녀올게."

"또 마녀가 나타나면 어떡하지?"

"아니야. 할 수 있어."

지혜는 여우와 함께 봉황을 타고 개경으로 갔다.

어슴푸레 푸른 기운이 꿈틀거리는 이른 새벽, 봉황은 지혜와 여우를 전하의 침전이 있는 중광정 뒤뜰에 조용히 내려주었다. 중광전을 지키는 군사들이 있었으나 깊은 새벽인지라 모두 졸고 있어 군사와 궁녀들을 피해 안으로 들어갈 수 있었다.

침전에는 목종이 누워있고 그 앞에 유충정이 고개를 숙이고 졸고 있다. 지혜는 유충정을 조용히 깨웠다. 처음에는 지혜를 보고 놀랐지만 유충정은 〈한국사 이야기〉 책을 보고 믿기 시작했다.

"이게 무슨 글자이냐?"

"한글이라고 아저씨는 모르는 글자예요. 후세 사람이 만든 것이라 모를 수밖에 없어요."

"이렇게 똑같이 그리다니 신기하구나!"

"이건 그린 것이 아니고 사진이라고 해요."

"미래 세상에서 왔다는 거지?"

"예. 천년 뒤 세상에서 목종과 대량원군을 구하려고 온 것이니 믿어야 해요."

"전하와 대량원군을 구하러 왔어?"

"태조 왕건의 어머니인 마고할매께서 보내서 왔어요."

"뭐라고? 태조의 모후께서…!"

유충정은 일어나 고려 태조 영정이 모셔져 있는 경령전을 향해 큰 절을 올렸다.

"이제 됐어! 하늘은 고려를 버리지 않으셨어. 저 아이는 전하를 구할 운명이야!"

유충정의 눈가에 눈물이 맺혔다.

"전하와 관계있는 천추태후, 김치양, 유행간, 강조 장군 등 얽히고설킨 복잡한 관계를 정확히 풀지 않으면 전하도 죽고 대량원군도 죽고 아저씨도 죽어요. 살고 싶으면 절 믿으세요. 아저씨!"

"그래, 네 말이 맞다. 걱정하지 말거라."

지혜는 유충정에게 며칠 뒤에 일어날 강조 장군의 정변에 대한 이야기부터 해주었다. 대량원군이 궁궐로 오게 하는 방법과 강조 장군을 설득하는 방법 그리고 천추태후와 유행간을 몰아내는 방법까지 자세하게 설명했다.

"아니, 이런 계책이 있단 말인가?"

유충정은 지혜를 빤히 쳐다봤다.

"이렇게 안 될 수도 있지만 해봐야죠."

유충정이 "하늘에서 보내신 미래전사구나."라고 하자, 지혜는 "터미네이터가 이런 기분인가?"라며 혼자 중얼거렸다.

"뭐라고 하는 것이냐?"

"아…, 아닙니다. 뭐 그런 것이 좀 있어요."

지혜는 얼버무렸다. 그때 누군가 들어오는 발걸음 소리가 들렸다. 지혜와 여우는 전하가 누워있는 병풍 뒤로 몸을 숨겼다. 유행간이 어의와 상궁을 데리고 함께 들어왔다.

상궁이 왕을 깨워도 고개를 들지 못할 만큼 기운이 없어 보였다. 어의가 지그시 눈을 감고 전하의 맥을 찾으려 손목을 잡았다. 궁녀들이 탕약을 가지고 들어왔다. 내전 상궁이 숟가락으로 탕약을 조금 떠서 먹어봤다. 상궁이 고개를 끄덕이자 궁녀들은 누워있는 왕의 고개와 턱을 받쳐 들고 숟가락으로 탕약을 조금씩 떠 먹여줬다. 결국 먹은 만큼 토하고 나서야 상궁과 궁녀들이 탕약을 들고 모두 나갔다. 그것을 유행간과 유충정이 바라봤다.

"충정아! 넌 전하가 죽으면 뭐를 할 생각이냐?"

"저야, 합종사 어른이 데려왔으니, 당연히 합종사 어른을 따라야지요."

"전하가 죽은 이후에 내 자리가 있을 것이라고 생각하느냐?"

"…."

"그래, 그게 정답이다. 권력은 쥐거나 함께하지 못하면 이 땅에서 숨 쉴 곳이 없다."

"…."

"길거리 놀이패에서 춤을 추다 전하의 불알을 잡고 놀았으면 원 없이 살아본 것 아니냐?"

"합종사 나리 손 안에 전하의 불알뿐만 아니라 이 나라가 모두 쥐여져 있는데 어찌 그런 말씀을 하시는지…."

"그렇지. 이 나라가 내 손에 있지." 하면서 힘껏 주먹을 쥐었다.

"세상의 이치를 다 아시는 분이 뭘 두려워하시는지요?"

"이치라 했느냐?"

"대궐은 나리 손에 있고 개경은 천추 손에 있고 고려는 강조 손에 있으니 강조만 나리 손에 넣으시면 고려는 다시 합종사 어른 것이 되는 것이지요."

"그래 정답이구나. 하루 밤 사이에 네 놈이 세상을 제대로 배웠구나."

유충정의 어깨를 토닥거렸다. 유충정은 전하가 누워있는 병풍을 쳐다봤다.

"내가 그리 쉬운 세상 이치를 잠시 잊고 김치양과 거래를 하려 했구나."

"…."

"그래, 이제야 훤히 세상이 보인다. 너는 당장 강조 장군을 만나러 떠나거라."

"아니 되옵니다."

"뭐라, 아니 돼! 여봐라!"

"나리 제 말을 먼저 들어보십시오. 저는 목숨을 걸고 하는 일입니다. 저는 나리가 아닙니다. 강조 장군은 제 말은 믿지도 않고 실행에 옮기는 일은 더더욱 하지 않을 것입니다. 고려를 얻으시려면 직접 만나셔야 합니다."

"그래, 그렇지 너와 나는 다르지."

"시간이 없습니다. 김치양 집에 군사들이 모여들고 있습니다. 거사날을 잡았다고 들었습니다."

"안다. 난 김치양이 어떤 놈인지 잘 알지. 나처럼 영리한 놈들은 자기 꾀에 결국 죽거든…."

"근데 김치양과 거래라고 하시면?"

"내가 대량원군이 어디 있는지를 알려주고 목숨을 담보로 받았지."

"대량원군이 숨어 있는 곳을 어떻게…?"

"그 모잘난 대량이 전하에게 살려달라고 보낸 편지를 내 심복들이 가지고 왔더구나."

"아-! 그랬군요. 잘 하셨습니다. 천추태후는 다음 문제이고, 지금은 강조 장군을 만나야 합니다. 전하가 살아계실 때, 강조 장군을 전하의 충신으로 만들어 천추와 김치양부터 먼저 제거해야 합니다."

"좋다. 내가 직접 서경에 갈 테니, 아무도 여기에 들이지 말거라."

"여부가 있겠습니까."

유행간은 유충정의 말을 듣고 바로 서경으로 떠났다. 유충정은 머리 좋은 유행간이 자기 꾀에 넘어가게 유도했다. 게다가 촌각을 다투는 시기에 유행간의 눈을 피할 시간도 벌었다.

은행나무 숲

8. 새로운 권력을 꿈꾸다

"전하, 일어날 수 있겠습니까?"

"그래, 일어나야지! 일어나야 한다."

"이리 나오거라!"

유충정은 방의 병풍 뒤를 보고 말했다.

"누가 있다고 나오라고 하는 것이냐?"

왕이 묻는 순간, 병풍 뒤에서 지혜가 나타났다. 왕은 지혜를 보고 놀랐다. 유충정은 상황을 간단히 설명했다.

"그래! 대량원군이 살아있어. 다행이구나."

"위험이 언제 닥쳐올지 모릅니다."

지혜가 대답했다.

"믿을 수 있는 황보유의에게 말해 이 아이와 함께 대량원 군을 궁으로 데려 오거라."

"전하! 말씀드리지만, 저는 아이 아니거든요."

"…."

왕은 지혜를 멀끔히 쳐다봤다.

"내가 글을 줄 테니 황보유의를 만나주시게, 안내해 줄 것이네."

유충정이 지혜에게 부탁했다.

"예, 그러지요. 그거야 어렵지 않지요."

지혜가 대답을 하고 기다렸다. 유충정은 전하의 뜻을 담아 서신을 작성해 주었다. 지켜보던 목종이 말을 했다.

"고려가 너희들 손에 달렸다. 나를 좀 거들어 도와주거라. 너무 고맙다."

"최선을 다하겠습니다."

"충정아! 가서 채충순과 최항을 불러들이고 서경에 있는 강조 장군에게 교지를 내릴 것이니 꼭 전달하도록 하거라!"

"전하! 이미 유행간이 강조 장군을 만나러 갔습니다. 이 아이가 봉황을 타고 가면 더 빨리 갈 수 있으니 교지를 보냈으면 합니다."

"그래라."

유충정은 전하를 일으켜 교지 쓰는 것을 도와주었다. 한 자 한 자 써내려가는 목종의 눈에서 눈물이 흘렀다.

"애야! 네 손에 건덕전과 고려의 미래가 달렸다. 꼭 전달해야 한다!"

왕은 지혜의 손을 꽉 잡았다.

지혜는 왕의 교지를 들고 대전을 빠져나와 건덕전으로 가다가 호위 무사들에게 들켜 추격을 당하게 되었다.

"저기 수상한 자다! 잡아라!"

소리를 지르며 많은 군사들이 쫓아왔다. 다급해진 지혜와 여우는 봉황을 부르러 성벽으로 올라갔다. 그때 건덕전을 호위하는 하공진과 지채문이 지혜를 잡았다.

"저는 나쁜 사람 아닌데요. 놔주세요!"

"너 같은 꼬맹이가 여길 어떻게 들어왔느냐?"

그때 유충정이 나타나 하공진과 지채문에게 풀어주라고 명을 했다. 경비군사들은 유충정의 말을 듣고 풀어주면서 지혜를 자세히 바라봤다. 하늘에서 바람소리가 들리더니 봉황이 지혜를 낚아채고 날아가 버렸다. '뭔일이지? 새가 사람을 잡아가네.' 이렇게 생각하며 지채문은 입을 벌리고 멍하니 서있었다. 지혜는 전하의 교지를 들고 말보다 수십 배 빠른 속도로 서경에 있는 강조 장군의 군영으로 날아갔다.

서경에 있는 서경성은 성벽이 높고 튼튼해 철옹성처럼 보였다. 군사들의 훈련 받는 함성소리가 힘차게 들렸고 장수들은 군영에 모여 회의를 하고 있었다. 그때 봉황이 군영 막사 앞에 내려앉자 칼과 창을 든 군사들이 봉황을 에워쌌다. 봉황 등에서 내린 지혜가 강조 장군 만나기를 청했고, 군사들은 지혜를 강조 장군에게 데려다 주었다.

"장군! 전하께서 보내신 교지를 들고 왔다고 합니다."

부관이 고했다.

"뭐라, 어린 애가 전하의 교지를 가지고 왔어?"

"장군! 저 어린 애 아니거든요."

지혜의 화가 콧김을 통해 빠져나오고 있었다.

"…."

강조 장군은 어이가 없는지 물끄러미 지혜를 쳐다봤다.

"중요한 상황이니까 참고 넘어가는데 저는 애가 아닙니다요."

지혜는 '어이구!' 하면서 가슴을 쳤다.

"장군! 저 아이-, 저 자가 큰 새를 타고 서경성에 왔다고 합니다."

"뭐야. 큰 새를 타고?"

"여러 가지로 신기하고 이상합니다."

"저 애를 군영 막사에 가두어라. 별장 이준은 이 아이를 잘 감시하라!"

별장에게 끌려가던 지혜가 고개를 돌려 "저 애 아니니까 지혜라고 불러주세요, 장군님!" 하고 나갔다.

별장은 군영 옥사에 지혜를 가두었다. 그리고 별장은 지혜가 메고 있던 배낭을 조사하기 시작했다. 대금이 나오고 호리병, 껌, 로션, 책 등이 나왔다. 별장은 껌과 로션을 들고 만져보고 찍어 먹어보고 했다. 지켜보던 지혜가 웃으며, "아저씨, 거기 껌 드세요."라고 말했다. 별장은 조심스럽게 껌을 씹었다. 점점 얼굴이 밝아지더니 '씩' 웃어 보였다. 이어서 호리병을 흔들어 보고 뚜껑을 열어보려 했지만 열리지 않자 배낭에 집어 넣어버렸다. 그리고 〈한국사 이야기〉 책을 보더니 놀랐다. 지혜는 한국사 내용과는 전혀 다른 이야기를 해주었다. 별장은 책 속의 그림이 신기하고 이상한 모양이다.

강조 장군은 부관에게 교지를 주며 읽게 하였다.

"어서 읽어 보거라."

부관은 교지를 차분하게 읽기 시작했다. 내용은 군사를 이끌고 와서 왕과 개경을 지켜달라는 것이었다.

"전하께서 보낸 것이 맞느냐?"

"필체가 약하기는 해도 전하 필체이고 국새도 고려의 국새입니다."

"거짓은 아니란 말이구나. 근데 이상하게 생긴 애를 보냈다는 것이 말이 되느냐?"

"큰 새를 타고 날아 왔다고 합니다."

"아무튼 이상한 아이다. 잘 감시해 봐라."

"장군, 수일 전에 김치양이 와서 천추태후의 뜻을 전달하더니 오늘은 전하의 뜻이 전달되었습니다. 이제는 현명한 결정을 내리셔야 합니다."

"그래, 천추가 거사하자고 한 날이 돼 답답하다."

"장군! 우리는 고려의 군사로서 백성을 위한 길만 따라야 한다고 생각합니다."

장수들이 입을 모아 말했다.

"군인이 백성을 위해 군사를 일으켜 거병한다는 것은 변명에 불과한 것이다."

듣고 있던 강조 장군이 어렵게 말을 이었다.

"지금, 고려는 남색에 빠져 백성의 고통을 모르는 나약한 전하와 권력에 눈 먼 천추태후와 김치양이 있습니다. 그리고 전하의 눈과 귀를 막아버리는 유행간의 국정농단으로 고려의 미래를 내다볼 수 없습니다. 지금 바로 백성들의 평안을 위해 장군이 나서야 합니다."

부관이 당당하게 말했다.

"장군!"

장수들이 모두 일어나 무릎을 꿇고 결단을 요구했다. 그때 별장이 지혜 배낭을 들고 들어왔다.

"장군. 드릴 말씀이 있습니다."

"그래, 결정은 나중에 할 것이요. 그러니 장수들은 나가

보시오."

장수들이 나가자, 별장은 강조 장군에게 대금, 호리병, 껌, 로션 그리고 책을 보여줬다. 두 사람은 껌을 먹어봤다. 표정이 사뭇 진지하다. 그리고 책을 펴 봤다. 한자가 아닌 전혀 모르는 한글과 그림, 사진들이 있어 신기할 따름이다.

"장군! 사람을 이렇게 똑같이 그릴 순 없습니다. 이것 보십시오."라며 〈한국사 이야기〉 책에 나온 사진을 보여줬다.

"난, 생김새부터 이상하다고 생각했다."

"이런 괴이한 물건을 가지고 있는 것으로 보아 어린마녀이거나 마녀의 자식으로 보입니다. 마녀가 아니고서야 어떻게….."

"말을 걸어보았더냐?"

"말하는 것을 들어보면 약간 미친 것 같기도 하고….. 마녀가 맞습니다. 새를 타고 온 것도 그렇고 마녀라는 결정적인 이유는 바로 눈동자가 파란색입니다."

"그래, 뭔가 이상하다 했는데 그것이었구나!"

"죽여서 불길한 징조의 씨앗을 제거해야 후환이 없을 것 같습니다."

"전하가 보냈는데 그런 애를 죽이다니?"

"장군! 장차 큰 화근이 될 것입니다."

"아이를 데리고 왔다는 그 새는 어디에 있느냐?"

"사라져 버렸습니다."

"…."

강조 장군에게 갑자기 새로운 걱정거리가 생겼다.

궁궐보다 더 웅장한 김치양의 집 주변에는 전투 복장을 한 많은 군사들이 철통 경계를 서고 있었다. 집 안 뒤뜰에는 수 백 필의 말과 병사들이 웅성거리며 음식을 나누어 먹고 있었다. 사내가 황급하게 말에서 내려 솟을대문을 열고 본채로 들어왔다. 방안에는 천추태후와 김치양이 전투 복장을 한 채로 앉아 있다.

"마마! 전갈입니다. 유행간이 서경으로 출발했고 채충순과 최항이 내전으로 들었다고 합니다."

"뭐야? 유행간이 서경으로…?"

김치양이 놀라 대답했다.

"전하의 건강 상태는 어떻다고 하더냐?"

"그건…. 아는 사람이 없습니다."

"천추. 내가 봐서 전하가 유행간을 강조에게 보낸 것이오. 우리의 거사가 들킨 것 같소. 내가 유행간과 한 약속이 있는데, 이놈이 배신을 해!"

"그런 것 같습니다. 약속대로라면 오늘 강조가 군사를 일으켰어야 하는데…. 전갈이 없으니…."

"만일, 강조가 우리말을 듣지 않고 전하의 신하가 돼 개경에 쳐들어오면 우리는 성공하기 어렵소!"

"…."

"천추!"

"기다리세요."

김치양은 천추태후의 말을 듣고 조용해졌다.

"우리 군사는 얼마지요?"

"줄잡아 일천 정도…."

"그 많은 돈을 가지고 군사를 준비하라 했잖소."

"한다고 한 것이오."

"거사를 앞당겨 당장 궁궐부터 장악합시다. 지금 모인 군사가 얼마요?"

"뒤뜰에 오백은 있소."

"좋습니다. 유행간이 없다고 하니 쉬울 것이오. 당장 거사를 일으켜 전하를 폐위하고 죽여 버립시다."

그렇게 말하고 막 일어서려는데 전령이 전갈을 들고 왔다.

"마마, 서경에서 온 전갈입니다. 오늘 아침 강조 장군이 군사를 일으켰다고 합니다."

"뭐야? 강조가 했어?"

"으-음 됐어요. 됐어. 강조가 해주었어. 아직 유행간이 서경에 도착하지는 못했을 것이니 강조는 우리말을 듣고 군사를 일으켰소."

두 사람은 다시 자리에 앉았다.

"모래 저녁이면 강조의 군사들이 개경에 도착하니 때를 맞추어 궁궐을 장악하고 왕위를 준비하세요. 유행간은 그동안 잘 써먹었으니 궁궐로 돌아오는 즉시 내가 죽여 버릴 겁니다."

김치양의 목소리에 힘이 들어갔다.

"문제는 대량이야. 왜 무녀에게 연락이 없는 거야."

천추가 김치양을 바라봤다.

"우리 힘으로 부족해 요술을 가진 마녀까지 천추께서 불렀으니 걱정 마시오. 모든 일이 우리 뜻대로 잘 돼가고 있소, 우—하하하하하!"

기분이 좋아진 김치양이 호방하게 웃었다.

"혹여, 강조가 역모를 꿈꾸고 군사를 일으킬 수도 있으니 개경 들어오기 전에 강조의 본심을 꼭 확인해 보시오. 내 심복이지만 남들은 잘 모르는 위종정을 보내 강조의 맘을 떠보라 하시오."

"예, 그렇게 하지요."

강조 장군은 서경에서 오천의 군사를 일으켰다. 서경 도순검사 강조 장군은 고려에서 가장 강력한 군사력을 가진 장수다. 수백 개의 깃발을 앞세우고 북을 두드리며 위풍당당하게 개경을 향해 진군을 시작했다. 서경에서 개경까지는 군사 걸음으로 사흘이면 오는 거리다.

강조 장군이 동주 용천에 도달했을 때, 내사주서 위종정과 안북도호 장서기 최창이 강조 장군을 비밀리에 만나러 왔다. 그들은 천추의 명을 받고 강조 장군의 맘을 떠봤다. 천추태후와 김치양이 강조 장군을 궁궐로 불러들여 목종 왕을 폐위하고 정권을 장악해 김씨 나라를 세우고 강조 장군을 해하려 한다며 속지 말라는 말을 전했다. 이 말에 강조 장군은 결국 다시 서경으로 군사를 돌리고 말았다.

군사를 회군해 버린 강조 장군의 본심을 알게 된 천추태후와 김치양은 강조 장군이 목종의 명을 받은 유행간과 밀약하고 천추태후를 배신했다고 판단했다.

"강조를 죽여야 합니다. 우선 길을 막으세요. 특히 절령재를 막아 사람들의 교류를 막아야 합니다."

"그렇게 하겠소."

"강조의 동태를 세밀하게 살피고 그들이 오는 길목에 매복을 시켜 죽이도록 하세요."

"예!"

김치양에게 전달하고 천추태후는 급하게 밖으로 나갔다.

한편, 유행간은 서경으로 가는 도중에 강조 장군이 군사를 일으켜 거병했다는 소식을 듣고 천추태후의 사람이 되었다고 확신했다. 대세는 천추태후라고 재빨리 인식한 유행간은 바로 김치양의 집으로 발길을 되돌렸다. 유행간은 김치양 집 앞에 무장한 군사를 뚫고 "세상이 이렇게 바뀌는 것인가?"라며 혼잣말을 하면서 솟을대문을 바라봤다.

"나리! 유행간이 찾아 왔습니다."

"뭐라, 그 더러운 놈이?"

"들어오라 할까요?"

"들어오라 하여라."

천추태후는 없고 김치양이 전투 복장을 하고 장수들과 함께 있었다. 유행간이 들어오자 김치양은 장수들에게 나가라고 명했다. 두 사람은 속내를 드러내지 않으려 여유 있게 차를 마셨다.

"안에서 준비할 일들이 많을 텐데, 어찌?"

"궁궐 일은 걱정하지 않으셔도 됩니다. 궁궐이야…. 근데 내일 유시인데 준비는 다 되었는지요?"

"그럼요, 계획대로 잘 진행되고 있소."

"강조 장군이 오천의 군사를 이끌고 거병했다고 들었습니다."

"아-! 그래요?"

김치양은 유행간을 유심히 쳐다봤다. 김치양은 아무런 대답도 하지 않고 차를 마시며 시간을 벌었다. 김치양은 유행간이 강조 장군의 회군 소식을 모른다고 판단했다.

"강조의 군사는 고려의 군사이고 고려의 군사는 천추태후의 군사이지요."

"그거야 당연하지요."

유행간은 얼떨결에 대답했다.

"지금의 전하는 천추태후의 아들이오. 어미의 정이 남아 있어. 마지막으로 천추태후께서 아량을 베풀어 전하와 만나고 있을 것이오. 가슴의 상처를 남기고 싶지 않아 순리에 따라 양위를 받으려 하오."

"양위라 함은 어떤…?"

"몰라서 물어보는 것이오?"

잠시 고민에 빠진 유행간은 크게 웃었다.

"역시, 덕이 많으신 천추태후이십니다."

"내일 거사는 없을 것이오. 그래서 강조의 군사를 다시 서경으로 돌려보냈소. 당신도 양위 받을 준비만 하시오."

놀란 유행간은 그대로 김치양 앞에 무릎을 꿇고 살려달라고 애원했다.

"나리! 전하의 병세는 며칠을 넘기지 못할 것입니다. 강조의 서경 군사가 천추태후의 군사이니 이 고려는 나리의 나라입니다. 나리를 위해 이 몸 다 바치겠나이다."

김치양이 고개를 절레절레 저었다.

"난 자네의 더러운 몸을 절대 원치 않네."

그렇게 말하자 유행간의 얼굴빛이 붉어졌다.

"더러운 몸이라도 쓸 데가 있을 것입니다. 굽어 살펴 주십시오."

붉은 얼굴빛을 속이려 애를 썼다.

"자, 이제 가보게. 자네는 내 말만 들으면 죽음은 면할 것이네,"

"여부가 있겠습니까. 감사합니다."

"가서 천추태후 맞을 준비나 하시오."

"…."

"어서 가지 않고 뭐 하고 있소?"

유행간은 김치양의 집에서 쫓겨나듯 나왔다. 말을 타고 터벅터벅 걸어가면서 "더러운 몸이라고? 절대 용서치 않으리."라며 혼자 중얼거렸다.

유행간은 건덕전이 있는 개경 만월대 궁궐로 들어왔다. 기운이 없어 보였다. 유충정이 목종 앞에 홀로 서 있다.

"천추가 다녀갔다고…?"

"아니옵니다. 합종사 어른이 아무도 들이지 말라 하셨는데, 감히 누가 들어오겠습니까?"

"뭐야? 천추가 전하를 뵙지 않았다고?"

"무슨 일이라도 있었던 것입니까?"

"아니다."

유행간은 고민에 빠졌다. 침전 안을 이리저리 바장였다.

"충정아! 강조가 천추의 명을 듣고 군사를 일으켰다가 다시 천추의 명을 받고 돌아갔다. 이건 도대체 뭘 의미하는 것이냐?"

"강조는 충직한 장수입니다. 고려를 위해서라면 목숨도 버릴 만큼 강직한 장수인데 어찌 천추의 명을 듣고 군사를 일으키겠는지요. 천추가 거사를 한다는 것은 전하를 폐위하고 다른 왕을 세운다는 뜻인데, 고려 혈통은 대량원군밖에 없습니다. 그를 죽이려 한다는 것은 삼척동자도 다 아는 사실입니다. 강조가 천추의 명을 받고 출병했다는 것은 말이 안 되지요."

"그렇지, 근데 왜 강조가 천추의 명을 듣고 군사를 일으켰을까?"

"강조가 역모를 통해 스스로 이 나라의 주인이 되려했거나, 아니면 천추가 거짓을 말하는 것이지요."

"강조의 역모와 천추의 거짓?"

"바로 그거지요!"

"아! 그렇구나. 내가 이리 멍청해서야…."라며 자기 머리를 두드렸다.

"…."

"보자! 강조가 역모를 해서 왕이 된다. 가능할까? 군신의 도리와 지조가 있는 강조가?"

"욕심이 있다면 가능하지요."

"그렇지, 누구나 권력 욕심은 있지. 그래도 강조가?"

"한 가지 확실한 것은 강조가 군사를 데리고 다시 돌아 갔다면 아직까지 정확한 결단을 내리지 못한 것은 분명합 니다."

"그래, 아직은 나에게도 기회가 있다는 것이구나."

"그렇지요, 나리께서 고려를 차지할 가능성이 있다는 것 이지요. 혹시…."

"왜, 말을 하다마는 것이냐? 어서 해 보거라."

"아닙니다."

"이 놈이! 어서 해 보거라. 괜찮다."

"전하께서 대량원군에게 양위하는 것을 합종사 나리께서 도와주신다면…."

"천추가 누구더냐? 개경의 권력을 쥐고 있다. 눈을 부라 리고 대량을 죽이려하는데, 호락호락 물러설 사람이 아니 다. 대량이 날 살려주지도 않겠지만…."

"…."

"혹여 라도 딴 맘 먹지 마라."

"당연하지요. 전 걱정이 돼서 말씀드리는 것이옵니다."

"지금부터 양위 준비도 하여라."

"양위라면 전하께서 누구에게?"

"잘 모르겠다. 여우같은 김치양 이놈이 속을 말하지 않으 니 알 수가 있나."

"설마, 김치양 아들에게…."

"그것만은 아니다. 아무튼, 문제는 강조야. 잘 지키고 있 거라."

유행간은 이 말을 남기고 침전을 빠져나갔다.

유행간이 급하게 건덕전으로 갔다. 왕이 없는 텅 빈 건덕 전은 을씨년스럽기까지 했다. 유행간은 아무도 없는 대전에 서 내전내관인 자기 심복 전준을 건덕전으로 불렀다. 유행 간의 심복 전준이 종종걸음으로 들어왔다.

"뭐야? 채충순과 최항을 불렀어?"

"그렇사옵니다. 뭔가 은밀하게 진행되고 있습니다."

"왜 말을 하지 않았느냐?"

"오시 이전에 생긴 일입니다. 나리께서 안 계셔서…."

"…."

"유충정에게 뭔가 있습니다. 조심하셔야 합니다."

"유충정. 이놈이!"

그때 대전 내시들이 건덕전으로 달려 들어왔다.

"나리, 김치양의 군사들이 궁궐 앞까지 왔다고 합니다."

"뭐야? 김치양이…! 올 것이 오고 말았구나. 군사는 얼마 나 된다고 하더냐?"

"그것은 잘 모르겠고…. 전갈이 도착해서…."

"가서 정확한 수를 파악하고 내전에 있는 모든 나인들까지 무기를 들고 대기하라 명하거라!"

"예! 그렇게 하겠습니다."

대전 내시가 황급히 돌아갔다. 유행간은 왕이 사용하는 지필묵을 꺼내 급하게 서신을 쓰고 전하의 국새를 찍으며, '일말의 기회가 남아 있어! 강조가 올 때까지만 버티자.'라며 속으로 생각했다.

"넌, 이 길로 서경에 있는 강조 강군을 만나 이 서찰을 주고 오너라."

"예, 알겠습니다." 하고 내관 전준은 서찰을 받았다.

"가기 전에 이 글을 읽어보고 가거라."

"감히, 제가 합종사 나리의 글을 읽어볼 수 있다는 것입니까. 당치도 않습니다. 거두어 주십시오."

"아니다, 괜찮으니 어서 읽어봐라."

내관 전준은 손을 파르르 떨며 글을 읽다 그대로 무릎을 꿇고 말았다.

"나리! 어찌….."

"봤지. 그대로 말해야 한다."

내관 전준은 온 몸을 떨었다.

"알았느냐? 그대로 해야 한다."

유행간은 칼을 꺼내 전준의 어깨를 벴다.

"으-윽! 어찌 저를?"

"미안하다. 이렇게 해야 강조 장군이 믿어줄 것이다. 위급한 상황에서 도망쳤다고 하거라. 촌각을 다투는 일이다. 밖에는 김치양의 군사들이 들이닥쳤다. 일부라도 군사를 먼저 보내주어야 한다고 꼭 전하거라!"

"예. 명령 받들겠습니다!"

전준은 어깨에서 흐르는 피를 손으로 막았다. 그러자 유행간은 자기 안쪽 저고리 천을 찢어 전준 어깨를 감싸줬다. 전준은 눈물을 머금고 말을 타고 서경으로 출발했다.

9. 혼란에 빠진 강조 장군

삼각산 신혈사에 초승달이 막 떠올랐다. 지혜는 신혈사 암자에서 대량원군과 진관 스님을 모시고 황보유의와 함께 앉아 있다. 암자 마당에는 두 필의 말이 대기하고 있다. 대량원군은 이미 떠날 채비를 마친 상태다.

"스님! 감사합니다. 덕분에 지금까지 목숨을 연명했습니다. 절대 잊지 않겠습니다."

대량원군이 진관 스님의 두 손을 잡고 감사의 마음을 전했다.

"뭘요! 고려를 위해 당연히 해야 할 일인데요."

"평생 잊지 않겠습니다."

"좋은 성군이 되셔야 합니다."

"…."

대량원군은 진관 스님의 말에 대답을 하지 못했다. 그때 지혜가 친구들에게 말을 했다.

"자, 우리는 대량원군을 모시고 개경으로 간다. 사람들의 눈을 피해 산 속으로, 그것도 낮에는 숨어 있다가 밤에만 갈 것이다. 제일 앞에 돼지가 서고 맨 뒤는 웅녀가 맡는다. 봉황은 수시로 정탐을 하고 우리에게 길을 알려주어야 한다. 시간이 없으니 최대한 빨리 가자!"

지혜의 말에 따라 대량원군과 황보유의는 말을 타고 개경 만월대를 향해 출발했다. 봉황은 어두컴컴한 허공 속으로 사라졌다.

신혈사를 내려와 고개를 넘고 넘어 솔밭 길을 가고 있었다. 추운 겨울밤인지라 입과 콧속에서 나오는 따뜻한 기운이 차가운 공기와 만나면서 눈썹에 하얀 서리를 만들었다. 그때 정찰을 나갔던 봉황이 황급히 일행에게 날아왔다.

"저 앞에 자객들이 말을 타고 오고 있어. 어서 피해야 해."

"알았어! 고마워."

지혜는 대량원군과 황보유의를 데리고 언덕 아래 소나무 뒤로 숨었다. 숨을 죽이고 숨어 있으니 자객들이 말을 타고 신혈사를 향해 빠르게 달려갔다. 지혜는 봉황과 여우를 불렀다.

"여우야! 넌 봉황과 함께 강조 장군의 군영으로 가거라.
강조 장군이 어떤 판단을 내리는지 염탐해서 바로 알려주어
야 한다."

"응, 알았어! 봉황아 가자."

여우는 봉황의 등을 타고 어둠 속으로 사라졌다.

밤늦게 유행간이 보낸 내관 전준이 서경 강조 장군의 군
영에 도착했다. 여우는 이미 강조 장군의 군영 천막 안에 숨
어 있었다. 칼에 베인 어깨상처가 덧나 고통스러운 전준은
지친 몸을 이끌고 군사들 앞에 나타나 대전내관임을 밝히고
뵙기를 청했다. 쇠그릇 용기에 장작불이 훨훨 타오르는 강
조 장군의 막사로 전준을 안내했다. 여우도 사람들의 눈을
피해 군영 안으로 몰래 들어갔다. 피를 흘리며 들어오는 전
준을 본 강조 장군과 장수들, 부관들이 놀랐다.

"전 대전내관 전준입니다. 합종사 유행간 어른이 보내서
왔습니다. 이 서찰은 전하의 마지막 서신입니다."

"뭐라? 마지막 서신?"

"예, 죽음의 문턱에서 합종사 나리께서 보내신 것입
니다."

놀란 강조 장군은 부관에게 서신을 읽게 했다. 부하 장수
들과 부관 그리고, 강조 장군은 서신 내용에 깜짝 놀라고 말

앉다. 여우는 천막 사이에 숨어 모든 이야기를 다 엿들었다.

"이게 전부 사실이냐?"

"예, 그렇습니다. 누구 앞이라고 거짓을 말하겠습니까."

"그래, 전하의 시신은 확인해 보았느냐?"

"합종사 나리께서 보시고 글을 주신 것입니다. 거기에 전하의 국새가….."

"김치양! 이놈이 결국은 일을 저지르고 말았구나. 별장! 대전내관을 막사에 잠시 모시고 치료를 해 주거라."

별장은 강조 장군의 명을 받아 대전내관을 데리고 나갔다.

"장군! 이제 어찌하시렵니까?"

"부관! 전하의 위패를 모시고 술을 올릴 준비를 하여라."

"예, 장군!"

부관과 장수들은 군영 막사를 정리하고 한쪽에 전하의 위패를 모시고 향을 피웠다. 강조 장군과 부하 장수들은 갑옷과 투구를 벗고 머리를 풀었다.

"전하! 신을 벌해 주시옵소서. 전하!"

"벌해 주시옵소서. 전하!"

부하 장수들도 함께 곡을 올렸다. 대전내관 전준은 강조 장군의 곡소리를 들으며 빙긋이 웃었다.

초승달이 군영 막사에 걸려 추위에 떨고 있다. 강조 장군은 부하들과 함께 군영 회의탁자에 앉아있다.

"곰곰이 생각해 보자."

"장군, 전하께서는 어린 애를 시켜 개경을 지키라는 교지를 내리셨습니다. 그리고 이틀 만에 대전내관을 통해 김치양이 전하를 살해했다는 전갈을 보내왔습니다. 이로 보아 상당히 다급했던 모양입니다."

"그래, 사실 관계는 그러하구나."

강조 장군은 고개를 끄덕이며 대답했다.

"중요한 것은 전하가 승하했다는 사실이지요. 이미 궁궐을 천추와 김치양이 장악했다고 판단됩니다. 그들이 대량원군을 왕으로 하지 않을 것은 뻔한 일이오니 아마도 대량원군을 죽이고 스스로 왕위에 오를 것입니다."

"왕은 다른 사람이 될 수도 있습니다."

다른 부하 장수가 어렵게 말했다.

"다른 사람이라니?" 하고 강조 장군이 물어봤다.

"…."

"어서, 말하거라."

"김치양과 천추태후 사이에서 태어난 어린 아들이 왕이 될 수도 있습니다."

"뭐야? 그 애를…."

모두들 의아하게 생각했다.

"사실, 저도 여러 번 들었던 이야기입니다."

부관이 동조하며 나섰다.

"그게 사실이라면 역모 중에 역모니라. 하지만 그러지는 못할 것이다."

"…."

누구도 답을 하지 못했다.

"그래, 그 문제는 다음에 생각하고 우선 사실 관계만 정리하도록 하자."

"우리가 이 자리에 그대로 있다면 천추태후를 따르겠다는 것이고, 거병을 일으키면 천추태후와 맞서겠다는 뜻이 되는 것입니다."

"하지만 지금 거병하면 전하를 죽인 자들을 징벌하는 충신으로 천추태후를 죽여야만 합니다."

"그렇다면 지금 군사를 일으키면 천추태후에게는 역모란 말이냐? 이렇게 답답할 수가 없구나."라며 강조 장군이 스스로 답답함을 토로했다.

"장군! 중요한 것은 개경을 장악한 천추태후에 따라 상황은 완전히 달라집니다. 명을 듣고 거병하면 천추태후를 인정하는 것이고, 명이 없이 거병하면 천추태후와 전쟁을 해야만 한다는 것입니다."

부관이 목에 힘을 주고 나섰다.

"보거라. 우리 오천 군사가 거병해 만월대를 지키는 천추태후 군사와 전투를 벌이면 어떤 결과를 예측하느냐?"

"고려 군사 간의 싸움이라 안타깝고 불명예스럽지만 우리 군사를 막아내지 못할 것입니다."

"우리가 이긴다. 이거지!"

"예, 장군."

부하장수들이 함께 대답했다.

"…."

강조 장군은 대답을 하지 못했다.

"장군! 군인은 백성을 위하고 정의를 지키기 위해 출병을 한다고 들었습니다. 또한 국가에 충성하고 적을 막아내는 것이 임무입니다. 정당한 정의, 즉 순리에 맞는 양위는 따르겠으나 타살을 당한 전하를 보고 그냥 침묵하는 것은 정당한 정의가 아니라고 판단됩니다."

"그래도 군인은 백성을 지키기 위해 적을 상대할 때만 전선에 나서야 한다. 다른 이유는 변명에 불과하다."

"장군! 그러시면 김치양의 아들이 왕이 돼도 그를 섬기고 따를 것인지요?"

"그건, 아니 되지. 하지만 이미 천추태후가 궁궐을 장악했고 권력을 쥐어버렸다. 그러니 군인은 그 명분을 따라야 하지 않겠느냐?"

"우리는 백성을 지켜야 하지만 고려를 지키는 것도 중요한 임무입니다."

답답해진 부하 장수가 일어나 대답했다.

"이미 천추태후는 지난번 회군에 대해 의심의 눈초리를 가지고 우릴 믿지 못할 것입니다."

"그렇습니다."

"거병하지 않고 천추태후를 인정한다고 해도 어떤 이유든 만들어서 장군을 죽이려 할 것입니다. 기다리든, 거병을 하든 천추태후는 장군의 목을 노릴 것입니다. 문제는 지금부터 입니다. 장군의 판단이 모든 것을 결정하게 될 것입니다."

듣고 있던 부관이 말했다.

"장수에게 명분은 목숨과도 같다."

"거병할 수 있는 명분은 충분합니다."

"명분이 충분하다…."

강조 장군은 어떤 결정도 내리지 못하고 머뭇거렸다.

"부관은 가서 이부낭중 이현운 부사를 데리고 오너라."

"예, 장군!" 부관이 경례하고 나갔다.

그때 숨어있던 여우가 군영 막사를 빠져나와 대전내관 전준이 기다리고 있는 막사로 갔다. "바보 같은 놈들! 합종사 나리는 대단해!"라며 대전내관이 중얼거리는 소리를 들었다. 하지만 정확한 의미를 알아채지 못하고 밖으로 나와 봉황을 찾았다. 성벽 위로 올라가 주변을 둘러보고 있을 때 하늘에서 작은 여우를 낚아채 가버렸다. 성을 지키던 군사들은 갑자기 나타난 봉황을 보고 놀라 뒤로 자빠지고 말았다.

은행나무 숲

10. 비밀스러운 호리병

웅녀와 돼지는 마녀 나림의 검붉은 요술에 싸여 주먹으로 서로를 때리면서도 즐거운지 아이처럼 웃었다. 나림에게 사로잡힌 지혜와 대량원군 그리고 황보유의는 나무에 거꾸로 매달려 꼼짝도 못했다. 마녀는 대금과 호리병이 들어있는 지혜의 배낭을 살펴봤다. 대금에서는 아무런 변화도 생기지 않았다.

"애걔, 이렇게 시시하게 잡혀버리네."

마녀의 맑은 목소리가 검붉은 연기 사이에서 들렸다.

"마녀야! 그러지 말고 대량원군은 살려다오."

"무슨 말을 그리 서운하게 해. 사실 난 아이들을 무척 좋아해, 그래서 아이들만 잡아가는 마녀인데 지금은 아니야. 쟤만 필요한데."

"너도 알잖아. 천추가 나쁘다는 것을…."

"안 그래, 난 너를 보낸 마고할매가 제일 싫어. 그 할망구 때문에 산신 지위에서 쫓겨난 몸이야. 예뻐서 엉덩이를 깡깡 물어주던 내 아이도 잃어버리고…. 미친년처럼 구천에서 떠돌며 다른 애들이나 잡아먹는 신세가 된 거야."

"나쁜 짓을 했으니까 쫓겨났겠지!"

"뭐가 나쁜 짓인데? 아픈 내 아이가 인간의 심장을 먹어야만 살 수 있었지. 그래서 심장을 가져다 먹인 것이 뭐가 잘못이라고?"

"나빴네, 나빴어! 심장을 가져가면 그 사람은 바로 죽는 거잖아. 이 바보 마녀야!"

"그런 사정은 내 모르겠고…."

그때 봉황이 날카로운 발톱을 세우고 마녀를 향해 쏜살같이 달려들었다. 봉황의 긴 발톱이 마녀 나림의 심장을 찔렀다. "아-악!" 하고 비명소리를 지르자 배낭이 아래로 떨어지면서 대금과 호리병이 밖으로 튕겨져 나갔다. 여우는 재빠르게 달려가 지혜 몸에 묶여진 나무줄기를 입으로 갉았다.

"여우야, 배낭 안에 들어있는 대금이 필요해."

"어디 있어?"

"저 아래로 떨어졌어. 가져다 줘!"

지혜가 입으로 방향을 일러주었다. 여우가 대금을 가지러 열심히 달려 내려갔다. 비명을 지르던 마녀가 대금이 바위 틈에 있는 것을 보고 여우가 가지 못하도록 벼락 창을 쏘았 다. 겨우 창을 피해 바위틈에 도착했으나 마녀가 대금을 먼 저 주워버렸다.

여우가 봉황에게 신호를 보내자 봉황이 여우에게 다가왔 다. 여우를 태운 봉황은 마녀를 향해 거침없이 돌진했다. 그 러자 마녀 나림은 벼락 창을 쏘아대기 시작했다. 예상치 못 한 공격에 봉황은 여러 곳을 맞고 '쿵!' 하고 절벽 아래로 떨 어지고 말았다.

"봉황아, 일어나!"

지혜가 소리를 쳤다. 하지만 봉황은 일어나지 못했다. 여 전히 웅녀와 돼지는 서로 얼굴을 때리며 웃고 있다. 기절한 여우가 깨어나 봉황을 깨워보지만 봉황은 피만 흘리고 있 다. 여우는 웅녀와 돼지에게 달려가 때리지 못하게 말려보 지만 멈추지 않았다. 답답해진 여우가 묶여진 지혜에게 달 려가 나무줄기를 입으로 갉았다.

"지혜야, 어떡하지? 내 힘으로는 안 돼. 봉황이 많은 피를 흘려 기절하고 말았어."

"정신을 차리자. 정신을 차려야 해. 뭔가 방법이 있을 거야."

지혜 눈에 뭔가 보였다. 나무줄기에 매달려 있는 호리병이었다.

"그래, 호리병이다. 할아버지가 위험할 때 사용하라 했어. 뭔지는 몰라도 죽는 것보다는 낫겠지."라고 중얼거렸다.

"여우야. 저기 걸려있는 호리병을 주워 와봐."

"어디?"

"저기 나무줄기에 걸려 있어. 마녀 몰래 가져와봐."

"…."

여우는 말이 끝나기도 전에 나무줄기로 달려가, 줄기에 매달린 호리병 끈을 입에 물고 가져왔다. 여우가 호리병을 열려고 해도 전혀 열리지 않았다.

"지혜야! 열리지가 않아."

"여우야! 내 입으로 가져와 봐."

여우는 호리병을 들고 지혜 입으로 가져갔다. 여우가 호리병 몸통을 잡고 지혜가 입으로 끈을 풀어 호리병 마개를 겨우 열었다. 열린 호리병에서 불꽃이 나오더니 대장간의 풀무질처럼 강하고 뜨거운 빛이 쏟아졌다. 마녀 나림은 강한 빛과 뜨거운 열을 느끼는 순간 몸이 부서지면서 큰 비명을 질렀다. 검붉은 연기가 치솟았다. 비명소리와 함께 손에 쥐고 있던 모든 것을 놓고 마녀는 도망가기 바빴다.

마녀 나림은 순식간에 사라졌다. 눈과 볼이 벌겋게 부어오른 웅녀와 돼지는 그 자리에 쓰러지고 말았다. 여우가 웅녀와 돼지의 귀를 물어 깨우고 나무에 묶인 사람들을 한 명씩

풀어주었다. 벼락 창을 맞은 봉황이 걱정돼 모두들 봉황이 떨어진 쪽으로 뛰어가 보았다. 벼락 창이 봉황의 가슴과 다리에 박혀 있었다. 지혜는 조심스럽게 벼락 창을 빼내고 헝겊으로 덮고 눌러주었다. 봉황은 숨 쉬기도 힘들어 보였다.

"봉황아. 힘들지?"

모두들 말이 없었다.

"창이 심장 깊숙이 관통했는지 숨 쉬기도 힘들어."

"봉황아. 기운내자."

지혜가 봉황의 상처를 붙잡고 울먹였다.

"기운 내, 봉황아! 네가 없으면 안 돼!"

친구들도 위로했다.

"봉황아! 넌 정말 좋은 친구야. 꼭 살아야 해."

지혜는 울어버렸다. 봉황이 지혜를 보며 말했다.

"우리 지혜도 울 줄 아는구나. 울보였네!"

지혜는 한 쪽으로 달려가 누가 보든지 말든지 펑펑 울었다. 그러자 친구들도 울먹이기 시작했다. 돼지가 지혜 배낭과 대금을 들고 왔다. 얼마나 놀랐으면 배낭 찾는 것도 잊고 있었던 것이다.

모닥불을 피우자 주변이 조금 따뜻해졌다. 지혜는 봉황이 걱정돼 별하늘을 이불 삼아 대금을 연주했다. 알 수 없는 힘이 생겨 봉황이 낫기를 바랐지만 아무런 변화도 없이 대금

안에서 푸른빛이 가벼이 일어나다가 사그라지고 말았다. 여우가 지혜에게 조용히 다가왔다.

"지혜야! 강조 장군 막사에서 들었는데 왕이 죽었대."

"뭐라고? 목종이 죽어?"

"대전내관이 죽었다고 연락을 해서 강조 장군이 제사도 올렸어."

"우후, 미치겠다. 이대로 끝나는 것인가?"

모두들 잠이 들었다. 답답해진 지혜는 봉황 옆에 앉아 손을 잡아주었다. 그때 모닥불 빛에 반사되는 작은 호리병이 하나 보였다. 지혜는 벌떡 일어나 호리병을 주워서 살펴보았다. 배낭 안에 들어있던 호리병 중에 하나가 땅에 떨어졌던 것이다. 노인의 말을 생각하며 끈을 풀고 호리병 마개를 서서히 열었다. 호리병 안에는 물이 들어 있었다.

지혜가 호리병 물을 손에 따라 냄새를 맡아도 보고 맛을 보아도 특별한 일이 일어나지 않았다. 손가락 사이로 한 방울이 땅으로 떨어졌다. 땅에 떨어진 한 방울에서 푸른빛이 돌더니 추운 겨울인데도 땅속에서 새순이 올라왔다. 지혜는 이 광경에 깜짝 놀랐다. 지혜는 손바닥에 있는 물을 주변에 뿌렸다. 그러자 물방울이 뿌려진 곳마다 새순이 자라 올랐다. 지혜는 아무도 모르게 봉황을 조용히 깨웠다.

"봉황아! 날 믿어."

"그럼, 난 널 믿어."

지혜는 호리병 안에 들어 있는 물을 손에 조금 따르고 봉황의 상처에 발라주었다. 시간이 흐르자 푸른빛이 돌더니 벼락 창에 찢겨진 상처들이 아물기 시작했다. 가슴에도 다리에도 호리병 물을 정성껏 발라주었다.

추위에 지쳐 동이 트자마자 일어났다. 추운 겨울이지만 새소리가 싱그럽고 활기차게 들렸다. 여우가 일어나더니, "애들아 일어나봐. 봉황이 살아났어."라며 기뻐서 팔짝팔짝 뛰었다. 봉황이 미소를 띤 채 가만히 여우를 바라봤다. 웅녀도 돼지도 대량원군과 황보유의도 도저히 믿기 어려운 듯 고개만 갸웃거렸다. 모두들 신이 나서 춤을 췄다. 봉황은 지혜를 태우고 하늘 높이 날며 다시 태어난 생명의 기쁨을 마음껏 누렸다.

"나림아! 마녀가 돼서 꼬맹이한테 두 번씩이나 당하다니 도대체 말이 되느냐?"

당줄이 묶여진 느티나무 아래 앉아 무녀가 나림을 질책했다.

"저도 처음이라…."

"천추태후에게 뭐라 해야 할지 그게 두렵다."

"그 애한테 뭔가 있어요. 강한 불빛에 뜨거운 열은 어떤 마녀도 이겨낼 수 없었어요."

"보잘 것 없는 아이일 뿐인데…."

답답해진 무녀는 화가 났다.

"절대 쉬운 상대가 아닙니다."

"어제 저녁에도 천추태후가 다녀갔네. 걱정하지 말라고 자신 있게 말했는데 이걸 어쩌지?"

"…."

"내가 너에게 천추태후의 강한 화상을 빌려줄 테니, 이번 에는 대량원군을 꼭 죽여라."

"또 강한 불빛과 뜨거운 열로 공격하면 어떡하지요?"

"천추태후의 화상을 믿어 보거라."

마녀 나림은 무녀에게 새로운 요술을 받아들고 허공 속 으로 사라졌다.

늦은 밤이 돼서야 지혜와 대량원군 그리고 일행들은 지친 몸을 이끌고 급하게 개경 만월대에 도착했다. 칠흑 같이 어 두운 밤인지라 개소리도 들리지 않았다. 눈썹에 눈꽃이 핀 대량원군은 만월대 궁궐을 보자 눈물을 흘리고 말았다.

"전하가 승하하시다니…."

"어떻게 해야 할지 모르겠어요."

지혜는 대량원군의 흐르는 눈물을 닦아주었다.

"그러면 천추 이모와 김치양이 정권을 장악했을 텐데 가 면 죽는 거잖아."

"그렇지요. 근데 궁궐이 너무나도 조용한 것이 이상해요. 여우한테 들으니 강조 장군도 그 소식을 듣고 놀랐다고 했는데…. 뭔가 수상한 낌새가 보여요."

그때 황보유의가 옆으로 다가왔다.

"궁궐은 위험하니 우선 제 집으로 가셔서 피신하시지요!"

"그럽시다."

추위에 얼굴이 굳어진 대량원군이 대답했다. 황보유의는 만월대 안으로 들어가지 않고 시전 건너편에 있는 자신의 집으로 안내했다. 황보유의는 사랑채에 대량원군과 지혜를 묵게 했다.

"대량원군 나리, 우선 몸을 녹이고 계시지요. 시장하실 테니 상을 올리겠습니다. 저는 당장 궁으로 들어가 진의부터 파악해 보겠습니다."

황보유의가 물러났다. 대량원군과 지혜, 여우는 오랫동안 추위에 떨다 방에 들어온 터라 따뜻한 기운에 온 몸이 노곤해졌다. 웅녀와 돼지, 봉황은 마구간에 들어가 쉬고 있었다.

"지혜야! 마녀와 싸울 때 그 호리병은 어디서 가져온 것이더냐?"

"아, 그거요. 양강도(전라남도 옛 이름)에 가면 담주(담양) 고을이 있는데 그 마을에 사시는 할아버지가 저에게 호리병 3개를 주었어요. 위기에 봉착하면 사용하라는 말이 기억나 사용했는데 덕분에 우리가 이렇게 살게 될 줄은 몰랐어요."

"호리병 때문에 살았구나. 언젠가 기회가 되면 담양 마을에 사는 그 노인에게 고맙다는 말을 하고 싶구나."

"그 먼 양강도까지 갈 기회가 있겠어요?"

"그러겠구나. 아무튼 고마운 일이다."

"근데, 우리가 너무 늦어 걱정입니다. 전하께서 돌아가셨다고 하니 강조의 정변이 일어난 것인지? 아니면 천추가 전하를 죽인 것인지?"

"역사책에는 뭐라 돼 있느냐?"

"강조의 변란이 정확히 며칠이란 기록은 없어도 2월 초 정도가 맞아요."

지혜는 배낭에서 〈한국사 이야기〉 책을 꺼내 찾아봤다.

"강조 장군의 변이 일어나면 전하와 대량원군께서 죽는다고 돼 있어요."

"내가 죽는다고?"

"그렇지요. 다음 왕은 강조의 변란으로 천추태후가 된다고 돼 있으니 강조 장군의 맘을 바꾸지 않으면 대량원군께서는 천추와 강조 장군 손에 죽게 됩니다."

"…."

죽는다는 말에 기운이 쏙 빠졌다. 대량원군과 지혜는 피곤했는지 잠이 들고 말았다. 시간이 한참 지나서 황보유의가 들어왔다.

"대량원군 나리! 전하가 살아계십니다. 잘못된 정보였습니다."

"뭐라고 살아계신다고?"

듣고 있던 지혜도 여우도 놀랐다.

"틀림없이 유행간이 대전내관을 시켜 강조 장군에게 서찰을 보냈어요."

답답해진 지혜가 여우를 쳐다보며 말했다.

"우선은 다행이다. 전하에게 우리의 소식을 알리거라."

"근데, 유행간이 전하와의 접촉을 완전히 차단하고 있어 시기를 봐야 합니다."

"그렇다면, 거짓 정보를 유행간이 강조 장군에게 흘린 것인데….."

지혜는 상황 판단이 안 돼 혼란스러웠다.

"분명 이유가 있겠지!"

대량원군의 얼굴빛이 점점 좋아지고 있다.

"그러면 다시 처음부터 판단해 보시지요. 자객과 마녀는 우리들 코밑까지 쫓아와서 숨통을 조여 오고 있고, 유일한 대안인 강조 장군의 맘을 움직일 방안은 없으니 걱정이네요."

"강조 장군의 맘을 어떻게 돌리지?"

대량원군이 되물었다.

"전하의 교지에도 움직이지 않았어요. 특단의 조치가 없으면 하루 이틀 사이에 강조의 변으로 모두 죽게 돼요."

"시간이 없구나."

"문제는 천추가 강조 장군을 죽이려 한다는 사실과 전하가 죽었다는 사실을 모르고 있다는 것이지요."

"강조 장군이 누구의 말을 믿어줄까?"

"그러니까요."

두 사람은 아무런 답을 내리지 못하고 걱정만 했다. 지혜는 배낭 속에 든 대금과 호리병을 들고 이리저리 쳐다봤다.

날이 밝자, 지혜는 봉황과 여우를 데리고 만월대 궁궐이 한 눈에 보이는 송악산 소나무 바위 위로 올라갔다. 눈 쌓인 개경 만월대는 참으로 아름다웠다. 고즈넉한 궁들이 서로 마주보고 도란도란 이야기하는 것처럼 보였다.

"참으로 아름답다. 내가 살던 곳에서는 이곳 개경은 올 수도 없는 곳인데. 실제로 북한에 관심도 없었고. 조금은 불안해 보이는 같은 민족의 나라라고만 생각했는데, 이렇게 가까이서 보고 느낄 수 있네."

"뭔 소리를 하는 거야?"

"아니야, 그런 것이 있어."

"근데, 이렇게 추운데 여길 왜 왔어?"

"몰라. 너무 답답해서 대금이나 불어볼까 하고…."

"그래, 오랜만이네? 한번 불어봐 줘."

여우는 봉황 깃털 속으로 들어가 지그시 눈을 감았다. 봉황이 다가와 깃털로 지혜를 따뜻하게 감싸줬다. 지혜는 답답해진 맘을 달래기 위해 대금을 불기 시작했다. 이른 아침에 은은하게 울려 퍼지는 대금 소리가 만월대를 가득 채웠다. 지혜는 흐르는 눈물을 닦지도 못하고 대금만 불었다. 여우가 지혜의 눈물을 닦아주었다.

"지혜가 아빠 보고 싶구나."라는 말에 지혜는 울음보가 터지고 말았다.

"그만 울어! 이 세상에 부모만큼 의지할 수 있는 사람은 없는 거야."

봉황의 말에 지혜 머리를 번뜩 스쳐가는 생각이 있다.

"그래, 아버지야, 아버지였어!"

지혜는 울먹이며 주절거렸다.

"뭔 소리야? 뜬금없이 아버지라니?"

"가자, 어서 가자. 그래 그거야!"

지혜와 여우는 봉황을 타고 황보유의 집으로 갔다. 지혜는 안채에서 자고 있는 대량원군을 깨웠다.

"찾았어요. 강조 장군의 맘을 돌릴 수 있는 사람을 찾았어요."

"누군데?"

"바로 강조 장군의 아버지예요. 그 사람에게 사실을 전달해서 강조 장군이 천추 편이 아닌 대량원군의 사람이 되도록 해야 해요."

"좋은 생각인데 과연 그렇게 될까?"

"해봐야지요. 한번 가볼까요?"

"근데, 내가…."

"피하지 마세요. 피해서 되는 일은 없어요. 가장 어려울 때 가장 정직한 해결책은 피하지 않는 것이에요."

"그래도, 난 사람 만나는 것이 제일 두려워!"

"지금은 자신감이 필요할 때라고요."

지혜는 대량원군과 황보유의를 데리고 강조 장군의 아버지가 살고 있는 오리정 마을로 갔다. 어렵게 강조 장군의 아버지를 만나 방으로 들어가 이야기를 나눴다. 강조 장군의 아버지는 한 번도 본 적이 없는 삐쩍 마른 대량원군의 모습을 위아래로 훑어봤다. 강조 장군의 아버지는 지혜가 하는 말이 황당할 뿐이었다. 차분하게 듣던 강조의 아버지가 입을 열었다.

"알겠습니다. 그만 가보시지요."

강조 장군의 아버지는 담담하고 냉랭했다. 대량원군이 나가고 난 이후 강조 장군의 아버지는 방안에서 깊은 생각에 빠졌다. 지혜와 대량원군 그리고 황보유의는 허탈한 마음을 안고 무거운 발걸음으로 돌아올 수밖에 없었다.

11. 강조 장군이 일어나다

　서경 도순검사 강조 장군은 늦은 시각까지 잠을 이루지 못하고 군영 막사를 서성거렸다. 강조 장군은 답답해지면 군영을 나와 눈 덮인 주변을 걷곤 했다. 하지만 추위가 끝점에 다다른 시기인지라 매섭게 추웠다. 다시 군영 막사 안으로 들어와 서성거렸다.

　"장군! 날이 새고 있습니다."

　"벌써 그렇게 되었는가?"

　"부관! 난 장군이기 전에 아버지이고 한 아비의 아들이다. 집안을 책임져야 할 사람이기도 하지."

　"그거야, 당연하신 일이지요."

"목종 왕의 신하이기도 하지만 천추태후의 신하이기도 하다. 군인으로 백성을 지키고 고려를 지키는 것이 중요하다. 같은 백성끼리 피를 흘리는 일은 막고 싶다."

"장군께서 어떤 판단을 내리든 저희들은 장군을 따를 것입니다."

"고맙다. 어제 김치양에게 서신이 새로 왔다. 내일 거사를 함께하자는 연통을 받았다. 거기에는 전하가 죽었다는 말은 없지만 천추태후도 왕족이기에 받아들이는 것이 장군으로 순리라고 생각했다. 만일, 천추태후가 내 집안을 역적으로 몰면 내 부모 내 자식들은 물론 삼족이 멸할 것이다. 부관은 날이 새면 휘하 장수들과 이부낭종 이현운을 다시 데리고 오너라."

"예, 명을 따르겠습니다."

짓궂고 변덕스러웠던 어제와 달리 하늘이 쾌청했다. 비록 눈은 쌓여 있어도 하늘에는 뭉게구름이 뽀송뽀송하게 떠 있다. 수많은 깃발을 세우고 북을 치며 진군하는 강조 장군의 오천 군사들은 하늘만큼이나 당당하고 근엄해 보였다. 맑고 차가운 공기를 껴안고 하늘을 높게 나르는 봉황 한 마리가 보였다.

"지혜야! 저기 좀 봐봐!"

"응 보여. 강조 장군이 거병을 했는데 누구를 위한 거병인지 모르겠어. 아무리 판단해도 우리를 위한 거병은 아닌 것 같고…. 우리 힘으로는 부족한 것 같아. 역사는 바뀌지 않는 것인가?"

"…."

"으—이구, 답답해!"

지혜는 봉황의 등에서 긴 한숨을 쉬었다. 덩달아 여우도 길게 한숨을 쉬었다.

"아마도 강조 장군은 전하가 돌아가셨다고 생각하고 있을 거야."

여우가 지혜에게 말했다.

"그러겠지, 유행간 이놈 짓이야. 강조 장군과 천후태후가 서로 싸우게 만들어 놓고 그 틈을 이용하려고 하고 있어."

"오면서 보았지만 천추태후 부하들도 분주하잖아."

"아마도 김치양의 세작들이 출병했다고 벌써 보고했겠지…."

"이미 화살은 날아갔다. 최선을 다했지만 역사를 바꿀 수 없는 모양이다. 개경으로 가서 상황을 지켜보고 대량원군의 목숨이라도 살리는 방안을 찾아보자."

봉황은 방향을 틀어 개경으로 돌아갔다.

"천추태후! 천추태후!"

김치양이 천추태후가 있는 건덕전으로 다급하게 다가

왔다.

"무슨 일이오?"

"아침에 강조가 군사를 일으켰다고 합니다."

"기별이 왔나요?"

"공식적인 통보는 없고 내 세작들이 보낸 첩보요."

"…."

천추태후는 말을 잇지 못하고 건덕전을 서성거리기 시작했다. 그 소식을 몰래 들은 대관내관은 유행간이 있는 중광전으로 달려갔다. 대전내관은 유행간에게 강조 장군이 군사를 일으켰다는 소식을 전해주었다. 마음이 급해진 유행간은 유충정에게 말도 해주지 않고 서성거리기만 했다.

건덕전에 있는 천추태후는 모두를 내보내고 김치양과 단둘이 이야기를 나눴다.

"거사 날과는 하루 차이가 나고 또한 우리에게 공식적인 통보가 없으니…."

"회군하고 돌아갔던 강조가 며칠 만에 내 군사가 된다는 것은 어려운 일이요. 열에 아홉은 우릴 공격할 목적일 것이오. 하니 오는 길목에 우리 군사를 매복시켜 강조를 죽여야하오. 그리고 강조 아버지 집에도 군사를 보내 감금하도록하시오."

"예, 천추."

"쥐도 새도 모르게 해야 하오, 아직은 강조의 본심을 모르니 서두르지 말고 조심해야 하오."

"예!"

김치양은 천추태후의 명을 받고 급하게 밖으로 뛰쳐나갔다.

김치양의 군사들이 말을 타고 어디론가 급하게 달려갔다. 개경에서 벽란도를 향해 한참을 달려가서 강조 장군의 아버지 집에 도착했다. 군사들이 집 주변을 경비하고 대문을 열더니 안으로 들어갔다.

"어르신! 어르신!" 하고 집사인 행도가 급하게 사랑채로 들어왔다.

"무슨 일인데 이리 시끄러운가?"

"김치양이 군사들을 보내 이곳을 에워싸고 어르신을 감금하겠다고 합니다."

"뭐야? 김치양 이놈이."

사랑채를 나가자 김치양의 군사들이 주변을 경계하고 있다. 화가 난 강조 아버지는 오히려 사랑채 안으로 들어와 차분하게 자리에 앉았다. 한참을 생각한 후에 지필묵을 꺼내 글을 쓰기 시작했다.

"집사! 게 있는가?"

"예, 대기하고 있습니다."

"자네는 군사들 모르게 팔봉이를 데리고 오게."

"예."

집사가 잠시 후에 팔봉이를 데리고 방안으로 들어왔다.

"자네는 날 선 칼과 가위를 가지고 오너라."

"예, 나리!"

집사는 방을 나가면서 눈이 휘둥그레졌다. 얼마 지나 짧은 단도와 가위를 들고 들어왔다.

"팔봉이 머리카락을 빡빡 깎아라!"

놀란 머슴과 집사는 아무런 대꾸도 없이 시키는 대로 머리를 깎기 시작했다. 긴 머리카락이 풀리더니 가위로 쑥덕쑥덕 잘려나갔다. 쑥대머리처럼 거칠어진 머리카락을 짧은 칼로 섬세하게 남김없이 깎았다. 처음 깎는 머리인지 머릿속에 부스럼과 피딱지들이 지저분하게 붙어있었다.

"나리 제가 뭘 잘못했는지요?"

머슴이 물어봤다.

"아니다. 넌 머슴을 하기에는 아까울 만큼 내 분신과도 같은 사람이다."

듣고 있던 집사가 물어봤다.

"그런데 어찌 이렇게 머리를 짧게…?"

"팔봉아! 네 손에 고려와 우리 집안의 운명이 달려있어 널 위장시키려 한다. 지금은 당장 우리 집을 빠져나가기도 어렵게 되었다. 넌 지금부터 승려 복장을 하고 천추와 김치양의 눈을 피해 내 아들이 있는 서경으로 가야 한다. 혹여 내가 준 서찰이 천추나 김치양의 손에 들어가면 우리 집안은 멸족을 당할 것이며 내 아들도 역적이 되고 만다."

"……."

"나리, 어찌 그리 중한 일을 저 같은 종놈한테 시키는지요?"

"그것은 내가 널 내 목숨처럼 여기기 때문이다. 그리고 시간이 없으니 빠른 걸음으로 가야 한다."

"예, 알겠습니다. 이 목숨 다 바쳐 꼭 나리의 심부름을 완수하겠습니다."

"고맙다."

강조 아버지는 머슴에게 서찰을 건네주고 승려 복장으로 바꿔 입혔다.

"집사는 집안에 머물고 있던 스님이 절로 돌아간다고 하여라. 절령재를 비롯해 천추의 군사들이 검문했다고 들었다. 시간이 없으니 내일 저녁에는 당도해야 할 것이다."

"알겠습니다."

승려 복장에 행랑을 메고 사랑채를 나선 팔봉이는 집사의 도움으로 슬기롭게 집을 빠져나갈 수 있었다.

강조 장군의 군사들은 저녁이 돼 평주(황해도 평산)가 저 멀리 보이는 곳까지 도착했다. 부관이 얼굴에 상처투성이인 스님 한 명을 강조 장군 앞으로 데리고 왔다.

"장군! 이 스님이 꼭 장군을 만나야 한다고 해서 이렇게 데리고 왔습니다."

"뭐? 스님이?"

강조 장군은 스님의 얼굴을 쳐다봤다. 그러자 스님은 강조 장군 앞에 무릎을 꿇으며 울기 시작했다.

"장군! 저 팔봉입니다. 개경 어르신 집에 머슴으로 있는 팔봉입니다요."

"그래, 자네는 아버님 댁에 있는 자가 아닌가? 근데 복장이며 얼굴이 이 무슨 꼴인가? 집안에 무슨 일이라도 생겼는가?"

"장군님. 어르신이 김치양 군대에 감금되셨습니다."

"뭐야? 아버님이⋯."

"어르신이 보내신 서찰입니다. 목숨처럼 귀히 여겨라 하셨습니다."

"아버님께서 서찰을 보냈다고⋯?"

머슴은 행랑이 아닌 가슴 깊이 숨겨둔 복대에서 서찰을 꺼내 보여줬다. 서찰에는 피와 땀이 묻어 있었다.

"이리 주게." 하고 말 탄 자세로 서찰을 읽었다. 금세 눈시울이 붉어졌다. 서찰을 부관에게 주면서 나머지 부분을 읽어보라 명했다. 강조 장군은 말에서 내려 평주를 바라보았다. 오천 군사들의 행군이 멈췄다. 부관과 휘하 장수들이 서찰을 읽어보고 강조 장군 옆으로 모여들었다.

"장군! 아버님의 깊은 뜻을 굽어 살피셔야 합니다."

"장군! 이제는 선택의 여지가 없습니다. 천추태후와 함께 한다는 것은 어렵습니다."

"아버님의 말씀은 천추도 전하도 아닌 내 결정을 요구하고 계신다."

"장군! 장군께서 깃발만 드시면 고려는 장군 것이 되는 것입니다."

"…."

"장군!"

휘하 장수들이 모두 무릎을 꿇고 결단을 요구했다. 하지만 강조 장군은 저 멀리 보이는 평주만 바라봤다.

"가서 부사와 별장을 데리고 오너라."

"예!"

부사와 별장이 들어왔다. 장군은 부사와 별장을 큰 나무 아래로 불렀다.

"부사, 당신은 내가 한 말을 잘 전달하고 만월대를 준비하시오. 별장, 이준은 부사를 잘 모시고 대량원군을 함께 만나거라. 지금 황보유의 집에 있다고 한다. 대량원군을 만나면 전에 도망간 그 아이와 함께 있는지도 살펴보거라. 그리고 전하가 계시는 건덕전 궁궐 경비를 맡고 있는 하공진과 지채문을 만나 내 뜻을 전하고 상의하여라."

"부관! 부사와 별장을 호위할 무사 다섯 명을 함께 보내거라. 일단 우리는 평주로 가자."

명이 떨어지자 휘하 장수들이 일어나 각자의 위치로 돌아갔다.

강조 장군의 군사들은 평주에 도착해 군영을 갖추며 막사를 짓고 허기를 달랬다. 강조 장군은 군영 막사에 앉아 장기를 두면서 스스로 여유를 가지려고 애썼다. 부관이 들어왔다.

"장군! 중요한 보고가 있어 왔습니다."

부관의 말에 강조 장군은 눈도 돌리지 않았다.

"왜 이리 호들갑이냐?"

"죄송합니다. 장기 두고 계시는데…."

"어서 말해 보거라."

"정확한 정보인데 전하가 살아계신다고 합니다."

"뭐야?" 하고 강조 장군은 뒤로 넘어지고 말았다.

벌떡 일어나 "그게 무슨 말이냐? 전하가 살아계시다니?"라고 물었다.

"정확한 정보인데, 전하가 살아계신다고 하며 천추가 아직 난을 일으키지는 않았다고 합니다."

"그러면 유행간이 보낸 서찰과 아버님이 보낸 서찰이 거짓이란 말이냐?"

"유행간은 그렇다고 해도 왜 아버님이 그러셨는지 궁금합니다."

"후-! 이거 난리구나. 난리야!"

장군은 다시 군영 막사를 서성거렸다.

"장군! 아버님이 말씀하신 '천추도, 전하도 아니다'라고 하신 말씀을 되새겨 주시기 바랍니다. 아마도 전하가 죽었다고 말씀하신 것은 장군의 결정을 도와주고 싶어 그런 것은 아닌지 생각됩니다."

"너도 그리 생각했더냐?"

"장군. 제가 장군의 허락 없이 한 일이 있어…."

"부관! 말해 보거라."

"죄송합니다. 개경에 계시는 감금된 아버님을 구하기 위해 정예병사 10명을 미리 보냈습니다. 용서하십시오."

"…."

"죄송합니다. 장군!"

"아니다. 나도 맘은 굴뚝같았는데 차마 말하질 못했다. 개경에 나만 부모가 있는 것도 아니기에…."

강조 장군은 부관의 어깨를 말없이 두드렸다.

"부관은 휘하 장수들을 모이게 하라."

부관은 명이 떨어지기 무섭게 막사를 나가 장수들을 데리고 왔다.

"자! 모두 들었겠지?"

"예, 장군!"

"그래, 우리의 모든 계획을 다시 점검하도록 하자."

"자. 부관. 그동안 과정을 설명하거라."

"예, 수일 전에 김치양이 거사를 하자고 연락이 왔고, 또한 궁궐에서 전하의 교지를 어떤 아이가 들고 왔습니다. 우리는 출병했고 가는 길에 천추태후의 권력 욕심 때문에 거병을 거두고 돌아왔습니다. 이틀 뒤, 궁궐에서 천추태후가 전하를 죽이고 궁궐을 장악했다는 유행간의 전갈이 왔습니다. 그리고 김치양이 다시 거병 날짜를 알려주었고 우리는 날씨 때문에 하루 늦게 출병을 했습니다. 평주에서 도착했을 때, 어르신의 서찰을 받았고 천추가 강조 장군을 의심하고 있다는 것을 알았습니다. 죽었다고 생각했던 전하가 살아계신다는 속보가 막 들어왔습니다."

"그래, 이것이다. 아버님의 서찰은 나의 결정에 중요한 영향을 미쳤다. 순리처럼 보였던 권력 변화를 그대로 받아들이고 말았다니!"

"장군!"

"아니다. 부끄러운 일이다. 어렵고 고난이 따를지라도 백성을 위한 정의를 따라야 했는데, 창피하다!"

"장군! 스스로 왕이 되시옵소서."

"장군! 그리하셔야 합니다."

"아니다. 내가 힘든 이유는 신하로서 왕을 폐위시키는 일을 해야만 한다는 것이다. 전하가 죽었다고 해서 결과만 받아들이면 되었는데 이제는 전하가 살아계시니 우리 손으로 주군을 폐하는 폐륜을 저질러야 한다는 것이다."

"장군! 백성만 보십시오. 남색에 빠져 유행간이 국정을 농단했고 백성을 도탄에 빠지게 한 전하나 권력 욕심과 남자에 빠져 개인적 욕망을 채우려는 천추태후는 우리가 주군으로 모실 수 없는 그런 자들입니다."

"장군! 부관의 말이 맞습니다. 이제는 스스로 나라를 만들어야 합니다."

"아니다. 난 장수로서 살아온 삶에 부끄럽지 않고 싶다. 전하를 폐위해야 한다면 다음 왕으로 내가 아닌 대량원군을 옹립해야 한다."

"장군! 한 번만 더 생각해주십시오."

"아니다. 난 장수다. 부사와 별장을 이미 대량원군에게 보냈다. 그를 만나 내 뜻을 전했고 함께하자고 했다. 부디 장수들은 내 뜻을 따라주기 바란다."

"…."

"왜, 대답이 없느냐?"

"장군!"

휘하 장수들이 무릎을 꿇으며 흐느꼈다.

"장수들과 부관은 잘 듣거라. 이 시간 이후의 계획을 치밀하게 세우거라. 원칙은 천추태후와 목종 전하를 폐위하고 대량원군을 다음 왕으로 모신다. 국정을 농단한 김치양과 유행간은 보는 즉시 사살하고 권력에 기생했던 적폐 세력은 거기에 합당한 벌을 내릴 것이다. 알겠느냐?"

"예, 장군!"

휘하 장수들과 부관은 군영 막사를 나갔다.

은행나무숲

12. 초라한 현종과 감금된 지혜

중광전 침전에 목종이 누워있다. 얼큰하게 취한 유행간이 술잔을 기울이고 있다. 유충정은 전하를 바라보며 담담하게 앉아 있다.

"충정아! 해가 저물면 내일 해가 뜨겠느냐?"

"나리! 당연하지요. 우리의 주군이 눈앞에 계시는데…."

"그래, 저 볼품없는 인간을 많이 쳐다 보거라. 강조 이놈이 보낸 서찰을 보거라." 하면서 허공에 서찰을 날려버렸다.

"미친 놈! 결국 김치양과 손을 잡아?"

일어나 칼을 꺼내들고 몸을 흐느적거렸다. 유충정은 강조 장군이 보낸 서찰을 읽어봤다. 술에 취한 유행간의 칼춤은 여전히 우아하고 아름답다. 목종은 그런 유행간을 실눈으로 쳐다봤다.

"나리! 정신을 챙기셔야 합니다."

"정신? 저 잘난 전하한테 물어봐라. 전하를 귀법사로 잠시 피신케 하라 했는데…."

술병을 들고 벌컥벌컥 들이마셨다.

"나리! 술이 과하십니다."

"술이 과해? 이 미친 놈!"

"…."

유행간이 칼을 메고 유충정에게 다가왔다.

"이 놈이! 끝까지 날 속이려고 하네. 채충순을 부르고 모른 척하더니 이제는 내 죽음마저 속이려 하네."

"나리! 아닙니다. 누가 그런 거짓을 고했는지 모르지만 전 나리의 은덕으로 지금까지 살아온 놈입니다. 제 목숨이 나리 것인데 어찌 제가 딴 마음을 먹겠습니까?"

"지금 너의 잘못을 따진다고 무슨 소용이 있겠느냐? 저 인간의 불알을 붙잡고 살아보겠다고 갖은 수모를 당한 짠한 인생인데, 술이나 한 잔 더 하는 것이 남는 일이지…."라며 술병을 들고 유충정 얼굴에 들이부었다.

"나리! 나리!"

유충정의 얼굴이 술에 흠뻑 젖었다.

"내 발길에 네 몸의 목숨도 달렸구나."

"나리! 어서 전하를 모시고 귀법사로 가시지요. 아마도 한 시각만 지나면 군사들이 닥칠 것입니다."

"죽은 전하를 위해 제까지 올린 강조나라. 이미 죽은 줄 알고 있을 텐데 귀법사로 가라는 말은 도대체 뭐지?"

"전하를 위한 제사라니요?"

"그런 것이 있느니라. 강조가 천추와 전쟁을 한다는 것이냐? 아니면 천추와 함께 새로운 왕을 세운다는 것이냐?"

"나리! 우선 귀법사로 옥체를 옮기시지요?"

"그래, 그것이다. 귀법사로 가란 이야기는 건덕전을 비우란 말이지. 굳이 전하를 지키고 싶으면 건덕전을 비우라 했겠느냐? 결국은 전하를 버렸다는 말이지."

"도대체 무슨 말씀이신지?"

"권력은 끝나야 끝난 것이다. 난 지금 갈 데가 있다."

술에 취한 유행간은 측근들을 데리고 김치양의 집으로 달려갔다. 유충정이 전하를 모시려고 내관들과 궁녀들을 부르자 그때 천추태후가 침전으로 들어왔다. 그리고 잠시 후에 부사 채충순이 들어왔다.

"전하의 병세는 어떠하냐?"

천추태후의 표정에는 여유가 흘렀다.

"쇠약해지셨습니다. 귀법사로 모실까 합니다."

"이런 국난에 임금이 궁을 떠나는 것은 패배를 뜻한다. 귀법사는 궁 밖이니 안 된다. 황성 안에 있는 법왕사로 가자."

유충정이 천추태후를 쳐다봤다. 그러자 천추태후의 얼굴이 싸늘하게 굳었다.

"예, 그렇게 하겠습니다. 모두들 듣거라. 전하를 법왕사로 모신다."

천추태후가 앞장서고 유충정과 궁녀들은 목종을 데리고 법왕사로 갔다.

모든 계획을 세밀하게 세운 강조 장군의 부관은 먼저 김치양의 집으로 정예병사인 기마병을 보냈다. 김치양의 집을 호위하던 군사들은 강조 장군의 일급 기마병들이 들이닥치자 도망가기에 바빴다. 강조 장군의 군사들은 김치양과 그의 아들 그리고 그 집에 있던 유행간과 측근들을 그 자리에서 죽였다.

이미 만월대 궁궐에도 강조 장군의 군사들이 들이 닥친 후였다. 그때 몰래 도망쳐온 김치양의 집사가 만월대 법왕사에 있는 천추태후에게 김치양과 그의 아들의 죽음을 알려 주었다.

"뭐야? 내 아들이 죽어? 아이고, 이 어찌된 일이냐? 결국 강조가 나를 속이고 나를 능멸하는구나. 자 어서 피하자. 어서!"

천추태후의 말을 듣고 있던 궁녀와 내관들은 사태의 심각성을 파악하고 자기 살겠다고 목종과 천추태후를 버리고 대부분 도망가기에 바빴다.

"이 놈들아! 어딜 가는 것이냐?"

아무리 천추태후가 소리를 질러도 유충정 말고는 모두 도망가 버렸다. 다급해진 천추태후는 아픈 목종을 데리고 궁궐을 빠져나오기 쉽지 않았다. 가마나 말도 없이 만월대 궁궐을 다급하게 빠져나와 적성현으로 걸어서 도망갔다.

강조 장군이 만월대 궁궐에 도착했을 때는 이미 모든 사태가 진정돼 위풍당당한 승리자답게 광화문을 통과해 승평문을 지나 건덕전으로 무혈입성 했다. 건덕전 마당에는 유윤부, 유방헌, 진적, 류진, 최항, 김심언, 이현운, 황보유의, 김응인, 하공진, 지채문 그리고 많은 대관들과 함께 삐쩍 마른 대량원군도 서 있었다. 그 옆에 지혜와 웅녀, 돼지, 봉황도 어색하게 서 있었다.

강조 장군은 전쟁에 승리한 개선장군처럼 수많은 깃발 아래 휘하 장수들을 이끌고 터벅터벅 말을 타고 들어왔다. "강조 장군 만세! 강조 장군 만세!" 모두들 두 손을 들고 강조 장군 만세를 외쳤다. 나약하게 생긴 대량원군은 입으로 소리를 내고 있으나 두 손을 들지는 못했다.

강조 장군은 도열해 있는 대신들의 얼굴을 쳐다보며 한 사람씩 눈을 마주치며 지나갔다. 강조 장군은 대량원군을 알아보지 못한 채 지나치고 말았다. 그러자 부사 이현운이 강조 장군에게 다가가 귓속말을 전했다. 강조 장군은 말을 뒤로 움직여 대량원군 앞으로 간 뒤 찬찬히 위아래로 쳐다봤다. 가볍게 목례를 하고 다시 걸음을 옮기자 그 옆에 지혜와 동물들이 보였다.

강조 장군은 그 자리에 서서 지혜를 유심히 바라봤다. 그리고 옆에 있는 웅녀와 봉황, 돼지를 보면서 불길한 마음이 들었다. '저 아이가 마녀라고…!'라며 건덕전으로 올라갔다. 그러자 부사 이현운이 대량원군을 모시고 계단 위로 올랐다. 황보유의와 지혜, 동물들도 함께 올랐다. 그 뒤를 지채문과 하공진이 함께 올랐다.

강조 장군이 말에서 내려 대량원군과 지혜를 다시 쳐다봤다. 어색해진 지혜가 눈을 피하려 고개를 돌렸다. 건덕전 기둥 뒤에서 강조 장군의 아버지가 쳐다보고 있었다. 두 사람은 눈이 마주치자 지혜가 가벼이 목례를 했다. 강조 장군이 서서히 주변을 돌아보고 당당하게 건덕전 앞에 섰다.

"여기에 모이신 모든 문무백관들은 잘 들으시오. 백성들을 도탄에 빠트리고 권력에 눈멀어 사리사욕을 챙기며 국정 농단을 일삼은 자들을 제거하고 만대까지 백성과 고려를 위해 성군이 되실 새로운 왕을 옹립하려 하오."

"강조 장군 만세! 강조 장군 만만세!"

"그러면 부관은 지금부터 새로운 고려 국왕과 적폐 청산을 위한 인명부를 외워 보거라."

"예! 장군."

"고려 태조 왕건 폐하의 여덟 번째 아들이신 왕욱의 아들로, 태조의 손자이신 대량원군을 고려 8대 현종 왕으로 옹립한다. 도망간 목종은 양국공으로 낮추고 천추태후는 유배를 보낼 것이다. 김치양과 그의 식솔들은 죽음으로 벌할 것이며 국정을 농단한 유행간과 대전 간신들도 죽음을 면치 못할 것이다."

"현종 전하 만세! 현종 전하 만만세!" 하고 강조 장군을 제외한 모든 사람들이 만세를 외쳤다. 현종이 된 대량원군은 안도의 숨을 쉬고 있는 지혜를 쳐다봤다. 부관은 계속해서 대신들의 명단을 발표했다.

"유윤부를 문하시중으로 삼고, 유방헌을 평장사로, 강조 장군을 이부상서 참지정사로, 진적을 형부상서 참지정사로, 류진과 왕동명을 상서 좌우복야로, 최항과 김심언을 좌우산기상시로, 지채문과 하공진은 중랑장으로 임명한다. 또한 연등회를 부활시켜 흐트러진 백성들의 화합을 도모할 것이다."

"강조 장군 만세! 현종 전하 만세!"

사람들이 두 사람의 만세를 외쳤다. 부사 이현운과 황보유의의 안내로 현종은 건덕전 안으로 들어갔다. 웅녀와 돼지 그리고 봉황을 쳐다보는 사람들의 시선이 따가운지 지혜는 건덕전 뒤로 조용히 친구들을 데리고 갔다. 강조의 아버지는 없었다. 그러자 별장 이준이 군사들을 데리고 지혜에게 다가왔다.

"얘야! 전하께서 황성 안에 있는 어사대로 친구들을 정중하게 모시고 맛있는 음식을 내리라고 하셨다."

전에 별장을 피해 도망간 적이 있는 지혜는 별장이 부담스러웠다. 하지만 웅녀와 친구들은 박수를 쳤다. 지혜와 친구들은 별장을 따라 어사대로 갔다.

어사대에 도착하자 산해진미로 가득 찬 맛있는 음식들이 놓여있었고 배고팠던 지혜와 친구들은 게걸스럽게 먹었다. 피곤한 몸에 배가 부르자 곤하게 잠이 들었다. 푹 자고 일어났더니 지혜는 배낭도 빼앗기고 자물쇠로 잠긴 방안에 갇혀 있었다. 친구들은 발목에 무거운 쇠고랑이 채워진 채 어사대 감옥에 갇히고 말았다.

지리산 노고단에 있는 은행나무 고목 아래 마고할매가 앉아있다. 얼음벽에 작은 빛이 비추어지더니 푸르스름하게 대량원군이 왕으로 즉위하는 모습이 보였다. 좁은 통로를 빠져 나온 마고할매는 아름다운 지리산을 한눈에 보며 활짝 웃었다.

은행나무 숲

13. 압록강을 건넌 거란

"전하! 거란에서 급사중 양병과 대장군 나률윤이 왔습니다."

"또 왔다는 것이냐?"

"그렇습니다. 목종의 죽음과 폐위 사실에 대한 진상을 밝히고 강조 장군을 엄벌하라 요구할 것이라고 합니다."

"강조 장군은 어디에 계시느냐? 어서 가서 모시고 오너라."

"예, 전하!"

얼마 후에 강조 장군이 칼을 차고 부하장수들과 함께 들어왔다.

"전하! 거란 사신이 또 왔다고요?"

"예, 그렇답니다. 저도 이젠 어찌해야 할지…."

현종이 몸만 살짝 움직이며 말했다.

"거란 이놈들은 소젖이나 짜먹는 야만족입니다. 발해를 무참하게 멸망시키고 이제는 고려를 무시하다니 용서할 수 없습니다."

"그러니까요. 대책을 세워주세요."

"걱정하지 마십시오. 지난번에 거란 80만 대군이 쳐들어왔을 때 서희 장군이 그 많은 대군을 외교로 물리치고 강동에 있는 여섯 개 고을을 얻어왔습니다. 이번에는 제가 형부상서 첨지정사 진적을 사신으로 보내 일을 매듭짓도록 하겠습니다."

"난 장군만 믿습니다. 근데 지난해 나와 함께 있던 그 아이와 동물들의 소식은 아직도 모르시오?"

"예, 백방으로 찾고 있으나 어디에도 없다고 합니다. 그때가 언젠가요. 이제는 잊어버리세요."라며 별장 이준이 쳐다봤다.

이준은 강조 장군에게 고개를 끄덕이며 신호를 보냈다.

"무심한 친구들. 아무런 말도 없이 떠나버리다니…."

"그럼, 저희들은 물러나겠습니다!"

강조 장군은 부하장수들을 데리고 건덕전을 빠져 나왔다. 개경 만월대는 가을 은행나무들로 땅과 하늘까지 노랗게 물들었다. 강조 장군은 혼자서 떨어진 노란 은행잎을 밟으며 가을을 만끽했다. 그 뒤에 별장 이준이 묵묵히 따라갔다.

"별장! 넌 내 밑에서 얼마나 있었느냐?"

"어찌 그런 질문을 하시는지요?"

"난, 노란 은행잎을 밟으면 마음이 아주 편안해진단다. 고려 백성들도 은행나무처럼 천년만년 함께 살면 좋을 텐데….."

"노랗게 물든 은행나무는 멋진데, 냄새가 고약해서….."

"그래서 더 매력이 있지. 인간 세상처럼 구린내를 품고 있으니….."

"장군님은 은행 알 썩는 냄새가 좋으신가요?"

"숨김없이 까칠한 인생살이를 그대로 보여주는 것 같아 좋다마다."

"그래서 여길 자주 오셨군요."

"그 아이는 잘 있느냐?"

"예, 특별한 징후도 없이 방안에서 답답해합니다."

"우리가 그 아이를 마녀라고 잘못 판단한 것은 아닌가?"

"제가 황보유의 나리에게 들었는데 신혈사에 계신 전하를 만월대까지 호위하고 왔다고 합니다. 오던 길에 마녀에게 잡혀 죽을 뻔했는데 마법을 써서 물리쳤다고 했습니다."

"마법을 써? 그럼 마녀가 틀림없구나."

"들어보면 마녀가 맞는데 하는 짓은 애가 틀림없습니다."

"당장 피해를 주지 않으니 잘 감시하고 있거라. 전하는 몰라야 한다."

"예, 장군!"

두 사람은 은행나무 숲 속으로 사라졌다.

어사대 방안에 갇혀있는 지혜와 여우는 아무 생각 없이 앉아있다. 심심해진 여우가 문틈 사이로 보이는 은행나무를 쳐다보자, 지혜도 여우 옆으로 가서 은행나무를 바라봤다.

"저기 은행나무 보니까 천제단에 있던 고목나무가 생각나."

"그래, 산신들이 사는 집처럼 괴이하게 생겼지. 맨 위에 노란 은행잎이 항상 매달려있는 것을 보면 마고할매가 산신이 맞긴 하나봐."

"마고할매는 잘 있겠지? 근데, 언제나 우릴 풀어줄까?"

"…."

"벌써 계절이 몇 번이나 바뀌었는지 모르겠어. 낙엽이 지면 추운 계절이 또 올 텐데…."

"전하는 우리가 여기 있는 것을 알까? 모를까?"

지혜는 여우를 보지도 않고 허공에 대고 물어봤다.

"당연히 모르지. 알면 그대로 두겠어?"

"나도 처음에는 모른다고 생각했는데, 언젠가부터 안다는 생각이 들어."

"무슨 기별이라도 왔어?"

"아니, 얼마 전부터 내가 좋아하는 죽이 나오거든, 언젠가 내가 죽을 좋아한다고 말한 적이 있어, 혹시 전하가 보내는 신호가 아닐까?"

"이제, 너도 미쳐가는구나. 뭔 소리를 하는지 모르겠네."

"그렇지. 내가 미친 거지. 아무튼 뭔가 이상해."

"전하 말 한마디면 끝나는 것 아닌가?"

"그러게…. 웅녀랑 봉황이랑 돼지는 잘 있어?"

"응, 낮에도 만났어. 이제는 적응도 잘하고 살만 뒤룩뒤룩 쪘어."

"가을이 지나고 겨울이 되면 그러니까 천추태후가 왕이 되고 겨울에 거란족이 침입해 오는데…."

"천추가 왕이 안 되고 대량원군이 왕이 되었으니 역사도 바뀌겠지."

"그러겠다. 아이고, 심심해. 먹고 노는 것도 하루 이틀이지. 정말 미치겠다!"

방바닥을 뒹굴며 다시 벌러덩 누워버렸다.

어느새 청명했던 가을이 끝나고 달빛도 얼어버리는 추운 겨울이 다가왔다. 휘몰아치는 매서운 바람에 귀신들마저도 아우성치는 듯 대나무 소리가 사납다. 칠흑 같은 어둠이 사라지고 새벽녘이 어슴푸레 밝아지자 바람도 잦아들었다. 머리를 풀어헤친 천추태후는 긴 하얀 옷에 검정 띠를 두르고 유배지 뒤뜰에 있는 대나무밭에 앉아 기도를 올렸다.

"나의 마녀들아! 세상을 어지럽게 만들어다오!"

그러자 검붉은 연기를 품어내며 마녀 나림이 나타났다.

"마마! 오랜만입니다."

"나림아! 내 가슴속 타오르는 불덩어리가 보이느냐?"

"네. 보이옵니다."

"그래, 화가 꽉 차서 숨을 쉴 수가 없구나."라며 가슴을 내리쳤다.

"억울하시지요? 분통 터지시지요?"

"그렇다. 불과 얼마 전까지만 해도 천지가 내 손안에 있었다. 내 숨소리 하나에도 세상이 벌벌 떨고 미천한 백성들은 감히 쳐다보지도 못했건만, 어리석고 무능한 대량이 날 밀어내고 왕이 되다니 있을 수 없는 일이다. 이건 하늘에 태양이 없는 것과 같다."

"마마! 죄송할 뿐입니다."

"날 도와다오, 왕손의 씨앗을 제거해야 나에게 기회가 다시 온다. 나림아! 넌 아이를 잡아먹는 마녀잖아. 대량의 씨앗을 뺏어가다오."

"현종의 아내인 원정왕후가 고려의 씨앗을 품고 있사오니 제가 데려가겠나이다."

"그래라. 대량을 호위했던 지혜라는 아이도 잡아 가

거라.”

“마마! 그 애는 어려도 강한 힘을 가지고 있습니다. 예측할 수 없는 무기가 있어 제 능력 밖입니다. 전 원정왕후가 뱃속에 담고 있는 현종의 씨앗을 빼앗아 가겠나이다.”

“으-흐! 안타깝구나.”

천추태후는 나라를 어지럽게 만들어 놓고 불안한 틈을 이용해 현종의 아내, 원정왕후의 뱃속 아이를 죽여 달라고 마녀에게 부탁했다.

“적군이 몰려온다. 거란군이 몰려온다.”

말 탄 전령이 만월대 승평문 앞에 내리며 소리를 질렀다. 깃발을 매달고 달려가는 전령의 발걸음에서 긴박함이 느껴졌다. 대전내관이 장계를 들고 종종걸음으로 숨을 헐떡거리며 건덕전으로 달려갔다.

“전하! 거란이 40만 대군을 이끌고 압록강을 건너 의주 흥화진을 공격하고 있다고 합니다.”

“뭐야? 거란이 40만 군사를 몰고….”

겁 많은 현종은 거란이 침입했다는 말에 손이 벌벌 떨리고 가슴이 쿵쾅거렸다.

“어서, 강조 장군을 부르거라!”

명이 떨어지기가 무섭게 강조 장군은 부하 장수들을 데리고 들어왔다.

"장군, 난 무섭소. 이 일을 어찌해야 하오."

"폐하, 너무 놀라지 마십시오. 이 나라에는 강조 장군이 계시시 않습니까?"

강조 장군의 부관이 현종에게 고했다.

"전하. 너무 걱정하지 마시지요."

심약한 현종은 강조 장군만 쳐다봤다. 강조 장군은 부하 장수에게 물어봤다.

"흥화진에 우리 군사가 몇이나 되느냐?"

"2천 정도라고 합니다."

"2천이라? 2천의 군사로 40만의 거란 천병을 어찌 대적한다는 것이냐?"

"…."

누구도 강조 장군의 말에 답을 하지 못했다.

"누가 지킨다고?"

"도순검사 양규 장군, 호부낭중 정성, 부사 이수화, 판관 장경이 있습니다."

"그렇지. 흥화진에 양규 장군이 계시지. 그럼 믿어보자. 양 장군이 절대 쉽게 성을 내줄 장군은 아니다."

그때 새로운 전령이 장계를 들고 내전으로 들어왔다. 강조 장군의 부하 장수가 전령이 가져온 장계를 뜯어봤다.

"장군! 거란 성종이 흥화진을 공격했으나 우리 고려군이 잘 방어하고 있다고 합니다."

그 말은 들은 현종은 매우 기뻐했다.

"강조 장군. 다행입니다. 강조 장군을 행영도통사로 임명할 것이니 평주에 가서 우리 군을 통솔해 주시면 합니다."

"저보고 직접 출병하시라는 말씀인가요?"

"아니, 거란도 성종 왕이 직접 왔다고 하니 우리도 왕 같은 강조 장군이 가시는 것이 당연하지 않을까요?"

"왕 같다…. 그럼 그렇게 하지요. 제가 직접 가서 거란 성종의 모가지를 가지고 오겠습니다."

1010년 동짓달, 압록강이 꽁꽁 얼었다. 강이 얼자 거란 군사들이 쉽게 도강할 수 있었다. 거란 성종은 목종을 폐위하고 살해한 이유를 구실 삼아 40만 대군을 직접 이끌고 고려를 침공했다.

의주에 있는 흥화진 성을 공격했으나 도순검사 양규 장군과 부사 이수화가 지키는 2천의 고려 군사들이 죽음을 각오하고 40만의 거란 공격을 막아냈다. 거란 성종은 양규 장군을 여러 가지 방법으로 회유하고 공격했으나 흔들림 없이 성을 지켜냈다. 흥화진 함락에 실패하자 성종은 20만은 인주에 주둔시키고, 나머지 20만 대군을 직접 이끌고 통주에 있는 강조 장군의 고려군 30만과 격전을 벌였다.

행영도통사 강조 장군은 군사를 세 부대로 나누어 배수진을 쳤다. 새로운 무기인 검차를 이용해 거란군을 번번이 물리쳤다.

어느 날 강조 장군은 거란군이 공격해 온다는 정보를 알고도 장기를 두며 여유를 부리고 있었다. "그들은 입안에 음식과 같다. 적으면 씹기가 불편하니 마땅히 많이 들어오도록 하라."라며 가까이 오게 한 다음 일시에 공격하는 전술을 구상했다. 하지만 너무 늦게 공격 명령을 내려 전세가 불리해졌다. 3만 명의 고려군이 죽고 강조 장군과 부사 이현운이 포로로 잡히고 말았다.

"뭐야! 강조 장군이 포로로 잡혀?"

현종은 청천벽력 같은 소식에 깜짝 놀랐다.

"흥화진과 통주의 연이은 승리로 아무 걱정 없다고 했는데 그런 강조 장군이 잡혔단 말이냐?"

"거란 성종이 강조 장군을 부하로 만들기 위해 회유하고 설득했으나 강조 장군은 끝까지 거란의 신하를 거부했다고 합니다. 겁에 질린 부사 이현운은 거란의 신하가 되겠다며 강조 장군을 설득하기는 했지만…."

"그래서 어찌되었느냐?"

"이현운을 발로 차버리자 곧바로 처형당했다고 합니다."

"으-, 강조 장군이 죽었다고…?"

"전하!" 하고 대신들이 슬퍼했다.

"죽음이 알려지면 군 사기가 말이 아닐 텐데…."

"지금 도성은 아비규환처럼 변하고 말았습니다. 강조 장군이 포로로 잡혀 죽고, 거란이 서경까지 왔다고 하니 도망가기에 급급합니다."

겁에 질린 현종은 제 자리에 가만있지 못하고 서성거렸다. 그때 중랑장 지채문이 나섰다.

"전하! 곽주성까지 함락되었다고 하니 서경이 걱정입니다. 서경이 무너지면 전하가 계시는 개경이 바람 앞에 촛불이니, 제가 군사를 이끌고 서경으로 가겠나이다."

"그래, 자네뿐이로구면. 고맙네."

"서경에는 부유수 원종석, 김도수 같은 장군들이 있으나 거란의 군사를 보면 누구나 두려워할 것입니다. 원군으로 가서 힘을 실어주어야 서경을 지키고 개경도 지킬 수 있습니다."

"그렇게 하시오. 자네가 가면 내가 든든하지. 고마울 뿐이요."

"전하, 성은이 망극하옵니다."

14. 항복과 몽진의 갈림길

중랑장 지채문은 시어사 최창, 도순검사 탁사정, 승장 법언 등과 함께 서경으로 달려가 강덕진(성천)에 진을 치고 서경 군사들과 함께 거란군에 맞섰다. 강덕진은 서경에서 대동강을 건너 북동쪽으로 백리 정도 떨어진 곳이다.

"장군! 서경에 있는 부유수 원종석 장군을 회유하기 위해 거란 사절단이 성내로 들어와 항복을 설득하고 있다고 합니다."

중랑장이 동북면 도순검사 탁사정에게 말했다.

"서경이 함락되면 개경이 함락되는 것이고 고려가 망한다는 것이지요. 반드시 막아야 합니다."

"잔인한 거란 군사들은 우리가 항복해도 모두 죽일 것입니다."

"그러니 죽기살기로 막아야지요!"

화가 난 탁사정 장군이 칼로 탁자를 내리쳤다.

"노의라는 자가 있는데 이놈이 거란의 앞잡이 노릇을 하고 있습니다. 거란에 심어놓은 저의 간자들이 노의를 주시하고 있으니 제가 서경으로 들어가 상황을 보고 노의 놈을 처단할까 합니다."

"좋아요, 중랑장이 직접 들어가 판단해서 결정하시오. 시간이 없소."

거란 성종이 강조 장군을 죽이고 20만의 군사를 이끌고 통주까지 쳐들어오자, 서경에 있는 백성들의 두려움과 공포감은 최고조에 달했다. 중랑장은 서경으로 들어갔다. 노의가 부유수 원종석 막사에서 나오는 것을 알게 된 중랑장은 거란군에게 가는 길목을 지키고 있었다.

"노의! 이놈! 어디를 그리 바쁘게 가느냐?"

"당신은 뉘신데 가는 길을 막는 것이요?"

"난, 전하가 보낸 중랑장 지채문이다."

"뭣이라? 전하가 보내…?"

놀란 노의가 칼을 들고 공격해 왔다. 중랑장도 칼을 들고 방어하며 급하게 말을 이었다.

"난, 내 군사를 죽이고 싶지 않다. 포기하고 고려를 위해 싸워라."

"이미, 대세는 기울어졌다. 고려의 주력 부대인 강조 장군이 무너졌고 처형당했다. 이런 판국에 개죽음 당하란 소리냐?"

"이놈아! 장수가 가족과 백성을 지키기 위해 죽는 것이 무슨 개죽음이란 말이냐? 네 놈 하나가 변심할 때 수많은 가족과 백성들이 개죽음 당한다는 사실을 어찌 모르느냐?"

"개 같은 소리. 내가 죽어버리면 뭔 의미가 있더냐? 길을 비키고 물렀거라."

"노의야! 제발 이러지 말거라!"

노의는 칼로 중랑장의 머리를 내리쳤다. 중랑장은 칼로 막았다. 노의가 몸통과 옆구리 그리고 다시 머리를 계속 공격해 왔다. 중랑장은 방어만 했다.

"이러지 마라. 다 용서하마."

아무리 회유해도 노의는 중랑장의 목을 노리고 칼을 휘둘렀다. 중랑장은 옆으로 살짝 피하며 칼등으로 머리를 내리쳤다. 쓰러진 노의가 일어나며, "이놈이 날 가지고 놀아?" 하며 다시 목을 향해 달려들었다. 중랑장은 칼로 막고 노의의 가슴을 깊게 찔렀다. 노의는 그대로 쓰러졌다.

중랑장은 죽은 노의 옆에 말없이 앉았다. 본인도 모르게 눈물이 흘렀다. 중랑장은 노의의 눈을 감겨주고 가슴에 숨겨두었던 부유수 원종석의 항복 문서를 그 자리에서 불태워 버렸다. 서경성이 걱정된 중랑장과 도순검사 탁사정은 서경으로 들어가 민심을 수습하고 결전하도록 독려했다. 몇 번의 전투에서 승리했다.

화가 난 거란 성종은 엄청난 규모의 거란군을 이끌고 서경성 앞에 다시 나타났다. 수백기의 깃발 아래 나발을 불고 북을 치면서 사다리와 거차로 위협했다. 중랑장은 도순검사 탁사정과 대도수 장군이 있는 군영으로 달려갔다.

"장군! 우리가 선수를 치는 방법밖에 없습니다. 장군께서 동문으로 나가 시선을 끌고, 전투가 벌어지면 대기하고 있던 저의 군사들이 서문으로 나가 적을 습격할 것이오."

도순검사 탁사정이 대도수를 설득했다.

"적군의 수가 엄청난데 그렇게 될까요?"

"다른 대안이 없소. 저들이 거차를 몰고 성문을 부수거나 사다리를 타고 넘어오면 우리 병력으로는 막아낼 방안이 없소, 유일한 병법이 지금은 선수이니 그리합시다."

"좋습니다. 탁사정 장군께서 바로 서문에서 공격해야 하오, 조금만 늦어도 우리 군사는 개죽음을 당하게 될 것이니…."

"걱정 마시오, 싸움이 붙는 순간 기다렸다가 바로 협공을 하겠소."

"좋소!"

동문에 대도수 부대와 서문에 탁사정 부대가 각자의 위치에서 결전하기로 뜻을 모았다. 긴장의 시간이 흐르고 날이 어둑해지자 함성소리가 들리기 시작했다. 얼마 후 대도수 장군이 이끄는 부대가 동문을 열고 거란 군사를 급습해 전투가 벌어졌다. 갑작스런 기습 공격에 거란 군사들이 우왕좌왕하면서 고려 군사의 기세에 밀렸다. 기습을 당한 거란 부대가 대도수 군사들과 싸우기 위해 동문 쪽으로 모여들었다. 이것을 지켜보고 있던 도순검사 탁사정 장군의 군사들이 서문을 열고 나갔다.

"오! 드디어 나오는군."

대도수 장군은 탁사정 군사들을 보니 힘이 솟았다.

"나의 군사들이여! 당당하게 싸워라!"

군사들의 사기를 위해 큰소리로 독려했다. 그런데 탁사정 군사들이 동문을 향해 공격하는 것이 아니라, 방향을 틀어 남쪽으로 도망갔다. 여러 겹으로 포위된 대도수 군사들은 거란군과 싸우다 지친 나머지 중과부적으로 항복하고 말았다.

서경을 지키는 주력 부대가 도망가거나 항복하면서 성내 민심은 극도로 흉흉해졌다. 성내에 있던 녹사 조원, 진장 강민첨, 낭장 홍엽 등이 치열한 논의 끝에 백성을 위해 결사항전을 다짐하고 서경을 지키기로 굳게 맹세했다. 중랑장 지채문은 이러한 사실을 개경에 알리기 위해 도성으로 말을 몰았다.

뭉툭한 얼굴에 천추태후 옷을 입은 나무인형이 중앙 자리에 앉아 있다. 옆에서 무녀가 주문을 외웠다. 신주 무녀를 중심으로 백여 명의 무녀들이 화려한 장식을 들고 음악에 맞춰 춤을 췄다. 느티나무 주변에는 횃불이 타오르고 있고 그 너머로 하얀 눈이 쌓여있다. 어디선가 마녀들의 검붉은 연기가 나타나더니 횃불에서 타오르는 연기와 뒤섞여 꿈틀거렸다. 신주가 "아-악!" 하고 악을 쓰며 벌떡 일어났다.

"마녀시여! 굽어 살피소서"

신주가 중얼거렸다.

"마녀시여! 이 불쌍한 여인을 살펴주소서. 일찍 남편을 잃고 오라버니에게 설움을 당하고 자식한테 버림받은 서글픈 여인입니다. 사랑하는 임을 잃고 아끼는 자식도 잃었습니다."

그러자 천추태후 옷을 입은 나무인형이 "으-흐, 으-흐" 하며 흐느끼는 소리를 냈다.

"마녀시여! 가련한 이 여인에게 힘과 능력을 주소서."

강하고 크게 소리쳤다. 그 소리가 메아리치듯 느티나무 주변을 감싸고돌더니 천추태후 모양을 한 악귀들이 여러 개 나타났다. "스-흐, 스-흐!" 하고 악귀들이 나지막한 소리를 냈다.

"마녀시여! 이 나라의 왕은 나약하고 무능합니다. 이런 왕 때문에 거란 야만인들이 강토를 짓밟고 젊은 여인들을 잡아 가며 백성들의 피를 부르고 있습니다. 이제 무능한 자를 버리고 이 불쌍한 여인에게 고려를 주시기 바랍니다."

천추태후의 나무인형에서 흐느끼는 소리가 더 크게 들렸다. 검붉은 연기들이 악의 모습을 만들어 보이며 공중에 흩어졌다.

"세상은 악이 지배할 것이다. 인간들은 서로를 믿지 못해 거짓을 말하는 불안하고 나약한 존재니라. 서로를 물고 물어뜯기고 싸우다 망할 것이다. 전쟁은 그런 인간들이 만들어내는 악의 세계이니라."

"굽어 살피소서"

무녀들이 함께 소리쳤다.

"마녀시여! 하루 빨리 복수하는 세상을 만들고 싶습니다. 복수하고 싶은 악의 세상, 악이 살아있는 세상을 원합니다."

"굽어 살피소서"

무녀들이 함께 다시 소리쳤다.

"전쟁을 넓히고 또 확산시키거라. 그러면 악의 세상이 온다. 마녀시여! 나에게 힘을 주소서." 하면서 신주는 강하게 몸부림쳤다.

불꽃은 세차게 타오르고 춤추는 무녀들의 동작도 커졌다.

저 멀리서 새벽 기운을 알리는 푸른빛이 보이는가 싶더니 먹구름 속에서 벼락이 치고 천둥이 쳤다. 어느새 느티나무 주변에 겨울비가 내렸다.

"뭐야. 서경을 공격하지 않고 바로 온다고?"

"전령 말로는 코앞까지 왔다고 하니 어서 피하셔야 합니다."

그때 몇몇 대신들과 강감찬 장군이 대전으로 들어왔다. 시중이 말했다.

"전하! 중과부적입니다. 이제는 항복을 해 전하의 옥체를 보존하고 백성들을 죽음에서 구해야 합니다."

"그렇게 하셔야 합니다. 거란은 목종 폐위를 문제 삼아 강조 장군을 내놓으라 전쟁을 일으켰습니다. 이제는 거란 성종이 강조 장군을 처형했으니 명분을 잃었다고 판단되옵니다. 향후에 거란에 조공하기로 하고 항복하심이 옳다고 사료되옵니다."

"강조의 시체를 역적의 시체로 받들어 보내셔야 합니다. 전하!"

그 말을 듣고 있던 강감찬 장군이 나섰다.

"전하, 아니 되옵니다. 고려는 약하지 않습니다. 강조 장군이 저들에게 잡혀 처형당했다고 하나, 적은 우리 군 2천이 지키는 흥화성도, 주력 부대가 빠진 서경성도 함락시키지 못했습니다. 지금은 위급한 상황이니 잠시 몸을 피하셨다가 훗날을 도모하는 것이 옳다고 판단됩니다."

강감찬의 말을 듣고 시중이 나섰다.

"장군! 항복하지 않으면 백성들과 우리 군사들이 계속 죽어나갈 것입니다. 강조 장군의 시신을 주면서 조공을 약속하고 항복해야 전하와 백성이 살 수 있습니다."

"조공이라 했습니까? 수천의 고려 여인은 누구의 자식인가요? 수만의 고려 사내들이 노예로 팔리면 그들은 누구의 자식입니까? 그들이 끌려가면 어떤 고초와 학대를 당하는지 모르는 것입니까? 그들에게 줄 수백 필의 말과 수천 석의 쌀은 누구의 피와 땀인가요? 당장 대신들의 아들딸이 아니고 대신들의 곡간에 있는 쌀이 아니라고 쉽게 말하면 안 됩니다."

"장군은 어찌 그리 우둔하시오. 전하의 옥체가 그것들보다 못하다는 것이오?"

현종은 이러지도 저러지도 못하고 대신들의 말을 벌벌 떨며 듣고만 있다.

"시중 어른! 아니 되옵니다. 거란의 백성으로 살아가는 것을 고려 백성 누구도 원치 않을 것입니다. 나라가 없는 백성은 미래가 없는 백성과 같습니다. 지금 당장은 몇 사람의 희생을 막을 수 있으나 나라가 없는 민족은 끝내 괴멸당하고 말 것입니다. 전하! 굽어 살펴주시옵소서."

강감찬 장군은 무릎을 꿇고 현종에게 간언했다.

"전하! 목숨은 두 개가 아닙니다. 훗날을 도모하기 위해서라도 항복만이 답이라고 판단됩니다. 전하!"

강감찬을 제외한 모든 대신들이 현종에게 항복을 권유하며 무력시위를 했다.

"오-! 난 두렵고 무섭소."

"전하! 고려와 백성을 위해 항복하시옵소서."

대신들도 무릎을 꿇으며 현종에게 항거했다.

"전하! 소신 중랑장 지채문 한 말씀 올리고자 합니다."

중랑장이 말을 꺼내자 대신들이 혼을 냈다.

"감히 여기가 어디라고 중랑장 따위가 나서는 것이냐?"

"아니다. 듣고 싶다. 말하거라."

현종이 중랑장에게 상소를 허락했다.

"전 강감찬 장군의 말씀이 옳다고 사료되옵니다. 신이 전하를 모시겠습니다. 잠시 개경을 떠나 몽진을 한 뒤에 훗날을 도모하심이 어떨는지요?"

"저런, 저런! 건방진 놈을 보았나!"

대신들이 중랑장에게 다가가 뺨을 치며 욕설을 했다.

"전하! 저런 자의 말을 귀담아 듣지 마시옵소서. 전하와 백성의 가치를 모르는 자이옵니다."

"그만! 그만! 잠시 기다리시오."

현종은 고민에 빠졌다. 그때 전령이 장계를 들고 들어왔다. 연이어 내관이 들어와 대전내관에게 귓속말을 전했다.

"뭐야? 모두들 도망치고 있다고…?"

대전내관은 놀라고 말았다.

"뭐라 적혀 있느냐?"

"전하! 거란군이 지척에 도달했다고 합니다."

"뭣이라?"

"어서, 대책을 마련하시어야 합니다."

대전내관이 힘주어 주장했다.

"으-으!"

현종은 결정을 하지 못했다. 대전내관이 현종에게 다가가 귓속말을 전했다.

"궁 안에 있는 모든 대신들, 아니 근위군사와 궁녀들 중에도 폐하의 사람은 없습니다. 그들은 지금 난을 만나 살기 위해 재물을 훔쳐 달아나고 있습니다."

"뭐야? 근위군사들도…."

"전하! 송구하옵니다."

대전내관의 탄식은 땅이 꺼질 듯했다.

"나를 지켜주어야 할 군사들이 다 도망가다니…."

"전하, 어서 피하셔야 합니다."

대전내관이 무릎을 꿇으며 흐느꼈다. 그러자 중랑장도 무릎을 꿇었다.

"이럴 때 지혜가 있다면 좋을 텐데…."

겁에 질린 현종은 떨리는 목소리로 중얼거리듯 말했다. 그 말을 들은 대전내관이 물어봤다.

"전하! 지혜라고 하시면?"

"나에게 용기를 주고 믿음을 주었던 지혜라는 아이 말이다."

"동물들과 함께 있던, 그….."

"세상이 무서워 토굴에서 숨어 지낼 때, 토굴 밖으로 나오게 용기를 준 아이니라."

그러자 대전내관이 현종에게 작은 목소리로 또박또박 설명해 주었다.

"뭐라? 그것이 사실이냐?"

"예, 전하!"

"어사대로 어서 가자."

대신들은 여기저기서 웅성거리며 무슨 일인가 하고 모두 놀랐다.

"전하! 이런 중대한 시기에 어디를 가시는 것입니까?"

"잠시만 기다려 주시오. 내 긴히 볼 일이 있소."

현종은 급히 어사대로 향했다. 중랑장도 현종을 따라갔다.

어사대에 갇혀 있던 지혜를 보고 현종은 껴안고 울었다.

"미안하구나. 네가 이런 상황인 줄도 모르고…. 미안하구나. 미안해!"

현종은 연신 지혜에게 미안하다고 말했다. 어사대 감옥에 갇힌 동물 친구들도 풀어주었다. 중랑장은 지혜라는 아이를 보자 옛날에 만났던 기억을 떠올렸다. 곰과 봉황 그리고 돼지는 서로 껴안고 울었다. 현종은 지혜를 다시 껴안았다.

"지혜야, 내가 미안하구나. 미안해."

"나빠요, 엉—어엉, 왕이시라면…."

지혜는 엉엉 울었다. 옆에 있던 대전내관이 왕에게 재촉했다.

"폐하, 어서 피하셔야만 합니다."

"무슨 일인데요?"

지혜가 울면서 물어봤다.

"전쟁이 났다. 거란이 침입을 해 도망가야 한다."

"전쟁이 일어나요?"

"그래, 거란족이 개경 코앞까지 왔다. 어서 피해야 해."

"왕이 변해도 역사는 같구나."

"무슨 말이냐?"

"원래 천추가 왕이 되고 일 년 뒤 겨울에 거란족이 40만 대군을 이끌고 쳐들어오거든요."

"뭐라? 그게 사실이냐?"

"그래요. 거란 왕이 성종이지요?"

"그래 맞아. 성종이지."

"대신들은 항복하자고 하고, 강감찬 장군은 잠시 피하자고 하지. 어느 쪽이 진정으로 고려와 백성을 위한 옳은 판단인지 모르겠구나."

"역시 이래 나라가 망하면 민족도 백성도 모두 죽고 사라져요. 항복하면 그렇게 돼요. 우선 급한 상황은 피하고 그 다음에 후일을 도모해야지요."

"그래, 네 말을 들으니 내일이 잘 보인다. 내관! 건덕전으로 가자."

"잠시만요. 여우와 돼지는 내 배낭이 어디 있는지 어서 찾아봐 줄래?"

"응" 하고 여우와 돼지는 별장 이준이 거쳐하는 방으로 달려갔다. 옆에 있던 대전내관은 빨리 가자고 재촉했지만 현종과 지혜 그리고 친구들은 초조하게 잠시 기다렸다. 잠시 후 돼지가 여우를 등에 태우고 배낭을 물고 왔다. 지혜는 배낭을 등에 멨다.

"자, 전하를 모시고 가자."

웅녀와 동물 친구들은 모두 고개를 끄덕였다. 중랑장은 말귀를 알아듣는 동물들의 행동이 놀랍고 신기했다. 현종은 건덕전으로 다시 왔다. 이미 대신들은 모두 도망가 버리고 강감찬과 몇몇 호위 군사만이 있을 뿐이다. 현종은 호위 군사와 시녀 몇 명만 데리고 개경 만월대 궁궐을 다급하게 빠져나갔다.

15. 백성을 버린 현종

"자객이다. 전하를 호위하라!"

봉황이 하늘에서 내려오며 소리쳤다. 중랑장은 주변을 살피기 시작했다. 맑은 밤하늘에 박힌 별처럼 많은 화살이 날아왔다. 날아오는 화살을 보고 "화살이다! 어서 피하라!"라고 황급히 외쳤다. 예상치 못한 자객들의 공격으로 혼비백산한 호위 군사들과 궁녀, 몇몇 신하들은 왕과 왕후를 보호할 생각은 않고 도망을 가버렸다.

"저기 현종이 보인다. 저자를 죽여야 한다!"

무졸 출신의 견양이라는 자가 김치양의 잔재들과 힘을 합쳐 기습공격을 해왔다. 그들은 현종과 왕후들을 죽일 목적으로 거세게 달려들었다. 중랑장은 견양과 자객들을 향해 활을 쏘며 막아냈다. 다리가 짧고 뚱뚱한 돼지가 날렵한 속도로 날아오는 화살을 낚아채 현종을 보호했다. 옹녀는 숲속으로 들어가 활을 쏘는 자객들을 주먹으로 내리쳤다. 봉황도 숲속에서 날카로운 발톱으로 자객들을 공격했다.

얼마 남지 않은 내관들과 지혜가 현종과 왕후들을 보호하기 위해 주변을 감쌌다. 뜻대로 되지 않자 견양과 자객들은 기습작전을 포기하고 말을 타고 도망쳤다.

"누구 다친 사람은 없느냐?"

작은 싸움이 끝나자 현종이 물었다. 대전내관이 달려와 대답했다.

"죽은 사람보다 도망가 버린 신하들이 많습니다. 저 꼬마 친구들이 아니었다면 우리들 목숨이 위태로울 뻔했습니다."

듣고 있던 지혜가 내관을 쳐다봤다. 그때 중랑장이 말을 타고 현종 옆으로 다가왔다.

"전하! 괜찮으신지요?"

"응, 난 괜찮다. 피해는 없느냐?"

"보시다시피 도망 가버린 사람들이 많습니다."

"미안하구나."

"미안하시다니요. 전하가 무사하시니 불행 중 다행입니다."

"고맙구나."

"저보다는 저 친구들 덕에….."

지혜와 동물들이 불편할 것이라고만 생각했던 중랑장은 의외로 도움을 받아 감사하는 마음이다.

"여기가 어디냐?"

"적성현입니다."

대전내관이 답을 했다.

"적성이라…. 아직 멀리 가지도 못했는데 모두 도망가 버리니….."

현종의 말을 듣고 있던 지혜가 말했다.

"전하, 저자들 속에는 우리를 수차례 죽이려고 했던 자객도 보였습니다."

"그랬구나. 아직도 천추의 잔재들이 살아있다니….."

듣고 있던 중랑장이 말했다.

"지혜야, 저놈들 중에는 무졸 출신의 견양이란 자가 있다. 아마도 궁핍한 세상에 불만이 많은 백성으로 보인다."

"궁핍한 백성이라고요?"

지혜가 궁금해 견양이 어떤 인물인지 물어봤다.

"…."

모두들 침묵으로 일관했다.

"모두가 내 불찰이구나."

현종이 스스로를 탓했다.

"전하, 죄송합니다. 그런 뜻이 아니고….."

중랑장은 고개를 들지 못했다.

"아니다."

"아저씨 말이 맞아요. 왕은 백성을 책임져야 할 의무가 있습니다."

"얘야, 조용히 하거라. 전하! 죽을죄를 지었나이다."

중랑장이 말에서 내려 땅바닥에 무릎을 꿇었다.

"아저씨, 저 애 아니거든요. 그리고 사실이잖아요. 왕이 자기만 생각하면 백성들이 굶어 죽고, 무능하면 전쟁이 나서 적군의 칼과 창에 죽지요."

그 말을 듣고 있던 중랑장이 칼을 빼어들고 지혜 목에 칼끝을 댔다. 그러자 동물 친구들이 지혜를 몸으로 감싸며 보호했다.

"감히, 전하 앞에서 그런 말을 하다니, 넌 죽어 마땅하다!"

"참아라!"

현종은 중랑장을 말렸다.

"전하! 용서하시옵소서."

중랑장은 칼을 거두고 다시 고개를 숙였다.

"맞는 이야기다. 난 그래서 지혜가 좋다. 아무도 솔직하게 말해주지 않거든. 난 왕이라고 해도 아는 것도 배운 것도 없다. 어려서부터 절에서 숨어만 지냈는데 나보고 모든 것을 결정하라고 하니 힘이 드는 거지. 이제 그만 가자."

마음이 무거워진 현종 일행은 좀 더 안전한 땅을 찾아 남으로 내려갔다. '자기만 생각하면 백성이 굶고 무능하면 전쟁이 난다.'라는 지혜의 말이 현종의 머릿속에서 떠나지 않았다.

　현종과 일행들은 그날 저녁 다시 한 번 견양과 자객들의 습격을 받았으나 봉황 때문에 슬기롭게 위기를 넘겼다. 굶주린 백성과 원한 맺힌 자객들의 기습 공격을 연달아 받자, 그나마 남아 있던 신하, 시녀, 일꾼 들은 대부분 도망가 버리고 단지 몇몇 만을 이끌고 초라하기 그지없는 몽진을 해야 했다.

　현종 일행은 위험한 적성현을 벗어나 골짜기가 깊은 숲 속에서 하루를 머무르게 됐다. 현종은 모두가 자고 있는 이른 새벽에 고갯마루에 올라 적성현을 쳐다봤다.

　"전하! 몹시 춥습니다. 어서 내려가시지요."

　대전내관이 말을 했다.

　"섣달 추위라 몹시 바람이 매섭구나."

　"동트기 전이 가장 어둡듯이 섣달 추위가 지나가야 봄이 온다고 하옵니다. 곧 좋은 시절이 올 것입니다."

　"그런 시절이 올까?"

　"전하!"

　그때 중랑장과 지혜가 현종에게 다가왔다. 현종은 두 사람을 보고 눈인사를 했다.

"왠지, 이곳 적성현이 무섭게만 느껴지는구나!"

"이곳 적성현에서 선왕이신 목종께서 놀아가셨습니다."

대전내관이 어렵게 말을 꺼냈다.

"뭐야? 적성에서…?"

"강조 장군이 부하들을 시켜 도망가는 선왕에게 사약을 내렸으나 선왕께서 충주로 가게 해달라고 눈물로 애원을 했다고 합니다. 자진을 거부하자 군사들이 참수해 적성현 뒤뜰에서 불태웠다고 합니다."

"뭣이? 선왕은 부끄럼을 느끼고 스스로 자진을 했다고 그러지 않았느냐?"

"모든 것이 강조 장군의 부하들이 꾸민 이야기입니다."

"선왕이시여! 저의 불충을 용서하시옵소서."

"이런 참혹한 일도 있단 말인가? 흑흑-흑!"

현종은 흐르는 눈물을 주체하지 못했다.

"전하!"

대전내관도 중랑장도 함께 땅바닥에 무릎을 꿇고 슬퍼했다. 지혜는 먼 산을 바라보며 새벽을 밀어내는 아침햇살의 기운을 느꼈다.

먹지도 못하고 두려움 속에서 적성현을 빠져나와 창화현(경기도 양주)이라는 작은 고을에 도착했다. 현종 일행은 그나마 안전한 창화현 관아가 있는 곳으로 갔다. 잠시 후에 지방 호족인 형리가 군사들을 데리고 나타났다.

"전하! 여기까지 오시느라 고생이 많으셨습니다."

"아니오. 이렇게 맞아주셔서 고맙소."

"호위 군사와 시녀도 없이 어가 행렬이 이렇게 초라하다니…. 전하! 전하에게는 그에 걸맞는 절차와 예우가 있어야 하는 법인데 지극한 분이 이런 꼴을 당하시니 너무도 송구스럽습니다."

중랑장과 지혜 그리고 대전내관은 주변을 경계했다.

"아니오. 전쟁 중이니 나라도 이런 험한 꼴은 어쩔 수 없지."

"이곳 창화는 내 손 안에 있습니다. 북한산과 감악산이 있어 풍광이 좋은 고을이지요."

"그러한가? 나를 보필하고 있는 신하들에게 먹을 것을 내주게."

"여기는 산이 많아 한 번 들어오면 나가는 것도 쉽지가 않습니다."

"이보시게. 모두들 허기가 심하니 먹을 것을 좀 주시게."

"오면서 좋은 풍광은 보셨는지요?"

"난 배가 고프네. 여기 있는 나의 식솔들에게 음식을 내주게."

형리는 현종의 물음에 대답은 하지 않고 본인 이야기만

했다.

"전하! 전하는 이 나라의 어버이시지요."

"그렇지."

"전하께서는 제 이름은 아시는지요?"

"…."

현종은 대답을 하지 못했다.

"이곳에서는 제 땅을 밟지 않고 고을을 벗어날 수는 없지요."

"대단하네, 그려. 나보다도 부자일세."

"으하하 하하하! 제가 전하보다 부자입니까?"

중랑장이 둘의 대화에 나섰다.

"무례하구나! 감히 누구 앞이라고 말을 함부로 하는 것이냐?"

"무례하다? 왕이 아비이면 아비가 자식의 이름을 모른다는 것이 말이 된다고 생각하시오?"

"이런 무례한 자가 있나?"

중랑장이 칼을 빼들었다. 지혜도 허기진 배를 붙잡고 형리를 쳐다봤다. 그러자 형리가 크게 웃었다.

"으— 하하하하하! 가소로운지고. 네 놈은 내 손에 있는 파리보다 못한 목숨이다. 여기는 내 땅이고 이곳에서는 내가 왕이다. 내 몸에 손끝만 닿아도 여기 있는 모든 사람들은 벌집이 되고 말 것이다. 감히 여기가 어디라고 죽음을 재촉

하느냐?”

중랑장이 칼을 들고 내리치려 하자 현종이 막아섰다.

“중랑장은 물렀거라! 아비인 내가 신하의 이름을 몰라 미안하게 됐네.”

“어허! 왕이 호족의 이름도 모른다?”

“미안하게 되었네. 내 부탁함세. 내 식솔들에게 음식을 주시게.”

“전쟁 통에 죽는 것도 다반사인데, 배가 고프다고 죽기야 하겠나이까?”

“형리! 농이 지나치지 않은가?”

화가 난 현종의 얼굴빛이 변했다.

“농이 지나치다? 농을 좀 쳐볼까요?”

형리는 잠시 일어나 주변을 살펴봤다. 기다리고 있던 많은 군사들이 칼과 활을 들고 관아 안으로 들어왔다. 현종과 일행들은 크게 놀랐다. 특히 임신 중인 현종의 아내 원정왕후는 그 자리에서 쓰러지고 말았다.

“마마!”

대전내관이 원정왕후에게 다가갔다. 지혜도 원정왕후에게 다가가 보살펴줬다. 현종은 그 자리에서 꼼짝도 않고 앉았다. 중랑장은 현종 옆으로 몸을 움직이고 동물 친구들은 지혜의 얼굴만 쳐다봤다.

“이방! 자네는 가서 거나하게 주안상을 보아 오거라.”

형리의 말을 듣고 이방과 몇몇 사람들이 관아를 빠져 나 갔다. 화로 굳어진 현종의 얼굴이 조금 풀어졌다. 얼마 후에 산해진미로 가득한 상이 들어왔다. 현종을 포함해 일행들과 동물 친구들도 얼굴색이 조금은 밝아졌다.

"상을 가지고 오너라!"

형리가 동헌마루에 상을 놓게 하고 상 중앙에 가서 앉았다.

"전하! 이것이 저기 보이는 돼지 앞다리 고기입니다. 조금 있으면 저놈도 이렇게 되겠지요." 하면서 뜯어 먹었다. 결국 산해진미의 음식상을 형리 혼자 먹었다. 그것을 지켜보는 현종 일행은 극도로 불쾌하고 자존심이 상했다.

"전하! 혹시 하공진이라고 아는지요?"

"상서좌시낭중을 했던 하공진 말이더냐?"

"그러지요. 전하가 왕이 되는데 일조를 했던 하공진말입 니다."

"알고말고. 나의 신하였지."

"그런데, 어찌 신뢰를 깨버리고 유배를 보내셨는지요?"

대전대관이 현종에게 다가와 귓속말을 전했다.

"그자는 내 허락도 없이 동여진을 공격했고 귀화한 여진 백성들을 죽인 자이다. 그러니 유배를 보내는 것이 당연하 지 않느냐?"

두려움과 상처 속에서 현종은 조금씩 안정감을 찾아가는 목소리였다.

"그 일은 류종이 했는데 어찌 죄를 하공진에게 물으셨나요?"

그러자 대전내관이 다시 현종에게 귓속말을 전했다.

"내가 정확한 사정을 모르고 한 일이니 이해를 부탁하네."

"이해라고요? 그 사람은 마음에 치명적인 상처를 입고 말았는데…? 이해를 하면 그 상처가 사라져 버리든가요?"

형리는 상에 있는 닭고기를 들어 현종에게 던져버렸다. 중랑장과 대전내관 그리고 지혜가 현종 옆으로 다가섰다. 그러자 관아에 들어온 군사들이 현종과 사람들에게 활을 겨눴다.

"중랑장과 내관은 물렀거라! 형리! 나를 용서하시게."

"제가 하공진이 아니므로 저에게 용서를 구할 필요는 없지요? 한 가지 일러드리면 현재 하공진은 전하를 죽이기 위해 20여 명을 데리고 이곳으로 오고 있다는 것입니다."

"뭣이라? 하공진이 날 죽이려고 한다고?"

"제가 전하에게 음식을 주지 않아도 목숨을 빼앗지는 않겠지만 그 자는 전하의 목을 달라고 할 것입니다."

그 말을 들은 중랑장이 전하에게 다가와 귓속말을 했다.

"전하! 이자는 능지처참을 해야 할 놈이지만 지금은 안전하게 피하는 것이 상수입니다. 하공진은 제가 아는 자이니…."

"그러자. 우선 이 자리부터 피하자."

"네 놈이. 중랑장이라 했지. 우스운지고. 이 자리를 빨리 도망가자고 했겠지?"

짜증난 형리가 물어봤다.

"아니네, 형리. 우리는 자네의 도움을 받아야 하네. 죽이고 싶도록 미워도 음식을 식솔들에게 부탁하네."

"이봐라. 이방! 여기 있는 음식을 모조리 들고 가서 아랫것들에게 주어라. 그리고 저기 보이는 곰과 돼지를 잡아 군사들에게 나누어 먹이도록 하거라!"

이렇게 말하자 웅녀와 돼지가 지혜에게 말을 했다. 하지만 사람들에게는 동물이 우는 소리처럼 들렸다. 그래서 모두들 웃어버렸다.

"지혜야! 어찌할까?"

웅녀가 지혜에게 물었다. 지혜는 아무도 듣지 못하게 작은 목소리로 여우에게만 말했다.

"여우야! 그냥 따라가라고 해. 여기서는 전하와 왕후들이 계시니 싸우면 안 돼. 내가 신호를 주면 그때 저자들을 혼내주라고 말해줘."

"알았어."

여우는 지혜의 말을 웅녀와 돼지에게 전달해 주었다. 군사들이 웅녀와 돼지를 칼과 창으로 '툭툭!' 치며 어디론가 끌고 갔다. 사람들은 웅녀와 돼지를 끈으로 묶어 나무에 묶어 두었다. 형리가 현종에게 다가오더니 귀에 대고 말했다.

"백성을 버리고 도망가는 왕은 목구멍에 어떤 것도 넣을 자격이 없소."

그 말이 현종에게는 큰 바위가 머리를 내리치는 것처럼 아프게 다가왔다. 현종은 눈물을 쏟고 말았다. 옆에 있던 내관과 중랑장은 현종이 우는 것을 보고 크게 놀랐다. 호족 형리는 동헌을 나가 어디론가 가버렸다.

16. 원정왕후와 하공진

아무것도 먹지 못한 현종과 왕후들은 관아 마루에 앉아 있다. 대전내관과 중랑장, 호위 군사와 궁녀만 몇 있을 뿐이다. 현종이 지혜에게 물었다.

"지혜야! 네가 말하는 〈한국사 이야기〉 책에는 이런 역사도 기록돼 있느냐?"

"아니요. 원래는 천추가 왕이 되고 전하는 죽는 역사인데 마고할매 덕에 바뀌었으니 그건 잘 모르지요."

"마고할매라니?"

"마고할매라? 고려 태조 왕건의 어머니인데 저 남쪽에 있는 지리산에 살고 있어요."

"증조모께서 아직도 살아계셔? 난 본적은 없고 말만 들었는데 우리 증조할머니가 지리산에 아직도 살고 계신다고…."

"말하자면 아주 길어요. 중요한 것은 증조할머니가 전하를 왕으로 세우려는 깊은 뜻을 잘 헤아려야 해요."

"증조할머니가 날 도우려 널 보낸 거란 말이지?"

"그거야, 잘 모르겠네요."

"할머니의 깊은 뜻이 뭘까?"

"우리가 그걸 찾아야 해요. 혹시 형리 저 자가 미우신가요?"

"처음에는 죽이고 싶도록 미웠다."

"지금은?"

"자존심 상한 것을 생각하면 죽이고 싶다. 그런데 내 머릿속에 떼어낼 수 없는 인장을 찍고 말았다."

"인장이 뭔지는 모르지만 전쟁이 끝나면 죽일 건가요?"

"…."

"죽일 건가요?"

지혜는 현종을 빤히 쳐다봤다.

"저놈은 왕을 아비라고 했어. 현명한 왕이라고 해도 어찌 시골 호족의 이름까지 알 수 있겠는가? 왕후들 앞에서 상처받은 수모를 생각하면 죽이고 싶다."

"아니에요. 왕은 절대 자기 백성을 죽이지 않아요."

"…."

현종은 또다시 쇠몽둥이로 맞은 것처럼 충격을 받았다.

"어떠한 이유라도 자기 백성을 죽여서는 안 됩니다."

"…."

그때 중랑장이 다가왔다.

"전하. 이곳을 빠져 나가야 합니다. 형리나 하공진이 오면 위험하오니 첫 닭이 울기 전, 가장 소홀한 틈을 타 몰래 이 곳을 빠져나가야지요. 그러니 준비하고 계십시오. 지혜야! 동물 친구들을 구하러 함께 가자."

"아니요, 됐어요. 제가 가서 데려올게요."

"혼자서?"

"충분해요. 걱정 마세요."

지혜는 여우와 함께 웅녀와 돼지에게 가서 상황을 말해줬다. 몰래 끈을 풀고 지키는 군사들을 제압하고 살며시 동헌으로 왔다. 그들은 우선 사람들 눈에 보이지 않는 곳에 숨었다. 봉황은 관아가 한눈에 보이는 커다란 소나무 위에 앉아 주위를 살펴봤다.

점점 밤이 깊어가고 추위는 뼈끝까지 파고들었다. 현종과 왕후는 덮을 이불도 없이 마루에 웅크리고 앉아 허기진 배를 움켜쥐었다. 관아 밖에서 형리 부하들이 관아 문을 열고 들어오자 봉황이 울음소리로 알려주었다. 지혜는 웅녀와 돼지에게 중랑장을 도와 전투 준비를 시켜놓고 대전내관과 함께 현종과 왕후들을 모시고 뒷문으로 먼저 나갔다.

잠시 뒤에 횃불을 든 형리 부하들이 동헌에 나타났다. 그 뒤로 말을 탄 자객들이 관아 마당으로 들어왔다. 말발굽 소리가 크게 울렸다. 형리 부하들이 횃불을 들고 동헌을 살펴봤지만 아무도 없다. 놀란 형리가 큰 소리를 질렀다.

"아무도 없어. 아무도…. 도대체 어디로 간 거야?"

자객들은 칼을 들고 동헌마루 주변을 뒤지기 시작했다.

"나리! 왕과 왕후들이 뒷문으로 도망쳤습니다."

"그래? 기마 군사들은 쫓아가 꼭 잡아서 데리고 와라."

관아 마당에서 서성거리던 자객들이 말을 타고 쫓아갔다. 그때 중랑장과 웅녀 그리고 돼지가 나타나 자객들을 공격했다. 어두컴컴한 밤에 횃불 든 자객부터 제압하자 동헌은 아수라장이 되고 말았다. 대전내관과 지혜는 현종과 왕후들을 모시고 남문을 빠져나와 숲길로 허겁지겁 도망갔다. 하지만 임신 중인 원정왕후는 몸이 무거운지 거친 숨을 몰아쉬었다.

"마마! 갈 수 있으십니까?"

"가야지요. 근데 우릴 쫓아오는 저 푸른 불빛들은 뭔가요?"

내관이 주변을 살펴봤다. 푸른 불빛들이 여기저기 보였다.

"아마도 늑대들이 우릴 먹잇감으로 생각하고 쫓아오는 모양입니다."

"늑대라고요?"

"왕후들은 내 옆을 벗어나지 마세요."

약해보이는 현종이 당당하게 말했다. 멀리서 말발굽소리
와 함께 고함소리가 들렸다.

"내관! 자네와 지혜는 왕후들을 돌봐 주거라. 내가 저자들
을 유인해 저 아래 숲길로 내려갈 테니 그대들은 골짜기로
피신하거라."

"전하! 너무나 위험합니다. 제가 유인하겠습니다."

"아니다. 내가 할 테니 너희들은 왕후들을 보살펴 주
어라."

현종은 자객을 유인할 목적으로 소리를 내며 달아나기 시
작했다. 말 탄 자객들은 필사적으로 현종을 따라갔다. 하지
만 자객들은 편을 나누어 현종뿐만 아니라 왕후들도 함께
쫓았다. 다급해진 왕후 일행들은 뿔뿔이 흩어지고 말았다.

숲속으로 숨어 들어간 현종은 나무 사이를 허겁지겁 도망
가다 나무뿌리나 돌부리에 걸려 거듭 넘어졌다. 추격자를
피해 도망가다 보니 바위 끝에 도달하고 말았다. 거친 말들
의 숨소리가 가까이서 들려왔다. 현종은 바위를 타고 조금
씩 아래로 내려갔다. 바위 아래 넓은 틈으로 숨어들었다. 쫓
아오던 자객도 가파른 바위 위에 서서 주변을 둘러봤다.

함께 쫓던 늑대들이 떼로 나타나 "우우-, 우우우-!" 하고

소리를 지르자, 놀란 자객이 미끄러지면서 현종이 숨어있는 바위틈 앞으로 굴러 떨어지고 말았다. 떨어진 자객을 죽이려고 현종은 옆구리에 차고 있던 왕검을 꺼내 들었다. 현종과 자객은 서로 눈이 마주쳤다. 문득 지혜가 했던 말이 맴돌았다. '왕은 자기 백성을 죽이지 않아요.' 현종은 떨리는 손을 붙잡고 망설였다. 자객도 현종을 쳐다만 봤다.

"날 쫓지 말거라."라고 말하고 현종은 어둠 속으로 사라졌다.

"여기다!"

자객이 외쳤다. 현종은 다시 도망가기 시작했다. 말을 타고 나타난 자객이 칼을 들고 현종을 내리쳤다. 그때 하늘에서 봉황이 쏜살같이 내려와 현종을 낚아채곤 어디론가 사라져버렸다.

뿔뿔이 흩어진 후에 혼자 남게 된 원정왕후는 부른 배를 안고 숲속에 쓰러졌다. 어둠이 주는 공포감과 적에 대한 두려움으로 극도로 불안한 상태다. 배가 아프지만 참아야만 했다. 그때 어둠속에서 검붉은 연기가 원정왕후를 감쌌다.

"마마! 여기서 뭘 하고 계시는지요?"

연기 속에서 마녀 나림이 물었다. 놀란 원정왕후는 정신이 번쩍 들었다.

"넌, 누구냐?"

"제가 누군지 알 필요는 없고 뱃속에 든 태아만 넘겨주시면 됩니다."

"뭐라고? 그리는 안 된다. 전하의 보위를 이어갈 귀한 몸이니라."

"나에겐 그런 건 아무 의미가 없고 다만 태아만 데려가면 되지요."

원정왕후는 부른 배를 감싸 안았다. 그러자 나림이 검붉은 연기를 천추태후의 형상으로 변하게 하더니 큰 창을 들고 내리쳤다.

"아-악!"

놀란 원정왕후가 소리를 지르며 배를 움켜잡았다.

"오-호라! 천추태후 한 명으론 무섭지 않은 모양이네. 그럼…"

독살 맞고 차가운 천추태후 형상을 여러 개로 만들어 동시에 내리쳤다.

"아-악!"

수십 개의 천추 인형들을 보고 놀란 원정왕후가 기절하고 말았다. 잠시 후에 원정왕후의 가랑이 사이에서 벌건 피가 흘러내렸다.

"으-하하하하하!"

나림이 소리 내어 웃었다. 그때 어디선가 지혜를 태운 봉황이 나타나 나림의 가슴을 날카로운 발톱으로 찍어 눌렀다. 대금을 들고 있는 지혜를 보고 놀란 나림은 순식간에 사라져버렸다. 지혜는 기절한 원정왕후를 보니 눈물이 핑 돌았다. 중랑장, 웅녀와 돼지는 관아에서 형리 군사들과 새벽녘까지 싸웠고, 몽진에 필요한 기물은 아무것도 챙기지 못한 채 몸만 빠져 나왔다.

해가 중천에 떴을 무렵, 현종 일행은 잃어버린 원정왕후와 지혜를 창화현 관아에서 50리 정도 떨어진 숲에서 만날 수 있었다. 호위무사와 궁녀는 도망가고 소수의 사람만이 남게 되었다. 현종과 왕후들 특히, 원정왕후는 매우 아프고 지쳐보였다. 지혜는 원정왕후를 보며 현종에게 말했다.

"전하! 힘들어 갈 수 없으니 숲속에서 쉬어가시지요?"

"그래! 너무 힘이 드는구나. 안전한 곳에서 쉬었다 가자."

현종이 명을 내리자 대전내관은 어디론가 사라졌다가 조롱바가지에 음식과 따뜻한 국물을 담아 가지고 왔다. 지혜는 국물을 담아 원정왕후에게 가져다주었다. 그리고 일행들은 옹기종기 모여 조롱바가지에 담겨진 음식을 나눠 먹었다. 지켜보던 대전내관은 울음을 터트리고 말았다. 먼 산만 바라보고 있던 현종에게 중랑장이 다가왔다.

"지난밤에 공격한 자들은 하공진의 군사로 보이진 않았습니다. 악심을 품은 하공진에게 당할 순 없으니 제가 가서 만나보고 그자의 진정한 뜻을 알아오겠습니다."

"하공진이 어디에 와있는 줄 알고 알아오겠다는 것이냐? 너마저 도망갈까 두렵다."

"제가 전하를 배반한다면 하늘이 반드시 신을 죽일 것입니다."

"중랑장! 난 그대가 감사하고 고맙소. 끝까지 날 지켜주시오."

"여부가 있겠습니까. 목숨을 다해 전하와 왕후들을 지켜내겠습니다. 지혜야! 내가 없는 동안 전하를 부탁한다."

"중랑장 아저씨. 걱정 마세요. 제 친구들이 지킬 것입니다."

"고맙다."

"봉황이 말해 준건데요. 창화현 관아 북쪽에 말 탄 군사들이 오고 있다고 합니다. 아마도 하공진의 군사들이 아닐까 합니다."

"그래, 고맙다. 창화현 관아 북문으로 갈 것이다."

중랑장은 당당했다.

"우리는 저 숲속에 숨어 있을 테니 꼭 살아 돌아 오거라."

"다녀오겠나이다. 전하!"

중랑장은 말을 타고 쏜살같이 창화현 관아 쪽으로 달려갔다. 하늘에서 뱅뱅 돌던 봉황이 내려오자 지혜가 봉황에게 무언가 말을 해줬다. 봉황은 여우를 태우고 하늘로 다시 올라갔다.

지리산 천제단 아래, 괴이한 은행나무가 우뚝 서 있다. 나무줄기의 노란 은행잎이 추운 겨울바람을 이겨내고 있다. 마고할매와 반달은 천제단에 올라 지리산을 덮고 있는 운해를 바라봤다.

"추운데 들어가자."

마고할매가 말을 꺼냈다.

"춥기는. 할매도 이젠 늙었나 봐?"

반달은 마고할매 뒤를 따라갔다. 고목나무 안으로 들어가자 마고할매는 아무 말 없이 벽을 따라 지하로 내려갔다. 작은 빛을 받는 얼음벽이 푸르스름하게 보이더니 왕후들이 모여 조롱바가지에 담겨진 음식을 먹는 모습이 보였다. 마고할매는 차마 볼 수 없다는 듯이 고개를 돌려버렸다.

"지혜야! 중랑장과 사람들이 말을 타고 오고 있어."

봉황이 공중에서 날아 내려와 일행들에게 알려줬다. 20여 명의 말 탄 군사들이 겨울바람을 등지고 오고 있었다. 결국 중랑장은 하공진을 만났고 하공진과 함께 창화현 관아로 가서 잃어버린 기물과 말을 되찾아 가지고 왔다.

하공진은 현종이 몽진했다는 말을 듣고 임금을 보호하기 위해 20여 명의 군사를 데리고 왔다. 아침에 청화현 북쪽 10리 지점에서 거란군 첨병을 만났다고 말했다. 하공진은 거란 첨병들과 전투를 벌려 그들을 물리쳤다는 이야기도 했다.

"귀공은 어찌 사사로운 원한 때문에 날 죽이려고 한단 말인가?"

현종은 하공진에게 아쉬움을 표하며 꾸짖었다.

"전하! 어찌 그런 짓을 하겠습니까? 천부당만부당한 일입니다. 전 전하의 안위가 걱정돼 바로 달려왔을 뿐입니다."

하공진은 땅바닥에 엎드려 호소했다.

"전하! 하공진은 그럴 자가 아닙니다. 욕망에 눈먼 형리라는 자가 꾸며낸 말입니다."

"그렇다면 다행이구나. 지금 거란과의 전쟁은 어떠하더냐?"

"흥화진의 양규 장군이 1천 6백의 우리 군사를 이끌고 함락된 곽주성에 몰래 들어가 거란군 6천을 사살하고 다시 탈환했습니다."

"그거 다행이구나. 역시 양규 장군이야."

"하지만 개경에 들어온 거란 군사들이 궁을 불태웠습니다. 마구 약탈하고 여인들을 겁탈하고 백성들을 처참하게 죽여 그 참상이 차마 눈을 뜨고 볼 수 없었습니다. 앞으로가 더 걱정입니다."

"이런 무자비한 놈들, 백성들이 무슨 죄가 있다고! 내 이

놈들을 용서치 않으리라!"

"전하! 이대로 있다가는 개경 백성뿐만 아니라, 고려 백성들이 무자비한 저놈들 손에 도륙을 당할 것입니다. 지금이라도 화친을 청해 백성들의 죽음을 막아야 합니다."

"대신들이 항복하고자 했으나 난 강감찬 장군의 말을 듣고 반대했다."

"전하! 항복이 아니라 화친을 하는 것입니다. 아마 거란 성종도 곽주성을 빼앗기면서 보급로가 차단돼 추운 겨울을 이겨내기 힘들 것입니다. 양규 장군 덕분에 몽고와 화친할 가능성이 커졌습니다."

"전하! 하공진의 말에 일리가 있습니다. 지금은 백성의 목숨을 구하는 것이 최선입니다."

중랑장이 하공진을 거들었다.

"명분을 찾아야 하지 않겠느냐? 그들이 받아드릴 명분 말이야."

"명분이라? 성종은 강조 장군을 내놓으라며 책임을 묻는 명분을 내세우며 침략했습니다. 이미 강조 장군은 저들 손에 죽었으니 대의명분은 사라졌습니다. 우리는 그 점을 집요하게 파고들어 설득시켜야 합니다."

"그렇다면 누가 간단 말이냐? 제 한 목숨 건지겠다고 대신들 모두 도망가고 말았으니, 이 일을 어쩐단 말이냐?"

"전하! 신이 부족하나 직접 거란에 들어가 화친을 청하겠나이다."

"뭣이라? 자네가 그 호랑이 아가리 속으로 들어간단 말이냐?"

"전하를 위하고 백성을 위한 길이라면 호랑이 아가리가 문제겠습니까? 죽음의 길이라도 마다하지 않을 것입니다."

"고맙다. 하공진이 고려의 충신이로구나."

그때 봉황이 하늘에서 내려왔다. 지혜가 현종에게 다가왔다.

"전하! 거란 군사들이 쫓아오고 있다고 합니다. 어서 이 자리를 피하는 것이 좋겠습니다."

"뭣이라? 거란 군사가…?"

"중랑장! 어서 왕후들을 챙기거라."

"전하! 전 쫓아오는 거란 군사를 괴멸하고 거란 성종에게 가겠습니다. 부디 옥체를 보존하시어야 합니다. 중랑장 자네만 믿네."

"걱정 마시게. 몸조심하시게."

하공진과 20여 명의 군사들은 청화현 쪽으로 달려가고 현종과 원정왕후, 나머지 일행들은 남쪽으로 다급하게 이동했다.

17. 정의를 말하는 전주 백성들

원망에 가득 찬 백성들에게 받은 수모, 천추 잔재 세력의 끈질긴 추격, 거란 군사들의 위협까지 현종은 도망자 신세가 돼 춥고 배고픈 몽진을 계속했다. 창화현을 지나 남경, 광주, 양성, 직산, 천안, 공주, 여양을 거쳐 숱한 난관을 거치며 삼례에 도착했다.

"전하, 전주 절도사 조용곤이 뵙기를 청하고 있습니다."

대전내관이 물어왔다.

"전주 절도사라고?"

"그렇습니다. 전하가 임명하신 절도사이니 가장 믿음이 가는 자입니다."

"내가 임명한 것이 아니고 강조 장군이 했겠지. 내가 무슨 힘이 있었는가?"

"….."

대전내관과 중랑장은 말을 하지 못했다.

"그리하라."

대전내관이 조용곤 전주 절도사를 데리고 왔다.

"전하! 전주 절도사 조용곤이라 하옵니다. 여기까지 오시느라 얼마나 고생이 많으셨습니까? 소신이 죽을죄를 짓고 말았습니다."

"어찌, 자네의 잘못인가? 내가 부덕해 전쟁을 막지 못한 것을….."

"전하! 송구할 따름입니다. 이곳 삼례는 전하가 계시기에는 위험한 곳입니다. 강남도(전라북도 옛 이름)의 감영이 있는 전주로 모시겠습니다. 저만 믿으시면 됩니다."

"고맙네, 고마워. 우리 일행들이 여기까지 오면서 죽을 고비를 수도 없이 넘겨 정신마저 혼미하다네. 특히 원정왕후를 잘 부탁하네."

"전하! 이곳은 농토가 많아 곡식이 많은 고장입니다. 전쟁이 끝날 때까지 전주 감영에 계시면서 몸과 마음을 편히 하시기 바랍니다."

"고맙다. 이제야 두 다리 펴고 잘 수 있겠구나. 중랑장! 전주 감영으로 가세."

"알겠사옵니다. 전하!"

현종 일행은 전주 절도사 조용곤을 따라 전주 감영으로 갔다. 조용곤은 가던 길에 견훤이 만들었던 후백제 완산주 궁터를 보여줬다. 지혜는 후백제 궁터를 바라보던 조용곤의 예사롭지 않은 눈빛을 놓치지 않았다.

전주 감영에 도착한 현종과 왕후들은 배고픔과 추위를 달래며 쉬었다. 중랑장과 지혜도 그동안 쌓인 피로를 풀며 동물 친구들과 편안한 시간을 보냈다. 개경에서 좌승지가 몇 명의 호위 군사들을 데리고 전주 감영으로 왔다. 정월, 겨울 바람이 차기는 해도 남쪽 땅인지라 포근하게 느껴졌다.

여우는 지혜가 누워있는 방으로 들어왔다.

"지혜야! 이상해."

"뭐가 이상해? 편안하고 좋은데…."

"군사들이 작은 방에 모여 있어서 이야기를 들어보았는데, 새로운 나라를 세운다고 해."

"뭐라고? 새로운 나라를?"

"그렇다니깐?"

"내일 어두워진 유시가 되면 후백제 견훤을 숭배하고 그를 추앙하는 나라를 세운다는 거야."

"뭐야? 후백제 견훤을 모셔?"

"난 견훤이 누군지, 후백제가 뭔지 모르겠는데 뭔가 수상해. 무슨 내막인지 잘 모르겠어."

"그래, 완산주 궁터를 바라보던 절도사의 눈빛이 생각나. 어디야? 지금도 있어?"

"응."

여우는 지혜를 데리고 감영 한 쪽에 있는 작은 방으로 갔다. 모두가 잠든 조용한 밤에 작은 불빛이 새어 나오고 있었다. 지혜는 조심스럽게 몸을 낮추고 작은 창문 아래로 숨어들었다. 안에서 들려오는 소리가 정확히 들리지 않아 무슨 말인지 알아듣기 어려웠다. 지혜는 방문 주변을 서성거리다가 안으로 들어갔다.

잠을 이루지 못하던 지혜는 새벽녘에야 잠이 들었다. 날이 밝자, 감영 마당이 갑자기 사람들로 활기가 넘쳤다. 절도사 조용곤도 갑옷을 입고 바삐 움직였다. 객사 뒤에는 음식을 만들기 위해 천으로 임시막사를 쳤다. 아저씨와 아줌마로 보이는 백성들이 음식을 만들고 있다. 좌승지와 중랑장도 일어나 몸을 풀며 마당을 거닐고 있다. 지혜가 중랑장에게 다가갔다.

"중랑장 아저씨! 웬 갑옷이래요?"

지혜가 절도사를 보고 물어봤다.

"그렇지 않아도 나도 다른 사람에게 물어보았다. 전하가 오셔서 경계를 강화했다고 하는구나."

"전하를 보살핀다고요?"

"그래. 고마운 일이지. 승지도 오시고 모처럼 전하와 왕후 마마께서 편안해 하시니 정말 좋구나."

"원정황후 기분은 어떠신가요?"

"전주 절도사 덕에 많이 좋아지셨다. 참으로 다행이다."

뭔가 불안해도 모든 사람들이 좋아하기에 지혜는 불안과 의심을 물리쳤다. 아침부터 감영에서 맛있는 음식을 내주었다. 모두들 배불리 식사를 하고 현종은 승지에게 거란과 전쟁 과정을 물어봤다. 하지만 아무런 대책을 세울 수 없었다. 당분간 전주 감영에서 전쟁의 추이를 지켜보기로 했다.

회화나무가 가득한 평화스러운 전주 감영에 어둠이 밀려왔다. 그때 평화를 깨트리는 군사들의 발걸음과 무기 부딪치는 소리가 들리더니 횃불을 든 군사들이 전주 감영을 에워쌌다. 감영을 둘러싼 수백의 군사들이 창을 땅바닥에 치며 "욱욱욱욱— 욱!" 하는 소리를 질렀다.

"승지! 이게 무슨 소리인가?"

관아에 앉아있던 현종이 물어봤다. 그때 중랑장과 지혜가 승지가 있는 관아 입구로 왔다. 승지와 중랑장, 지혜가 함께 관아로 들어갔다.

"전하! 역모 같습니다."

중랑장이 전하에게 고했다.

"뭣이라? 역모!"

현종과 왕후들이 크게 놀랐다.

"전하! 우선 승지가 데려온 호위 무사들이 문을 걸어 막고는 있으나 중과부적입니다."

"승지와 중랑장이 어떻게 해 보거라."

현종이 말하자 듣고 있던 지혜가 나섰다.

"전하! 위급한 상황을 해결하는 결정은 전하가 하셔야 합니다. 승지와 중랑장도 놀라기는 마찬가지인데 뭘 하란 말입니까? 지금부턴 전하가 판단하고 결정을 하셔야 합니다. 혼자하기 힘들고 어려울 땐 상의하고 논의하면서 풀어가야지요."

"…."

지혜 말을 들은 사람들은 놀란 표정으로 아무도 대꾸하지 못했다. 그때 중랑장이 분위기 반전을 위해 말을 이어갔다.

"전하! 제가 나가서 그들을 만나겠습니다."

현종과 승지는 중랑장을 쳐다봤다. 중랑장이 나가자 지혜도 따라 나갔다. 감영 담 너머에서 군사들이 창을 두드리며 고함을 계속 질렀다. 하지만 그들은 바로 감영으로 들어오지 않았다. 모두 합해 열 명도 안 되는 호위 군사와 지혜 친구들이 수백의 절도사 군사들을 당해낸다는 것은 불가능한 일이었다.

"아저씨! 어떻게 하죠?"

지혜는 관아 문틈으로 밖을 내다보며 물어봤다. 놀란 여우와 봉황은 이미 저 높은 회화나무에 걸터앉아 있고, 웅녀와 돼지는 관심도 없는 모양이었다.

"그러게, 죽음의 고비를 넘기면서 지혜 덕분에 여기까지 왔는데, 아마도 우리의 인연은 여기까지인 것 같구나."

"…."

지혜도 아무 말을 하지 못했다. 감영 밖에서 군사들의 고함소리가 일시에 그치더니 궁중음악 소리가 들려왔다. 지채문과 지혜가 문틈으로 밖을 보자 음악소리에 맞춰 기녀들이 춤을 추고 있었다. 그리고 전주 절도사는 잘 차려진 음식상에 앉아 부하 장수들과 술을 마시고 있다.

"아저씨! 뭐하는 거지요?"

"역모인데…. 왜 저러는지 정확한 이유를 모르니 답답하구나."

"이유라고요?"

"독안에 쥐를 놓고 승리의 기쁨을 최대한 즐기는 것처럼 보이는구나."

"즐겨요?"

"뭣 때문인지는 몰라도 자신의 능력을 과시하고 싶은 모양이야."

"그래요, 어제 여우가 한 말인데, 저들이 견훤을 숭배하는 나라를 세운다고 했대요."

"뭐라? 견훤의 나라…. 이제야 알겠구나. 저놈이 견훤을 구실삼아 전하를 볼모로 잡고 명분을 찾고 있어. 그래서 일부러 독안에 쥐를 잡아 두고 세력과 명분을 키울 시간을 벌고 있는 거야."

"절도사의 군사들이 너무 많아 내 친구들 힘으로도 안 될 것 같아요."

고민을 하던 지혜는 배낭에서 대금을 꺼내 이리저리 만져 봤다. 아무런 반응도 일어나지 않았다. 지혜는 차분하게 앉아 대금을 불어도 밖에서 들리는 풍악 소리에 묻혀 들리지도 않고 아무런 변화도 없었다.

"지혜야. 이렇게 위급한데 웬 대금이냐?"

중랑장이 물어보자 지혜도 민망해지고 말았다. 지혜는 밤하늘에 떠오른 달빛을 보고 한숨만 쉬었다.

"지혜야. 여기서 친구들과 있거라. 다녀올 데가 있다."

"아저씨! 무서워요."

"그냥 당할 순 없다. 뭐라도 해봐야지."

중랑장이 감영 뒷담을 몰래 넘어 어둠속으로 사라졌다. 승지가 지혜 옆으로 왔다.

"중랑장은 어디 갔느냐?"

"그냥 있을 수 없다고 어디론가 갔어요."

"어딜 간단 말이냐? 전하를 지켜야 할 사람이…."

밖에서 풍악소리가 멈추더니 절도사가 다가왔다.

"안에 현종은 있느냐?"

누가 술이 거나하게 취한 목소리로 물어봤다.

"그대는 누구인데 전하에게 예의를 갖추지 않느냐?"

승지가 물어봤다.

"답하는 품세가 승지로구나?"

"그렇다, 네 놈이 전주 절도사 조용곤이구나."

"전주 절도사? 오늘부로 그런 천박한 자리는 사양하겠다. 이곳 완산주는 후백제의 땅이고 견훤이 도읍을 정한 곳이다. 그동안 백여 년 동안 백제를 다시 찾기만을 갈망하고 있었는데 하늘이 도우사 현종이 내 독안에 스스로 들어왔으니 코도 풀지 않고 나라를 얻게 되었구나. 시간이 지나면 전쟁은 끝날 것이고 오늘부로 백제를 부활시켜 새로운 나라를 세울 것이다."

"이런 나쁜 놈! 나라가 위기에 처하면 백성을 구하고 나라를 구하는 것이 당연한 도리일진대 어찌 녹을 먹는 자가 망발을 한단 말이냐?"

"나라에서 뭘 해주었느냐? 백성에게 굶주림 말고 뭘 주었느냐? 그러고도 왕이라고 할 수 있단 말이냐? 전쟁이 나자 도망이나 가는 그런 왕은 우리 집 똥개도 할 수 있다."

"…."

승지는 아무런 말도 하지 못했다.

"승지야! 어찌 말이 없느냐? 네 놈이 생각해도 틀린 말이 아닐 것이다. 왕이란 놈이 자기 목구멍만 채우고 적이 침입하면 백성을 구할 생각은 않고 도망이나 가고…."

"전하는 왕이 되신 지 불과 얼마 되지도 않았느니라."

"승지야! 가서 현종에게 전하거라. 백성을 버리고 도망가는 왕을 생각하면 당장 죽여 버리고 싶다마는 꾹 참고 있다고…. 이 풍악은 내가 주는 마지막 선물이다."

"…."

승지와 지혜는 아무런 대꾸도 하지 못했다. 음악과 춤이 더욱 격렬하게 들리더니 술을 먹고 흥청거리는 군사들 소리도 함께 들렸다.

어둠이 깊어갈수록 감영 밖에는 많은 백성들이 모여들기 시작했다. 백성들이 들고 나온 횃불로 회화나무 형체가 조금씩 되살아났다. 시간이 흘러 중랑장이 어둠 속에서 나타났다.

"아저씨! 어디 갔다 오신 거예요?"

"그냥 죽을 순 없잖아. 물에 빠진 사람이 제일 먼저 할 일이 뭔지 아니?"

"뭔데요?"

"차분해져야 해. 두려울수록 냉철한 용기가 필요하거든."

"냉철한 용기요?"

"그거 지혜로운 판단인데요?"

지혜가 자기를 가리켰다.

"나한테도 필요한 건가?"

"기다려보자."

음악소리도 커지고 군사들의 고함소리도 커져갔다. 절도사 주변으로 횃불을 든 백성들이 한 명 두 명 모이기 시작했다. 그들은 삼삼오오 모여 무언가 논의했다. 어느새, 나이 먹은 어른부터 젊은 아낙들까지 남녀노소 백성들이 기백 명으로 늘어났다. 오로지 횃불만 들고 있었다. 얼큰하게 취기가 오른 조용곤은 과시하고 싶은 욕망이 커져 백성들 앞에 나섰다.

"현종아! 백성들의 명을 받거라. 목구멍은 그만 채우고 백성을 도탄에 빠트린 무능한 현종은 나오거라."

큰소리로 외쳤다. 그러자 중랑장이 감영 문을 열고 나가 절도사를 나무라기 시작했다.

"전주 절도사 조용곤은 듣거라. 너에게 전주 절도사 관직을 내린 분이 전하시는 말씀이다. 어찌 신하가 충을 망각한단 말이냐?"

"충이라 했더냐? 백성을 버린 현종의 목을 끌어내지 않고 기다려주는 것으로 충은 이미 다했다. 이제 무능한 자리에서 내려 오거라."

"전하께서는 남색에 빠져 백성을 고달프게 만든 선왕, 왕가의 품위와 체통을 잊어버린 천추태후, 권력에 눈멀어 적폐를 일삼은 김치양과 유행간 같은 사람을 제거하고 왕위에 오른 분이다. 이것만으로도 새로운 고려를 위해 공이 크신 분이다."

"그것을 현종이 했더냐? 강조 장군이 꼭두각시로 입혀준 것이지."

"그래, 네 놈 말대로 원치는 않았다. 하지만 그게 운명이라 판단하고 받아들였다. 이제 시작인데 기다림도 없단 말이냐?"

"우리는 새로운 세상을 만들 것이다. 백제의 후예로서 말이다."

"조용곤아! 누구를 위한 세상이더냐?"

조용곤이 잠시 머뭇거린다. 음악소리가 들리자 악을 쓰며 말했다.

"조용해. 이놈들아."

악사들에게 갑자기 짜증을 냈다.

"왜 말을 못하느냐?"

"그거야, 당연히 백성과 새로운 백제를 위한 것이다."

"백성을 위한다고…. 그런 놈이 어린 처자를 잡아다가 첩으로 삼고, 죄 없는 백성을 잡아다 몽둥이질 하고, 뇌물을 받아 챙기고, 없는 세금도 걷어내고 그래서 네 놈 창고에만 가득 채웠단 말이냐?"

중랑장의 말에 조용곤은 백성들에게 아니라고 손짓 발짓을 하며 악을 쓰기 시작했다.

"이봐라. 부관! 저놈과 역적의 괴수를 당장 끌어 내거라."

악을 쓰며 병사들을 주먹으로 치고 다녔다.

"조용곤 이놈! 잘 듣거라, 우리 전하가 잘못한 것이 하나 있느니라."

"이제 알겠느냐? 무능한 괴수가 뭘 잘못했는지?"

"그래, 바로 백성들의 피땀을 빨아낸 돈으로 권력을 사고, 믿어준 식솔들의 목구멍에 들어간 재물도 뽑아먹는, 그러고도 부끄러운지도 모르는 너같이 사악한 놈을 절도사로 인명한 것이다."

백성들 속에서 어디선가 웅성웅성하는 소리가 들리기 시작했다. "내 딸년도 잡아갔어!", "죽은 애비의 군포를 받아 갔지!", "우리도 배고프다!" 여기저기서 이런저런 원성들이 쏟아져 나오기 시작했다. 그러자 조용곤이 백성들을 가리키며 말했다.

"헛소리하는 저 늙은이를 없애 버리거라."

몇몇 군사들이 나서려다 멈칫거렸다. 그때 부관이 나섰다.

"절도사 나리의 명이 들리지 않느냐?"

멈칫거리던 군사들이 횃불을 들고 있는 백성들 앞으로 칼과 창을 들고 나아갔다. 화가 난 절도사가 고함을 질렀다.

"모조리 도륙해 버리거라."

화가 난 백성들이 앞으로 다가왔다.

"절도사 나리! 우리가 뭘 잘못했다고 살덩이를 도륙하라 하시는 것입니까? 저자의 말이 틀린 말도 아니고 적이 쳐들어오면 녹봉을 먹는 자가 당연히 군사를 이끌고 나가서 적과 싸워야지. 도망 온 왕을 죽이고 새로운 나라를 세운다는 것이 말이 되지 않잖아요."

"그래, 그건 아니지. 먼저 국난을 극복하는 것이 맞지."

"누가 새로운 나라를 세우라고 했는데?"

"그것도 절도사 나리 혼자 생각 아닌가?"

이런저런 말들이 백성들 속에서 쏟아져 나왔다. 그러자 화가 난 조용곤이 그 노인을 칼로 베어버렸다.

"저 주둥이를 놀리는 자를 포박하라! 더러운 혓바닥을 뽑아라. 부관은 뭐하느냐? 저놈의 주둥이를 벌려라!" 하며 칼을 들고 백성에게 다가갔다.

"뭣들 하느냐? 미친 저놈들을 잡아라!"

부관이 조용곤과 함께 군사들을 다그치자 군사들이 멈칫멈칫 거리며 앞으로 나섰다. 그러자 백성들도 서로 팔짱을 끼고 물러서지 않았다. 군사들도 대열을 정비하고 칼과 창을 바로 세우고 다가섰다. 그러자 백성들이 외치기 시작했다.

"막구야! 애비다. 애비를 찌를 것이냐? 이리 오너라."

"칠석아! 고모랑 애미가 왔다. 이리 와라 이놈아! 멍청한 짓거리 하지 말고…."

전주 감영에 있는 군사들이라 모두 지역 백성들의 자식이고 조카이고 이웃이었다. 그때 조용곤의 부하 장수가 나섰다.

"잘 듣거라. 난 절도사의 부하 장수 상욱이다. 우리가 전하를 죽이는 것은 역모이고 충을 배반하는 것이며, 내 애비와 이웃을 죽이는 것은 효를 버리는 것이다. 고려의 군사로서 부모의 자식으로서 절도사의 역모에 찬성할 수 없다. 나와 뜻을 같이하는 자는 백성들이 있는 쪽으로 와라."

군사들이 다시 흔들리기 시작했다. 여기저기서 "난 내 부모를 못 죽여야.", "나도 못한다.", "난 역적 되기 싫어." 하면서 대부분 상욱 장수가 있는 백성 쪽으로 건너가고 말았다.

"이 나쁜 놈들이, 죽으려고 환장을 했구나. 부관! 모조리 죽여 버려라!"

조용곤의 호령에 부관마저도 멈칫거렸다. 그런 사이에 대부분의 군사들이 백성들이 있는 쪽으로 이동했다. 몽둥이 하나 들지 않고 횃불만 들고 있는 백성들이 조용곤 군사에게 다가서자 몇몇 남은 군사들마저 도망가고 말았다.

"이런 나쁜 놈들! 도망가지 마라."

겁이 난 조용곤도 위세에 밀려 말을 타고 도망가 버렸다. 악사들과 기녀들도 백성들과 함께 당당하게 섰다. 상욱 장수를 중심으로 몇 명이 감영 안에 있는 현종에게 갔다. 상욱 장수는 현종에게 무례함을 용서하고 스스로 현종을 지키는 감영 경비를 섰다.

현종과 왕후들은 한숨도 자지 못하고 새벽이 될 때까지 기다렸다. 날은 더디 샜다. 기다림이 목말라올 때 푸른빛이 회화나무를 조금씩 드러냈다. 현종 일행은 고려를 탄생하게 만든 땅, 2대 혜종 선왕의 고향인 나주를 향해 전주 감영을 떠났다.

은행나무숲

18. 죽음에 항거하는 나주 백성들

전주를 벗어난 현종 일행은 태인 고을을 지나 큰 재를 넘었다. 추위가 한 풀 꺾인 듯했다. 백성들의 눈을 피해 장성 고을에 있는 황룡강변에서 야영을 했다. 하지만 바람 막을 장소가 없어 모질게 추웠다. 허약한 체질의 현종은 극도로 심기가 불편해져 식사마저 하기 힘들 정도였다. 대전내관이 조롱바가지에 죽을 올려도 먹지 못했다. 걱정된 지혜가 현종에게 다가갔다.

"식사를 하셔야지요?"

"…."

"힘을 내셔야 합니다."

"목구멍으로 넘기기가 어렵다. 백성을 통해 나는 나를 비로소 알아가고 있구나."

"세상일은 의지를 가지면 길이 보인다고 배웠어요. 전주 감영에서도 죽었다고 생각했는데…."

"어리석다고 생각했던 백성들이 정의를 말하고 있어."

"저도 많이 놀랐어요."

지혜는 푸념처럼 말하고 그 자리를 떠났다.

지혜는 여우와 함께 봉황을 타고 영산강을 따라 나주 고을을 먼저 돌아보게 되었다. 맑고 아름다운 영산강에 물고기가 많아 봉황은 원 없이 물고기를 낚아채며 먹이 사냥을 했다. 지혜와 여우도 봉황을 타고 물놀이 하는 기분이 매우 상쾌하고 즐거웠다. 해가 어슴푸레 질 무렵, 지혜는 돌아오는 길에 음과 양이 만나는 곳, 담양마을을 하늘에서 보기 위해 살펴봤으나 푸른 호수로 둘러싸인 대장간 마을은 찾을 수 없었다. '이상하다. 여기가 맞는데….' 지혜는 아쉬움을 뒤로 하고 돌아왔다.

현종 일행은 지치고 피곤한 몸을 이끌고 장성 고을을 벗어나 영산강을 따라 나주로 향했다.

"승지, 저기 보이는 산이 무슨 산이냐?"

"전하, 저 산은 서석산(무등산)이라고 하는 산입니다."

"예사롭지 않아 보이는 구나."

"부처님의 위대함을 머금고 있다고 들었습니다."

"산이 큰 잔구처럼 외롭게 서있는 것이 의로운 인물을 품고 있구나."

"어찌 그리 잘 아시는지요?"

"절에 있을 때 큰 스님들에게 들은 귀동냥일세. 어서 가자."

"예, 전하."

현종 일행은 며칠이나 걸어 태조 왕건의 둘째 부인인 장화황후의 고향, 나주에 도착했다. 고을이 보이는 순간, 현종은 "어—엉, 어—엉" 하고 울기 시작했다.

"전하! 무슨 일이신가요?" 놀란 승지가 물어봤다.

"아니다. 그냥 눈물이 나는구나."

아마도 현종은 우여곡절 끝에 도착한 나주가 좋았는지 모른다.

"전하! 저기 황포돛배들이 많이 보이는 포구가 나주 고을입니다."

중랑장이 다가와 설명해 줬다.

"들이 넓어 곡식이 풍부한 금성(나주)은 바다에서 잡은 고깃배들과 장사하는 화물선들이 보시다시피 많은 고을입니다."

승지가 좀 더 자세하게 말해 주었다.

"그렇구나, 활기차 보이는구나. 저 포구 아래 큰 바위가 있는데 그곳으로 가서 좀 쉬자꾸나."

"예, 전하! 모두들 저기 보이는 바위로 가자."

현종 일행은 나주가 한 눈에 보이고 인적이 드문 큰 바위가 있는 곳에 도달했다.

맑은 물이 흐르고 모래사장이 넓은 영산강은 바다처럼 광활해 보였다. 어선부터 화물선까지 수십 척의 배들이 들고 나는 평화로운 포구였다. 그때 어디선가 한 줄기 회오리바람이 '휙' 하고 불어오더니 강물이 큰 폭풍을 만난 듯 심하게 요동치며 풍랑을 일으켰다. 풍랑을 이기지 못한 황포돛이 찢어지고 부러지자 "아— 악!" 하는 비명소리들이 크게 들려왔다.

점점 더 물살이 거칠어지자 뱃사람들이 배를 버리고 물속으로 뛰어들었다. 강가로 나가려고 죽을힘을 다해 물질을 했다. 그때 용처럼 엄청나게 큰 이무기가 배를 휘감아 물속으로 끌고 들어갔다. 또 다른 이무기는 어선을 들이받았다. 어선은 구멍이 나면서 부서지고 말았다. 한참동안 이무기들이 격하게 난동을 부리고 미쳐 날뛰더니 어디론가 사라졌다. 다시 영산강 포구는 아무 일도 없던 것처럼 평온을 찾았다.

지혜는 중랑장 뒤에 숨어 벌벌 떨었다. 중랑장은 지혜 손을 꼭 잡아 주었다. 아무튼 현종 일행은 평화롭게만 보였던 나주 포구가 두렵고 무서웠다. 현종 일행은 놀란 가슴을 쓸어내리며 바위에서 내려와 골짜기 아래로 숨었다. 현종이 물어봤다.

"백성들이 사는 세상은 이렇게 무서운 것이냐?"

그렇게 말하자 승지가 대답했다.

"수백만이 사는 세상이라 괴이하고 두려운 일도 수백만 가지는 될 것입니다."

"이런 위험한 곳에서도 살다니, 백성들은 참으로 대단하구나."

현종은 긴 한숨을 내쉬었다.

"전하! 백성들은 이런 자연보다 인두겁을 더 무서워합니다."

"인두겁이라니?"

"욕심이 목구멍까지 차올라 예의도 부끄럼도 모르는 그런 인두겁 말입니다."

"인간을 말하는 것이냐?"

"인간이라기보다는 권력과 재물을 쥐고 자기 욕심만 채우는 자들입니다. 백성들은 그리 말합니다. 작은 도둑은 고을에 있고, 큰 도둑은 나라에 있다고 말입니다. 김치양과 유행간처럼 국정을 통째로 농단하는 큰 도둑도 있고, 형리 같은 지방호족이나 조용곤 같은 지방관리들처럼 백성을 개돼지로 여겨 부려먹고 피를 빨아 먹는 파렴치한 작은 도둑들도 많습니다."

"그럼, 이 고을에도 작은 도둑이 있을 수 있다는 소리구나."

"그렇습니다. 모르긴 해도 이곳 백성들은 전하가 무서운 것이 아니라 태수가 더 무섭고 두려울 것입니다."

"뭐라? 나보다 태수를…."

"그만큼 그들에게는 먼 큰 쇠망치보다 가까운 주먹이 매서운 것이지요."

"지방관리로 좋은 인재를 파견해야 하겠구나."

"그렇습니다. 백성들에게는 목숨이 달린 중요한 문제입니다."

"난 지혜한데 많은 것을 배웠다. 그중에 모르면 서로 상의하고 논의해서 현명한 결정을 해야 한다는 것도 배웠다. 우리 함께 해보자꾸나."

"전하! 성은이 망극합니다."

대전내관과 중랑장 그리고 지혜가 다가왔다.

"전하! 이곳은 고려 조정과 인연이 깊은 나주 고을입니다. 관아로 가서 신분을 밝히고 그에 맞는 예우를 받으셔야 합니다."

대전내관이 고했다.

"아닙니다. 전주 감영, 창화 관아만 보더라도 조심해야 합니다. 제가 먼저 관아 주변을 살피고 오겠습니다."

중랑장이 말했다.

"아니다, 자네들도 피곤할 테니 해가 질 때까지 여기 있거라. 이제는 내가 그들을 알고 싶구나. 대전내관은 왕후들을 모시고 여기에 있거라. 난 승지와 중랑장을 데리고 평민처럼 비복을 하고 갈 것이다."

"전하! 서운한데요?"

옆에 있던 지혜가 끼어들었다.

"뭐가?"

"저도 함께 가야지요."

"그래, 그래야지. 친구들은 왕후들을 도와주고 함께 가자꾸나."

현종은 승지와 중랑장, 지혜를 데리고 나주 관아로 갔다. 나주 관아에는 포졸과 군사들이 창과 칼을 차고 지키고 있었다. 밤이 되자 한손에는 횃불을, 한손에는 낫이나 곡괭이를 든 백성들이 모여들기 시작했다. 가련해 보이는 민초뿐 아니라 갓과 도포를 입은 유생들도 보였다. 수백 명이 횃불을 들고 관아를 향해 소리쳤다.

"싸릿골 죽음을 책임져라."

"아랑사와 아비사를 살려내라!"

백성들의 원성이 터져 나왔다. 중랑장이 어느 노인에게

물어봤다.

"근데 다들 왜 이 오밤중에 모여 누구한테 항의하는 거요?"

"이 사람이 거란에서 왔나? 관아 앞에서 항의하면 그 대상이 누구겠소?"

"그럼, 태수에게?"

"그렇소, 당신 같은 사람이 있으니 태수가 백성 무서운지를 모르지."

노인은 중랑장을 무시하고 군중 속으로 가버렸다. 중랑장은 이 사람 저 사람을 붙잡고 백성들이 모여 시위하는 이유를 물어봤다. 그때 군중들이 우르르 한쪽으로 몰리며 도망치기 시작했다. 중랑장도 현종을 모시고 이유도 모른 채 백성들과 함께 도망갔다. 승지와 지혜도 군중들에 싸여 어디로 가는지도 모르고 쓸려갔다. 관아 앞에 있던 포졸들과 군사들이 시위하는 백성들에게 몽둥이질을 하며 창으로 찔렀기 때문에 두려워 도망간 것이다.

순식간에 놀란 백성들은 모두 도망가고 관아 앞마당은 텅 비었다. 어디선가 신음소리가 들렸다. 백성들이 피를 흘리며 쓰려졌다. 군사들이 나타나 쓰러진 백성들을 끌고 관아 안으로 데리고 들어갔다. 현종 일행은 끌려가는 백성들을 길모퉁이에 숨어 지켜봤다.

현종은 승지, 중랑장, 대전내관, 지혜와 함께 아망바위에 앉아 멀리 보이는 나주 관아를 바라봤다. 현종이 말을 했다.

"전쟁이 일어나 적한테 죽는 것도 서러운데 백성을 지켜야할 관군들이 백성을 죽이다니 참으로 개탄스럽다."

"전하! 그들을 벌해야 합니다."

"내가 지금 무슨 능력으로…. 왕이라고 해도 아무런 힘이 없으니 더 원망스럽고 부끄럽다."

"….."

"전하! 죽은 시신을 어딘가에 버렸다고 하는데 도무지 찾을 수 없다고 합니다."

"죽은 자를 틀림없이 보았는데…."

"정확한 진의와 안타까운 죽음의 원인을 찾아보자. 그리고 죽은 백성들을 어디에 버렸는지 꼭 알아야 한다."

"알겠습니다."

"중랑장과 지혜는 오늘 밤 안으로 진의를 파악하고 시신들을 찾아야 한다."

"예, 전하."

"그러면, 자네들은 가고 승지는 왕후들을 살펴라. 난 혼자 있고 싶다."

그 길로 중랑장과 지혜는 시전과 관아로 갔다.

나약한 현종은 아망바위에 앉아 스스로의 무능함에 괴로워했다. 나주 포구를 바라보자 한 줄기 눈물이 흘렀다. 어슴푸레 해가 지자, 포구가 어두워지기 시작했다. 나주 관아 앞에는 어제처럼 수없이 많은 횃불이 하나 둘 모여들더니 어느새 백성들의 고함소리가 커지기 시작했다. '저 사람들은 무섭지도 않나?'라며 속으로 중얼거렸다.

그때 어디선가 서글픈 노랫소리가 들리더니 강물에서 큰 이무기 두 마리가 바위를 타고 올라와 현종 앞에 나타났다. 이무기는 현종을 에워싸며 날카로운 눈으로 쳐다봤다. 현종은 버럭 겁이 나서 숨도 쉬기 어려웠다. 이무기가 고개를 들고 현종의 얼굴 앞에서 혀를 날름거렸다. 놀란 현종 앞을 대전내관이 막아섰다. 매섭게 생긴 이무기가 현종을 바라보더니 선남선녀로 변했다.

"전하. 억울해서 구천을 떠돌고 있는 아랑사와 아비사라 합니다. 원한이 깊어 화를 이기지 못해 강물을 휘몰아치게 하니 애꿎은 뱃사람들만 죽어나가고 있습니다."

현종은 아랑사와 아비사의 애절하고 안타까운 사연을 듣고 고려왕으로서 미안함을 느꼈다.

"그래. 그대들의 한을 풀어주려면 내게 힘이 있어야 하는데…."

"왕은 고려에서 가장 힘이 있는 사람 아닌가요?"

"난, 고려의 왕이기는 하나 지금은 힘이 없소"

"전하는 어떤 것도 가능한 분이니 저희들의 원한을 대신 갚아주세요."

"사실, 나는 힘도 권한도 없소. 지금은 거란에 쫓겨 백성을 버리고 도망 다니는 신세라오."

"전하마저 저희를 버리시면 누가 억울한 원한을 풀어주겠습니까?"

"그 말도 맞지만 내겐 능력이 없소. 미안하오."

"으흐흐— 흐흐!"

두 귀신은 하염없이 울다 이무기로 변해 강물 속으로 사라지고 말았다. 현종은 멀리 보이는 관아를 보면서 한동안 그 자리를 떠나지 못했다. 서산에 달이 뜨고 이무기가 되돌아간 나주 포구 강물 위에도 달이 떴다. 현종은 두 개의 밝은 달을 보았다.

중랑장은 관아에 있는 군사들의 흐름과 규모를 파악했고, 지혜는 사건의 경위를 묻고 염탐했다. 중랑장은 희미한 달빛을 등불 삼아 시신을 유기한 장소로 의심되는 곳을 찾아갔다. 관아에서 강을 따라 멀지 않은 여마산 숲으로 들어가자, 어둡고 컴컴한 은행나무 숲에서 썩은 은행 알 냄새가 진동해 그냥 돌아왔다.

지혜와 여우는 나주 태수가 머물고 있는 관아 창문 사이로 들려오는 소리를 듣게 되었다.

"나리! 그러면 날을 잡을까요?"

"그렇게 하거라. 지금은 전쟁 중이라 왕이 도망 다니고 있는데 조정에서 뭘 하겠느냐? 지금이 유일한 기회다. 날이 정해지면 군사를 총동원해 외곽을 완전히 막고 몰살해 버려라."

"결정되면 바로 시행하겠습니다."

"그 누구도 몰라야 한다."

"이번에도 전염병 확산으로 할까요? 아니면 뭘로 몰까요?"

"그건 내가 결정해 말해주겠다. 부하들도 모르게 진짜처럼 모두를 속여야 한다."

"여부가 있겠습니까? 지난번 싸릿골 방화도 직접 제가 했으면 뒷말이 없었을 텐데…."

"이제와서 그런 말이 무슨 소용이냐? 이번에는 네 놈이 하거라."

"알겠습니다. 전에 말씀하신 약조는 지키셔야 합니다."

"알았다. 밝히기는…."

지혜는 나주 태수와 부하 장수의 말을 듣고 소스라치게 놀랐다.

19. 목구멍을 채울 은자 10만냥

날이 새면서 중랑장과 지혜는 골짜기로 돌아왔다. 자고 있는 모습들이 걸인보다 더 초라하게 보였다. 개경에서 천리 정도 떨어진 고을이었는데도 거란 40만 대군의 두려움은 피할 길이 없었는지 민심이 날로 흉흉해지고 있었다. 나주에 오면 편안할 것이라 생각했던 현종 일행의 생각은 착각이었다. 대전내관은 보리밥 약간도 얻기 어려웠다. 조롱박 바닥을 겨우 채운 음식을 서너 사람이 나누어 먹을 정도였다.

허기지고 지친 중랑장과 지혜는 어젯밤에 알아낸 사실을 현종에게 고했다.

"전하! 강 건너 택촌 마을에 아랑사라는 젊은 총각어부가 살았는데, 진부촌에 사는 아비사라는 처자를 사랑해 두 사람은 아망바위에서 만나 사랑을 나누었다고 합니다. 어제 우리가 갔던 바위가 아망바위라고 합니다."

"뭐야? 그곳이…?"

"아비사를 흠모하던 태수 아들이 아랑사를 시기하고 질투한 나머지 아망바위에서 기다리고 있던 아랑사를 물속에 빠트려 죽이고 말았습니다."

"이런 바쁜 놈이 있나. 그래서…."

현종이 안타깝다는 듯이 혀를 찼다.

"아랑사를 너무나 사랑한 아비사가 매일 아망바위에서 기다리던 어느 날, 아랑사를 만나 다시 사랑을 했다고 합니다."

"죽었다면서…."

"그러게요, 이상하게 생각한 태수 아들이 몰래 가보니 아비사가 큰 이무기와 사랑을 나누고 있어 불길한 예감이 들었다고 합니다."

"뭐야? 이무기…?"

"겁이 난 태수 아들이 이무기를 다시 물속에 빠트려 죽였고, 아비사를 싸릿골 마을로 보내 감금시켜 버렸다고 합니다."

"근데, 그 이야기와 관아에 모인 백성들과는 무슨 관계가 있는 것이냐?"

"진짜 문제는 여기부터입니다. 그 싸릿골에 주덕이라는 천석꾼이 살고 있었는데 태수가 그 재산을 뺏어버리고 싶던 차에 태수 아들의 제안을 받아들였다고 합니다."

"무슨 제안?"

"싸릿골에 전염병이 돈다고 소문을 내고 마을을 폐쇄한 다음 아비사와 주덕이를 포함한 마을 백성들을 모두 불태워 죽여 버린 것입니다."

"이런 죽일 놈이 있나? 용서할 수 없는 일이로다. 목숨이 얼마나 소중한 것인데…. 이런 나쁜 놈!"

"더욱 중요한 것은 죽은 시신들이 어디에 묻혔는지도 모른다는 것입니다."

"뭐야? 이런 쳐 죽일 놈이 있나!"

현종은 화를 내며 분노했다. 그것을 본 지혜가 말했다.

"전하! 전하가 화를 내고 있어요!"

모두들 지혜 말을 듣고 크게 놀랐다.

"그래, 내가 분노하고 있구나."

현종은 스스로 겸연쩍은 듯 자기 얼굴을 만져봤다.

"…."

승지와 중랑장도 놀랐다. 하지만 대전내관은 혼자 살며시 미소를 지었다.

"우리가 아망바위에 간 것도, 희한한 이야기의 주인공을 만난 것도 다 연유가 있었구나!"

"전하께서 이무기를 만나셨나요?"

놀란 중랑장이 물어봤다.

"아니, 아니네. 그런 것이 아니라. 이무기의 한 맺힌 원한 이야기를 들어보았다는 거지."

현종은 말을 돌리며 아랑사와 아비사를 불쌍하게 여겼다.

"어제 본 이무기의 원한이 그만큼 크다는 것이고 아직도 억울함을 풀지 못했다는 이야기군요."

승지가 푸념처럼 이야기했다.

"그래서 뱃사람들이 이무기에게 화를 내지 않고 관아로 가서 태수에게 죄를 묻는 것이군요."

중랑장이 승지 말에 대답을 해줬다.

"그랬어. 이제는 사건의 전말을 모두 알았구나. 아, 그리고 거짓말을 해서 미안하구나. 실은 어젯밤에 아랑사와 아비사를 만났다."

꺼림칙했던 현종은 내관을 쳐다보더니 긴 한숨을 쉬었다.

"그래요?"

모두들 놀랐다.

"그건 중요하지 않으니 다음에 이야기하고 중랑장은 계속하거라."

"나쁜 태수를 잡아 혼을 내주고 싶은데, 나주 관아에 군사가 너무 많다는 것이 문제입니다. 태수는 보이지도, 나타나지도 않아 누가 태수인지도 모르는 상황입니다. 그 자를 잡을 방법도 병력도 없습니다. 또한 금성산에 주력 부대가 버티고 있어 양규 장군이 왔다고 해도 막을 방법이 없으니 답답할 뿐입니다."

"그렇다고 가만히 앉아서 쳐다만 볼 수는 없지 않느냐?"

"그렇습니다. 지혜 말을 들어보면 시위하는 백성들을 모조리 죽여 버릴 계획을 가지고 있었습니다. 이게 문제입니다."

"뭐야, 시위하는 백성들을 모조리…? 인간의 탈을 쓴 인두겁 아니 악마로구나."

"그자가 싸릿골 방화사건을 일으켰던 것을 보면 충분히 그러고도 남을 놈입니다."

"큰일이구나. 막아야 한다! 어떻게든 더 많은 백성들의 죽음을 막아야 한다."

현종의 말을 듣고 승지가 조심스럽게 말을 꺼냈다.

"전하! 백성을 구할 방안이 있기는 한데…."

"있으면 어서 말해 보거라."

현종이 승지를 다그쳤다. 승지는 멈칫거리며 말했다.

"전하! 그자들은 전하가 이곳 나주에 오셨는지도 모르고 있습니다. 당연히 우리가 방화사건을 모르고 있다고 생각할 것입니다. 그냥 신분을 밝히고 관아로 들어가 태수를 잡으면 어떨까요?"

듣고 있던 중랑장이 말했다.

"아니 되옵니다. 승지 말대로 들어가 잡을 수는 있으나 우리가 살아나올 수는 없습니다. 그러다가 전하가 다치거나 죽을 수도 있는 위험한 방안입니다."

"그렇습니다. 태수는 사람의 탈을 쓴 악마입니다. 그런 못된 자는 재물 욕심을 채우기 위해 어떤 짓이라도 할 놈입니다. 전주 절도사를 보지 않으셨습니까? 그건 절대 안 됩니다. 차라리 모든 것을 잊어버리고 나주 고을을 떠나는 것이 상책이라고 사료됩니다."

대전내관이 고했다.

"모두의 뜻을 잘 알겠다. 승지 말대로 관아로 들어가 잡는 것은 너무 무모하고, 대전내관 말처럼 다른 고을로 도망가는 것은 이젠 하고 싶지 않구나. 나주 백성들의 아픔을 피하고 싶지 않다. 그들과 고통을 함께하고 싶어."

조용히 듣고 있던 지혜가 말을 했다.

"전하! 신혈사에 계시던 나약하고 허약한 대량원군이 아닌 백성을 진정으로 걱정하시는 전하로 변하시니 저희들은 너무나 좋습니다. 마고할매가 절 왜 보냈는지 이해가 갑니다."

"마고할매가 보내?"

승지와 중랑장이 되물었다.

"그런 것이 있고요. 전 전주 감영에서 죽었다고 생각했는데 중랑장 아저씨의 말이 지금도 생생합니다."

중랑장에게 목례를 했다.

중랑장도 한쪽 눈을 깜박거리며 답을 대신했다.

"뭔데?"

"보시기에 저기 있는 동물들과 대화하는 것이 신기하다고 생각되지요? 근데 저에겐 그런 능력이 어려서부터 있었습니다. 전 저 친구들과 대화를 나누며 많은 도움을 받고 여기까지 왔습니다."

"그것이 어쨌다는 것이냐?"

성격 급한 승지가 대답을 빨리 듣고 싶은 모양이다.

"조금 전에 전하께서 이무기를 만났다고 했습니다. 제가 그 이무기를 만나 이야기를 해보겠습니다."

"무슨 이야기를?"

"승지는 지혜의 말을 너무 다그치지 말거라."

"예, 전하! 송구스럽습니다."

승지가 지혜에게 목례를 했다.

"영산강 포구로만 태수를 나오게 하면 이무기들이 그 자를 잡거나 죽일 수 있습니다."

"그러면 그 자를 어떻게 강으로 유인하지?"

"재물에 눈먼 자라고 했습니다. 우리가 재물이 많다고 소문을 내면 나올 것입니다."

"논리는 맞구나."

현종은 고개를 끄떡였다.

"교활한 태수가 속을까?"

걱정스런 승지가 물어봤다.

"욕심이 목구멍까지 찬 사람은 욕망을 버릴 수 없을 것입니다."

"욕심에 눈이 멀면 이성을 잃게 돼 있다. 중요한 것은 죽은 백성들의 시신을 찾아야 한다. 그래야 백성들이 우릴 믿어줄 것이다."

현종의 말에 다급함이 느껴졌다.

"백성들에게 물어 갔던 곳이 있는데 은행 알 썩은 냄새가 너무 심해서…."

"다시 한 번 가 보거라."

"예, 전하."

지혜는 나주 태수가 영산강 포구로 나올 방안을 순서에 따라 자세하게 설명했다. 모두들 좋은 방안이라고 생각해 실행에 옮기기로 했다. 문제는 시간이었다. 역할을 나누어 빠르게 진행해야만 하는 일이었다.

나주 관아에서 일하는 형방은 휘하 장수들과 주례를 나누고 있는 태수를 만나기 위해 객사로 다급하게 달려갔다.

"나리는 안에 계시느냐?"

"예, 현에 속한 예하 장수들과 주례를 베풀고 계십니다."

"전쟁 통에 뭔 주례? 알았다!"

형방은 안으로 들어갔다. 태수는 술에 취해 얼굴이 벌겋게 달아올라 있었다.

"오, 우리 형방이 여기까지 웬일인고? 요즘 고생이 많지? 나에겐 형방이 최고란 걸 알고 있지?"

"나리! 드릴 말씀이 있습니다."

형방은 작은 소리로 물었다.

"아니, 우리 형방께서 이렇게 소심해서야? 말씀하십시오. 형방 나리!"

태수는 이미 취해 말이 꼬이고 있었다.

"나리! 다음에 보고하겠습니다." 하고 나가려고 하자 태수가 막았다.

"형방! 전쟁보다 더 무서운 일이 뭐가 있겠는가? 이미 전쟁은 터진 상황이니 보고부터 먼저 해보시게."

"나리! 다음에 보고를 올리겠습니다." 하고 나가려하자 태수가 더 큰 소리로 고함을 질렀다.

"형방! 장수들 앞에서 내 말을 무시하는 것이오. 어서 말하시오."

형방이 발길을 멈추고 예를 갖추어 말을 했다.

"나리! 전하께서 이곳에 몽진을 와 계신다고 합니다."

"뭣이라? 전하가 이 먼 나주까지…?"

그 자리에 있는 모든 장수들도 놀라고 말았다.

"그런 정보는 은밀하게 보고해야지. 이 사람이 정신이 지금 있는 거야? 없는 거야?"

형방은 술 취한 태수를 보고 어이가 없어 먼 산을 바라봤다.

"…."

모두들 비틀거리며 자리를 털고 일어나려 했다.

"자 오늘은 이만 하겠소. 다시 연락드리리다."

태수는 형방을 데리고 관아로 갔다.

나주 태수는 비틀거리는 몸을 이끌고 내아에서 서성거렸다. 옆에는 이방과 호방이 서 있고 부관도 있다. 형방에게 보낸 애정과 질타는 이미 망각하고 물만 벌컥벌컥 들이켰다.

"이방은 가서 별장을 데리고 오너라."

"예!" 하고 이방은 방을 나갔다.

"형방은 하나도 숨김없이 더 자세히 말하라."

"전주 절도사에게 잡혀 죽을 고비를 넘기고 일주일 전에 나주로 향했다고 합니다."

"그렇다면 지금은 도착하고도 남을 시간인데…. 어찌 관아가 있는 이곳으로 오지 않는단 말이냐?"

그때 이방이 별장을 데리고 들어왔다.

"제일 중요한 것은 몽진을 떠나면서 은자만 10만량을 가지고 출발했다고 합니다."

"은자 10만량이라고…?"

듣고 있던 태수가 숨도 쉬지 못하고 컥컥거렸다.

"며칠 전에 양강도(전라남도 옛 이름) 담주에서 은자를 배에 실었고 큰 바다로 나갈 계획이라고 들었습니다."

"이제 알겠구나, 전하가 나주로 온다고 해놓고 은자를 실고 남해 바다에 있는 섬으로 가려하는구나. 완벽한 계획이로다. 나 같아도 그렇게 했을 것이다. 그것 때문에 나주 관아에는 오지 않는 거야. 틀림없어."

"별장은 듣거라. 여기 있는 이방, 호방, 형방을 옥에 가두어라."

모두들 의아했다.

"나리! 어찌?"

별장이 놀랐다.

"너도 갇히고 싶은 것이냐?"

"예! 밖에 있는 군사들은 들어와 세 명의 나전들을 포박하고 옥에 가두거라."

"나리! 나리! 이 무슨 난리란 말입니까?"

형방이 강하게 저항했다.

"잠시만 있어라. 내가 끝나면 풀어주마."

군사들이 들어와 나전들을 포박해 데리고 나갔다. 잠시 태수가 서성거리더니 말했다.

"부관과 별장은 잘 듣거라."

"예, 나리!"

"너희들은 나와 전장에서 맺어진 혈맹이다. 세파에 찌든 저런 능구렁이 같은 양아치와는 다르지. 다른 놈은 믿을 수 없다. 오직 너희와 함께할 것이다. 그러니 비밀로 부치고 정예병사 50명만 추려라."

"나리, 어찌 하시려고 그러십니까?"

"보거라. 은자가 10만량이다. 담주에서 배로 출발하면 바로 나주니라. 그 배만 빼앗으면 고려도 살 수 있는 재물이다."

"나리! 감사합니다. 목숨을 걸고 해내겠습니다."

"그래, 너희들을 잊지 않을 것이다. 함께하는 50명에게도 은자라는 말은 하지 말거라. 결국 그 자들도 섬에 가면 죽어야만 할 것이다."

별장과 부관은 잠시 놀랐다. 태수의 얼굴을 쳐다보며 두려움을 느꼈다.

"알겠느냐? 난 너희들만 믿고 할 것이야."

"예, 나리."

"별장은 군사 선발을 맡고 부관은 은자 실은 배를 찾아라."

"예, 태수 나리."

"시간이 없으니 서둘러야 한다. 두 사람은 역할을 나누되

한 치의 실수도 있어서는 안 된다. 정확히 말하면 내일까지 부관은 담주 고을로 가서 은자 실은 배를 찾아라. 별장은 배를 준비하고 군사들을 실어야 한다. 더 이상 누구도 알아서는 안 된다."

"네!"

한편, 다급해진 중랑장은 지혜와 동물 친구들을 데리고 의심스러웠던 은행나무가 심어진 여마산 숲을 다시 찾았다. 은행나무들은 앙상했고 바닥에 떨어진 은행잎들은 누렇게 변했다. 여전히 은행 알 썩는 냄새가 쾌쾌하게 진동하고 있었다. 돼지가 은행나무 숲에 들어서자 땅속을 코로 헤집기 시작했다. 지혜가 여우에게 물어봤다.

"여우야! 돼지가 왜 그러니?"

"내비 둬. 지렁이라도 잡아먹고 싶은 모양이지?"

"돼지야! 그만해."

지혜가 속없어 보이는 돼지에게 소리를 질렀다. 하지만 돼지는 들은 척도 하지 않고 계속 땅을 파고 다녔다. 중랑장과 지혜는 은행나무 주변을 천천히 돌아보며 이상한 곳을 찾아봤다. 하지만 은행잎으로 덮여있어 특별한 곳을 찾지 못했다. 그때 돼지가 온 몸으로 흙을 뒤집어 발로 땅을 거칠게 파기 시작했다.

"돼지가 이상해!"

"그러게, 가보자."

지혜는 중랑장과 함께 돼지가 있는 곳으로 갔다.

"웅녀야 도와줘."

돼지가 웅녀에게 도움을 청하자 웅녀도 돼지처럼 날카로운 손톱을 세우더니 땅을 파기 시작했다. 쌀가마니가 보이기 시작했다. 눈이 커진 중랑장은 침을 한 번 삼켰다. 웅녀가 땅속에 묻힌 쌀가마니를 들추자 독한 냄새가 났다. 웅녀가 가마니 입구를 열자 그 안에 죽은 백성들의 시체가 들어있었다.

"시신들이다."

"으-응."

두려움에 놀란 지혜는 눈물부터 쏟고 말았다. 지혜는 아무 말도 못한 채 눈물만 흘렸다. 웅녀와 돼지는 죽은 백성들을 쌀가마니 위에 조심스럽게 올려놓았다. 모두 여섯 구의 시신이 나왔다. 관아 군졸들이 죽인 저항하는 백성들의 시신이었다. 지혜는 하염없이 울었다. 아마도 죽은 아버지가 생각났는지도 모른다.

모두들 넋을 잃은 채 아무 말도 하지 못하고 앉아 있었다. 정신을 차린 중랑장이 급하게 뛰어가더니 현종을 데리고 왔다. 현종은 죽은 백성들을 보고 그 자리에 풀썩 주저앉고 말았다.

"중랑장은 관아 앞에서 시위하는 실종자 가족들을 몰래

모시고 오너라."

"예, 전하."

"그리고 지혜는 여마산 은행나무 숲에서 시신을 찾았다고 소문을 내거라."

"어찌?"

"못된 태수를 반드시 백성들이 잡도록 해야 한다."

중랑장은 관아 입구로 달려갔고 지혜는 눈물을 머금고 백성들이 많은 시전 저잣거리로 달려갔다. 얼마 지나서 중랑장과 지혜는 유족들과 함께 달려왔다. 시신들을 보고 오열하며 울었다. 벌써 소문을 듣고 달려온 백성들도 있었다. 울먹이던 지혜가 갑자기 나섰다.

"이런 나쁜 태수는 용서가 안 됩니다. 우리가 잊지 말고 못된 태수를 잡을 때까지 머리에 노란 띠를 매고 저항하기로 하지요?"

"그거 아주 좋은 생각이다."

"좋구나, 어린 애송이로 봤는데…."

유족 중 한 명이 말을 했다.

"저 애송이 아니거든요."

"미안하구나. 근데 가난한 백성들이 노란 천을 구할 수 있을는지."

민망해진 유족이 지혜에게 사죄했다.

"예전에 절에 있을 때 배운 것인데, 치자를 삶아서 광목에 염색하면 노란 광목천을 만들 수 있소. 노란 광목이 없는 사람은 여기 있는 노란 은행잎을 가슴에 달도록 하세."

현종이 당당하게 말했다.

"좋습니다. 보아하니 배짝 말라 바람 불면 훅 날아가게 생겼는데 고맙소. 우리의 힘으로 악마를 쫓아내야 합니다. 매일 유시가 되면 노란 머리띠를 매고 관아 앞에 모여 백성의 힘을 보여 줍시다."

"저 못된 악마 같은 태수에게 반드시 죄 값을 물어야 합니다."

유족들은 가족의 시신을 모시고 각자 집으로 돌아갔다. 현종과 일행들은 은행나무 숲에 앉아 청명한 가을 하늘을 쳐다봤다.

"중랑장! 자네는 담주 고을로 올라가 화물선에 나무 궤짝을 싣고 대나무로 위장하는 일을 해야 하네, 어서 가거라."

"예, 전하. 한 치의 소홀함이 없도록 하겠습니다."

"자네 손에 못된 태수의 운명이 달려있네."

중랑장은 은자 10만량의 위장선을 만들기 위해 담주로 올라갔다.

나주 태수의 별장은 금성산성으로 올라가 신체가 건장하고 싸움에 능한 50명의 군사를 뽑아 물자를 싣고 나주 포구로 갔다. 포구에 도착하자 배안에 무기와 음식, 물을 가득 실었다. 마지막으로 군졸들을 배에 태워 전투에 임할 준비를 마쳤다. 부관은 은자를 가득 실은 배를 찾기 위해 말을 타고 담주 고을로 출발했다. 순식간에 전광석처럼 양쪽 모두 임무를 완수했다. 그때 수군거리던 군졸 둘이 별장에게 다가와 물어봤다.

"별장 나리! 뭐 한 가지 물어봐도 될까요?"

군졸이 별장에게 물었다.

"뭔데?"

"태수님께서 백성들을 죽여 은행나무 아래 묻어버렸다는 소문을 들었는데 사실인가요?"

"뭐라고? 난 모르는 이야긴데?"

"고을에 소문이 쫙 퍼졌어요."

"그 말을 누구한데 들은 것이냐?"

"누구라고 할 것도 없이, 어제부터 고을에….."

"그래, 알았다." 하고 별장은 말을 타고 그대로 관아로 달려갔다.

태수는 아사에 앉아 홀로 검을 갈고 있었다.

"나리! 별장입니다."

"들어 오거라."

별장은 아사로 들어가 태수에게 인사를 하고 조심스럽게 말문을 열었다.

"고을에 좋지 않은 소문이 돌고 있습니다."

"떠도는 소문가지고 웬 호들갑인가?"

"그래도 그것이…."

"중요한 일을 눈앞에 두고 있네. 이럴 땐 잡스러운 일에 기운을 잃으면 안 되는 법이니, 한 순간도 잊지 말고 그 일만 생각해야 하네. 나에게 얼마나 중요한 일인지 자네도 잘 알겠지?"

"예, 그렇긴 한데…."

"특별한 일이 아니면 그냥 돌아가 철저하게 준비하거라."

"예."

별장은 말을 하지 못하고 그냥 돌아가려하는데 갑자기 태수가 불러 세웠다.

"아무도 몰라야 하네." 하며 손가락으로 입을 막는 시늉을 했다.

"예, 나리!"

해질 무렵인 유시가 되면 나주 관아에는 많은 백성들이 머리에 노란 띠를 매거나 가슴에 노란 은행잎을 달고 모여들기 시작했다. 우아한 관아 처마 끝에 정월 보름달이 동그랗게 걸리자 울분과 분노에 찬 백성들은 횃불을 높이 들었다.

"싸릿골 죽음에 책임져라!"

"아랑사와 아비사를 살려내라!"

"은행나무 백성을 살려내라!"

하지만 나주 태수도 관아 포졸들도 움직임이 전혀 없었다. 밤이 깊어질 때까지 목청껏 소리치던 백성들은 새벽녘이 되어서야 집으로 돌아갔다. 다음 날도 똑같이 백성들은 모여서 저항을 했다. 나주 고을을 벗어나 인근에 있는 무진주 백성들도 저항에 참여했다.

하루 이틀이 지나도 은자를 실은 배는 내려오지 않았다. 영문도 모른 채 나주 포구 배안에서 기다리던 태수의 군졸들은 답답해지기 시작했다. 초조해진 나주 태수는 하루에도 몇 차례씩 관아와 포구를 오가며 별장의 보고를 받았다.

"부관은 아직 안 왔느냐?"

"예, 아직 소식이 없습니다."

"오늘이 며칠째인고?"

"사흘입니다."

"그래, 소식이 올 때가 되었는데…. 오다보니 머리에 노란 띠를 맨 백성들이 관아 앞에도 있고 시전거리에도 많던데 무슨 일이라도 있는 것이냐?"

"아, 그것이….."

"뭔데 그래?"

"떠도는 소문을 듣고 그러는 것이라 들었습니다."

"무슨 소문?"

"저, 며칠 전에 말씀드리려 했는데…. 나리께서 백성들을 죽여 은행나무에 묻었다는 소문이 퍼져서…."

"어리석은 놈들이구나. 백날 떠들어도 내가 눈도 깜짝 안할 일을 가지고…. 걱정하지 말고 이번 일이나 신경 쓰거라."

"예, 알겠습니다."

태수는 관아에 있는 아사로 돌아갔다. 저녁이 되면 나주 관아에는 많은 백성들이 노란 띠를 매고 모였다. 하지만 나주 관아에서는 지켜만 볼 뿐 아무런 반응이 없었다. 그러자 백성들은 오히려 더 불안해졌다.

사흘이 되자 화물선에 대나무와 죽제품을 가득 실고 영산강을 따라 천천히 내려오는 배가 보였다. 중랑장은 현종을 호위했던 몇 명의 호위무사와 함께 일꾼으로 위장했다. 배가 나타나자 지혜는 아랑사와 아비사를 만나 원한을 풀고 백성을 구할 방안을 설명해 주었다. 배는 천천히 내려오고 있었다. 이 광경을 아망바위 위에서 현종과 지혜가 바라보고 있었다.

"전하! 다행이도 우리가 생각한대로 태수가 걸려들었습니다."

"우리는 군사가 10명도 안되고 태수의 군사는 저리 많아 보이는데 너무 위험하지 않을까?"

"제가 아랑사와 아비사를 만났어요. 태수가 배를 타고 나타나면 우리 배를 공격하기 전에 배를 파괴하고 태수를 잡을 것입니다."

"그랬으면 좋겠다."

"걱정하지 마세요. 문제는 금성산에 있는 군사들이 태수의 악행을 깨닫고 전하 편에 서주어야 하는데 그것이 문제입니다."

"그것은 내 몫이다. 백성을 위해 진정성을 가지고 당당하게 임하려고 한다."

지혜는 현종을 가만히 바라봤다.

"백성을 사랑하는 성군으로 거듭나길 바랍니다."

"고맙다. 만일 내가 살아서 다시 고려의 왕이 된다면 백성의 나라로 만들 것이고, 그렇게 된다면 전부 네 덕일 것이다."

"…."

지혜는 아무 말도 하지 못했다.

"신혈사, 아니 더 깊은 산속에 숨어 지냈다면 내가 얼마나 우둔한지도 모르고 살았을 거야. 생각하면 끔찍하다. 이런 생각을 하게 만들어 주어 정말 고맙다."

"뭘요. 저도 처음엔 전하를 포기하고 돌아가려고 했는데요…."

"그랬구나. 속없이 너의 보물인 대금을 달라고 했

으니…."

문득 배낭에 들어있는 대금과 호리병이 생각났다.

"맞아. 할아버지가 준 것이 있었지."

배낭을 열어 대금과 호리병을 만져봤다.

"이것이 우리를 살렸지요. 아마도 이게 없었으면 마녀가 전하를 죽이려할 때 꼼짝없이 당하고 말았을 것입니다."

"근데, 왜 나를 버리지 않았니?"

"사실은…. 우리 아빠 때문에 그랬어요. 아빠가 고려로 오기 전날 바위에서 떨어져 죽었는데 마고할매가 아빠를 살려 줄 수 있다고 해서 꾹 참고 또 참고 왔어요."

"아, 그래서 어머니도 아버지도 없는 나와 같다고 그랬구나. 그때는 귀담아 듣지 못했는데 이제는 서로 같은 처지라고 생각되는구나."

"일은 사람이 하는 것이라 어떤 사람인지가 중요한 것 같아요. 특히, 나라는 최고 통치자가 누구인가에 따라 완전히 달라져요. 국민은 똑같은데 그 사람의 생각 때문에 세상이 완전히 바뀌고 변하거든요. 제가 살고 있는 대한민국도 한 사람 때문에 엄청난 변화가 일어나고 있어요."

"대한민국?"

"고려가 조선이 되고, 그 다음에 대한제국으로 변해서 제가 살고 있는 대한민국이 되지요."

"신기하구나. 고려가 변하다니!"

"언젠가는 변하지요. 그건 그렇고 전하께서 금성산성에 올라가 그들에게 믿음과 신뢰를 주어야 하는데….”

"태수를 응징하고 백성을 구하고 싶다.”

"그래요. 진정성을 가지세요.”

"자신은 없지만 지혜를 믿고 해 볼 생각이다.”

별장은 군사 50여 명과 포구에 나타나더니 배에 올라탔다. 저 멀리서 대나무를 가득 실은 화물선이 어렴풋이 보였다. 어디선가 태수의 부관이 포구에 나타나 배에 올라탔다. 배에서 누군가와 이야기를 나누고 다시 말을 타고 관아 쪽으로 달려갔다. 잠시 후에 백마를 탄 나주 태수가 포구에 나타나 배에 올라탔다. 그리고 포구에는 잠시 정적이 흘렀다.

인간의 부끄러운 세상을 감추고 싶은지 붉게 물든 황혼이 물위에서 어른거리고 있다. 지혜는 물가로 내려가 이무기에게 배가 내려오고 있음을 알려주었다. 현종은 승지를 데리고 금성산성으로 출발했다.

시간이 지나면서 금빛 노을 속으로 대나무를 실은 화물선이 모습을 드러냈다. 화물선 안에는 일꾼들만 보일 뿐 중랑장은 보이지 않았다. 중랑장은 배 후미에서 키를 잡고 있었다. 화물선이 포구를 지나가는데 태수가 탄 배는 움직이지 않고 그대로 포구에 정박해 있었다. 평화로운 포구에는 뱃사람들이 화물을 정리하며 묵묵히 일을 하고 있을 뿐이었다.

"나리! 저 배가 틀림없습니다. 나무 궤짝 싣는 것을 보았습니다. 대나무와 죽제품으로 위장을 했으나 제 눈으로 확인했습니다."

"그래, 나도 보았다. 이제 은자 10만량은 내 것이다. 좀더 내려가면 돛을 올리고 군사들을 준비시켜라."

"예, 나리."

"배를 가까이 붙이고 갈고리로 얽어매서 끌어 당겨라. 그리고 사다리를 대고 넘어가 일꾼들을 모조리 죽여라. 은자함은 손대지 말고 그대로 싣고 남해 바다로 간다. 영산도로 가면 나의 식솔들이 있으니 그때까지는 비밀로 하거라."

"그러면 군사들은?"

"가면 술과 고기를 몽땅 먹이고 마지막 술에 독약을 탈것이다. 그럼 새벽이면 시체로 변하겠지."

"굳이 그렇게까지…."

"인간은 비밀을 알면 참지 못하는 참으로 묘한 미물이다. 주댕이가 비밀을 담고 그냥 있지를 못해. 비밀이란 알려진 순간 협박과 공갈로 돌아오지. 그리고 조정에서 알면 은자가 내 목을 빼앗아가는 죽음의 빌미가 될 것이다. 그러니 죽일 수밖에…."

"…."

별장은 아무 말도 못하고 멍하니 쳐다만 봤다.

"저놈들은 쓰다 버리면 돼."

태수는 배 안에 숨어있는 군사들을 바라보며 살짝 웃었다.

"그러면 은자는 어디로?"

"다시 배를 그대로 몰고 갈 때가 있다."

"나리! 저기 배가 지나갑니다."

"포구를 벗어나면 공격한다."

중랑장은 아망바위에 서 있는 지혜를 보았다. 지혜가 하얀 천으로 큰 원을 그리자 중랑장은 붉은 깃발을 하나 올렸다. 중랑장의 화물선이 포구를 벗어나려하자 태수가 타고 있는 배에 황포돛이 올라가면서 조금씩 움직이기 시작했다. 하루해가 저물어 가는 시각이라 강 위에 떠있는 배는 중랑장의 배와 태수의 배뿐이었다.

황포돛을 올린 배는 북풍을 받자 배불뚝이처럼 바람을 가득 담았다. 금세 중랑장의 배를 따라 잡았다. 점점 가까이 배를 붙이더니 군사들이 나타나 소리를 지르며 갈고리를 던지고 사다리를 걸치려했다. 그때, 어디선가 황금 노을빛을 깨트리는 날카로운 바람이 휘몰아치더니 강물이 순식간에 용솟음치듯 격하게 요동을 쳤다. 태수 배에 올라탄 군사들은 비명을 지르며 놀랐지만 반면 중랑장의 배에서는 아무 소리도 들리지 않았다.

"별장! 이게 뭔 일이냐?"

"나리! 폭풍이 너무 심해 몸을 가누기도 어렵고 공격하기가 힘듭니다."

"안 된다. 저 배에 올라타야 한다. 어서 군사들을 내몰아라."

"나리! 지금은 어렵습니다."

"이놈이, 강물이 높아봐야 강물이지. 저 배를 놓치면 넌 내 손에 죽는다. 어서 잡아라."

태수는 별장의 멱살을 잡고 뺨을 치며 칼을 빼들고 군사들을 종용했다.

"저 배를 잡아라. 어서!"

시퍼런 칼날에 놀란 군사들이 몸을 일으켜 세웠다. 그때 이무기가 물 위로 튀어 올라 돛을 꼬리로 치자 돛이 '쩌적— 쩍!' 부러져버렸다. 이무기를 본 군사들은 혼비백산하여 칼은 이미 잃어버린 지 오래고 숨기에 바쁘다. 태수도 날아가는 이무기를 쳐다보며 멍해졌다.

"이놈들아! 저건 환상이다. 겁먹지 말고 어서 저 배를 잡아라."

그러는 사이 중랑장의 배는 조금씩 멀어지면서 요동치는 강에서 벗어났다.

"일어나서 저 배를 잡아라."

태수는 칼을 들고 군사들을 위협했다. 군사들이 다시 일어나려 하자, 물속에서 튀어 오른 이무기가 배를 휘감고 태수의 얼굴 앞에서 혀를 내밀며 입맛을 다셨다.

"이놈 태수야! 어찌 인간의 탈을 쓰고 악마보다 못한 짓을 한단 말이냐?"

이무기가 입을 쩍 벌려 잡아먹으려 하자 다른 이무기가 막아서며 혀를 날름거렸다.

"날 불태워 죽이고 넌 편하더냐?"

"내가 한 짓이 아니오, 난 모르는 일이오. 용서하시오. 그건 우리 아들놈이….."

화가 난 이무기가 입을 더 크게 벌렸다.

"아무리 나쁜 놈도 자기 자식은 감싸는 법인데, 네 놈은 그런 부성마저도 없구나."

"…."

"넌 죽어도 싼 놈이다. 백성을 돌보고 지켜야 할 놈이 백성들을 죽이고 재산을 빼앗고, 널 믿어준 사람을 헌신짝처럼 버리고, 심지어는 자식까지 팔아먹는 나쁜 놈이다."

이무기는 태수를 물어 그대로 집어 내던졌다. 갑판 위에 나가떨어진 태수는 힘겹게 일어나 칼을 들고 저항했다.

"덤벼라, 내가 죽기에는 아직 억울하다. 이 좋은 세상을 두고 죽을 수는 없다. 난 그럴 수 없다."

허공에 칼을 휘둘러댔다. 옆에 있던 이무기가 태수를 몸으로 칭칭 감아 압사시키려 했다. 아망바위 위에서 "그러면 안 돼. 죽이지 마."라고 아무리 소리를 질러도 이무기에게는 들리지 않는 모양이다. 지혜는 그 자리에 앉아 대금을 꺼내 불었다. 지혜의 푸른 눈동자에 빛이 오르더니 대금에서 나온 푸른빛이 영산강 강물 위로 퍼져갔다.

태수가 타고 있는 배에 푸른 기운이 감돌자 이무기가 아망바위를 쳐다봤다. 그리고 태수 몸을 쥐어짜던 이무기가 강물을 타고 아망바위로 갔다. 이미 태수는 기절을 해서 움직이지 못했다. 이무기들은 태수를 아망바위 위에 내려놓고 아랑사와 아비사로 변했다. 두 사람은 서로 껴안고 울음을 터트렸다. 그것을 지켜보던 지혜도 울었다. 어느새 영산강에 어둠이 내려 나주 포구를 조용하게 만들었다. 중랑장의 배도 돌아오고 모든 것이 다시 평화롭게 변했다.

20. 횃불 앞에 선 현종

길고도 긴 하루해가 저물어 갔다. 나주 고을에 있는 목사 관아도 금성산성도 횃불로 훤하게 밝혀져 있다. 관아 주변에 자란 은행나무들은 추운 겨울바람을 이기지 못하고 앙상하게 변했다. 수많은 백성들이 노란 머리띠를 매거나 가슴에 빛바랜 노란 은행잎을 달고 횃불을 들었다. 동헌 앞마당에는 나주 태수가 포박 줄에 묶힌 채 마당에 앉아있다. 그 앞에 현종이 우로는 승지와 중랑장을, 좌로는 대전내관과 지혜를 두고 당당하게 서있다. 백성들 사이에서 웅성거리는 소리가 들렸다.

"난 무능하고 나약한 고려의 왕이오."

"뭐라고? 왕이라고?"

놀란 백성들의 웅성거리는 소리가 더욱 커졌다.

"그렇소. 난 고려 백성들에게 전쟁의 고통과 배고픔 그리고 부패한 지방관을 보낸 못난 왕이오."

"배짝도 말랐네. 뭔 왕이 저리도 못났대?"

"임금은 키도 크고 헌칠하니 피부도 미끈미끈할 줄 알았는디? 통 아닌디.

"여기저기서 말들이 쏟아져 나왔다.

"보다시피 배짝 마르고 볼품이라고는 조금도 없는 그런 왕이요."

"뭐. 솔직하기는 하네."

백성의 말에 잠시 머뭇거렸다. 그때 누군가 물었다.

"근디. 전쟁이 나면 개경에서 싸울 일이제. 뭣 헌다고 여기까지 왔다요?"

"거란이 개경 코앞까지 들이닥치자 나 살겠다고 백성들은 버리고 도망을 나와 이곳 나주까지 왔소. 백성들을 생각하면 난 죽어 마땅한 사람이오."

"백성을 버린 것은 군주의 도리가 아닙니다."

어느 유생이 군중 속에서 당당하게 나와 말했다. 그러자 백성들이 다시 "죽을 짓을 했네!", "그러기는 해. 말은 맞지.", "죽어도 싸지.", "백성을 버린 왕이 왕이여?"라며 웅성거렸다.

"그렇소. 난 고려 백성들에게 죄인이오."

현종은 수많은 백성들 앞에서 무릎을 꿇었다. 그러자 백성들이 다시 웅성거리기 시작했다.

"날 죽여주시오."

대전내관과 승지, 중랑장은 놀라 현종을 말렸다.

"전하! 이러시면 아니 되옵니다."

"날 그냥 두시오."

현종은 스스로 죽기를 각오한 자세였다.

"누구라도 좋소. 죽음으로 사죄하고 싶소. 나와서 날 죽이시오."

그러자 어떤 노인이 횃불을 들고 터벅터벅 걸어 나왔다.

"전하! 전하는 죽을죄를 졌습니다. 백성을 버린 왕은 죽어야 마땅하지요. 하지만 어리석은 왕은 백성을 버려도, 보잘 것 없는 백성은 왕을 버리지 못합니다. 전하께서 정녕 죽음으로 사죄하고 싶다면 살아야 합니다. 살아서 백성의 고통과 설움을 보듬어주셔야 합니다."

백성들이 들고 있던 횃불들이 떨렸다.

"아니요, 난 백성을 버리고도 목구멍에 음식 넘어가는 것이 부끄러운지도 몰랐소. 죽어 마땅한 자이니 날 죽여주시오."

그때 누군가 나오더니, "그러고 보니 은행나무 숲에서 우리 가족을 찾아준 분이네?"라고 말하자 사람들이 앞으로 나와 현종을 에워쌌다. 그리고 누군가 말을 했다.

"살아서 백성을 안아주세요." 그러자 "살아서 안으시오! 살아서 안으시오! 살아서 안으시오! 살아서 안으시오!" 하는 백성들의 진심어린 함성소리가 들렸다.

"으흐— 흐흐흐!"

현종은 울고 말았다.

"물은 배를 띄울 수도 있고 빠트릴 수도 있습니다. 물은 백성이요, 배는 군주라 했습니다. 배가 물 무서운지 모르면 결국 침몰하듯이 군주가 백성 무서운지 모르면 죽게 됩니다. 현명하지 못한 군주는 물이 한 방울일 때는 아무것도 아니라고 교만을 떨지만, 물이 모여 강물이 되고 바다가 되면 그때서야 무서움을 알고 후회합니다."

현종은 "어—엉, 어-엉!" 하고 펑펑 울었다. 어디선가 "일어나시오!"라는 말이 들렸다. 하지만 현종의 눈물은 그치지 않았다. 노인이 다가와 일으켜주어도 울면서 일어나지 못했다. "일어나시오!"라는 말이 다시 들리기 시작하더니 더 커지고 많아졌다. 현종은 눈물을 참지 못하고 펑펑 울었다. 노인이 현종의 어깨를 잡아 일으키자 눈물을 머금고 일어났다.

"태어나면서 어머님을 잃었고 다섯 살에 아버님이 돌아가셨소. 12살에 억지로 스님이 돼 토굴에 숨어 살았소. 어느 날 갑자기 고려왕이 되었으나 백성을 모르고 세상도 모르는 무능하기 그지없는 왕이었소. 그러다 거란이 침입해 오자 백성들을 버리고 나살겠다고 도망치고 말았소."

"그래도 당신은 우리 왕이십니다."

누군가 크게 외쳤다.

"나주로 도망 오면서 고려 백성들의 고통과 배고픔을 알았고, 백성들이 좋은 세상을 만들고자 하는 강한 의지와 정의를 품고 있다는 것을 보게 되었소. 보잘 것 없는 나를 다시 태어나게 해 준 사람은 바로 여러분들이오."

백성들의 우는 소리와 함께 박수소리가 들렸다.

"난 다시 태어나고 싶소!"

현종은 힘주어 말했다. 백성들은 박수를 치며 "현종 전하 만세! 현종 전하 만세!" 하고 외쳤다.

"다시 태어나겠소. 적어도 전주와 나주 백성들에게 은혜를 갚기 위해서라도 열심히 살겠소."

"현종 전하 만세! 현종 전하 만세!"

현종은 땅바닥에 얼굴을 묻고 다시 펑펑 울고 말았다. 옆에 있던 승지도 중랑장도 내관도, 그리고 지혜도 모두 따라 울었다. 그때 등에 깃발을 꽂은 전령이 관아 문을 열고 황급히 달려왔다. 동헌 앞에 서 있는 별장에게 달려와 소식을 전했다.

"별장 나리! 거란군의 첨병들이 쳐들어오고 있습니다."

백성들이 동요하기 시작했다.

"거란군이라고? 그 무지막지한 놈들이 여기가 어디라고…."

"왕이 있으니 죽이러 왔겠지."

백성들이 웅성거렸다. 현종이 일어나 말했다.

"놀라지 마시오, 난 조금 전에 그대들과 약속했소. 함께하겠다고. 이제는 도망가지 않을 것이오."

"그래, 싸웁시다. 함께하면 두렵지 않아요."

백성들도 소리를 높였다.

"중랑장은 들어라. 당장 나가 거란군의 규모를 확인하고 상황을 파악하거라. 별장은 금성산성에 알리고 아전들은 백성을 지킬 방어를 갖추어라."

"예, 전하!"

명을 받은 군사들은 일사분란하게 움직였다. 백성들도 현종의 말을 믿고 동요하지 않았다. 그리고 침착하게 움직였다. 시간이 지나고 중랑장이 달려왔다.

"전하! 걱정하지 않으셔도 됩니다. 그들이 거란 군사가 맞으나 거란 성종이 보낸 사절단으로 호위 군사와 함께 왔나이다."

"그래, 사절단이라고?"

"예, 전하."

"나주 고을 백성들이여! 저들은 거란 성종이 보낸 사절단이니 내가 직접 만나 그들과 이야기를 나눌 것이오. 그러니 걱정하지 말고 집으로 돌아가 일상에 충실해 주길 바라오."

이렇게 말하자 백성들은 안심하고 집으로 돌아갔다. 잠시 후, 개경에서 우승지가 군사들을 데리고 내려왔다.

다음날, 거란 사절단은 호위 군사들과 함께 돌아갔다. 우승지가 그동안 전장에 대한 이야기를 상세하게 해주었다. 하공진이 거란 성종을 만나 화친을 위한 물꼬를 텄다고 했다. 양규 장군과 김숙흥 장군, 중랑장 보령 등이 거란군을 습격해 타격을 줘 거란 성종이 철군령을 내리고 퇴각했다고 했다. 그리고 개경 궁궐을 불사르고 수만 명을 노예로 끌고 갔다고 했다. 볼모로 하공진과 고영기를 잡아갔다는 소식을 듣고 현종은 슬퍼했다.

"전하! 당장 개경으로 올라가야 합니다."

우승지가 건의했다.

"그럽시다! 거란군이 퇴각을 했다고 하니 하루라도 빨리 개경으로 돌아가 나라를 다시 일으켜 세웁시다."

현종은 담대하게 의지를 표명했다.

"중랑장은 싸릿골 방화 사건으로 죽은 시신을 찾아야 한다. 나주 백성들이 시신을 찾기 전까지는 시위를 멈출 수 없을 것이다. 꼭 찾아야 한다."

"저도 백방으로 수소문을 했지만 나주 백성들도 답답해합니다."

"찾아야 한다. 그리고 승지는 나주 태수 처리 방안을 찾아보거라."

"예, 전하!"

"난 나주 백성의 고통이 해결되기 전까지는 이곳을 떠날 수 없다. 이제는 시간이 없다."

"난 잠시 다녀올 때가 있으니 기다려다오. 지혜야! 함께 가자."

"잠시 만요."

지혜는 봉황과 돼지에게 귓속말을 전하고 길을 나섰다.

현종과 지혜는 다시 아망바위에 올라 나주 포구와 영산강을 바라봤다. 그때 영산강에 한 줌 바람이 일더니 이무기가 나타나 아망바위로 올라왔다. 이무기 두 마리가 현종을 감싸 돌더니 아랑사와 아비사로 변했다.

"전하! 감사합니다. 이렇게라도 원한을 풀게 해 줘 고맙습니다."

"다행이구나. 모두 여기 있는 지혜 덕분이다."

아랑사와 아비사가 지혜에게 다가와 살포시 끌어안더니 "고마워." 하고 물러났다. 아랑사와 아비사는 현종에게 큰 절을 했다. 일어나면서 공중으로 도약하자 다시 이무기로 변했다. 그러더니 작은 바람을 일으키며 강물 속으로 사라져 버렸다.

"저 둘의 사랑하는 마음은 그물처럼 엮여 있어 평생 헤어짐이 없을 것이다. 난 이곳 전주와 나주에 머물면서 백성들에게 받은 감사함이 너무나도 크다. 그들에게 어떻게 보답을 해야 할지….'"

고을 어른들이 다가왔다.

"전하께서 나주를 떠나신다고 하여 인사하려고 나왔습니다. 부디 강령하시고 만수를 누리시기 바랍니다."

"어르신께서 주신 말씀 절대 잊지 않겠습니다."

"아닙니다. 받아주시어 감사할 뿐입니다."

"제가 부탁이 하나 있습니다."

"말씀하시지요."

"죽은 아랑사와 아비사의 안타까운 원혼을 달래는 제를 올려주었으면 합니다."

"고을 일입니다. 당연히 해야지요."

"감사합니다. 그리고 나주 고을 백성들을 위해 팔관회를 열어 서로 화합하고 미래를 준비하는 지혜로운 백성으로 고려를 지켜주시기 바랍니다."

"멀리서나마 전하와 고려를 위해 그리 하겠습니다."

"전, 싸릿골 방화사건 때 희생당한 시신을 찾기 전까지는 나주를 떠나지 않을 작정입니다. 도와주십시오."

"예, 함께하겠습니다."

어른들은 돌아갔다. 지혜는 포구를 바라봤다.

"전하! 제가 고려에 올 때 어느 할아버지가 대금과 호리병 3개를 주셨습니다. 대금과 2개의 호리병으로 몇 번의 죽을 고비를 벗어났지요. 도저히 대안이 없을 때 호리병 하나를 열어 우리가 살았고, 봉황이 창에 맞아 죽으려 할 때 호리병 하나를 열어 봉황이 살아났습니다."

"아 그래, 생각난다. 아침에 일어나니 봉황이 거짓말처럼 좋아졌지. 그랬었구나."

"그리고 마지막 이 호리병을 전하께 주고 싶습니다."

"이렇게 귀한 것을 내게 준다고?"

"아마도 고려 백성을 위해 언젠가는 필요하리라 생각합니다."

"고맙구나. 나라를 위해 꼭 필요할 때 쓰고 싶구나. 고맙다."

지혜는 마지막 호리병을 현종에게 주었다.

나주 관아 옥사에서 승지와 중랑장이 나주 태수를 만났다. 욕심으로 망한 패인처럼 입을 헤벌리고 눈동자는 초점을 잃어버렸다. 설득하고 협박을 해도 나주 태수는 싸릿골 방화 사건으로 죽은 시신을 어디에 방치했는지 말하지 않았다. 중랑장은 방화 사건과 관련 있는 자들을 잡아들여 관련 증거를 확보하려 했지만 주도면밀하게 처리했는지 증거를 찾을 수 없었다. 지혜도 옥사에 들러 진행 과정을 지켜봤다. 옥사는 분주하게 움직이고 있었다.

"지혜야! 나랑 가자."

여우가 들어왔다.

"어딜?"

"가보면 알아. 봉황하고 돼지가 찾았어."

"뭘? 죽은 시신들 말이야?"

"그래."

"찾았다고? 그럼 사람들에게 알려야지."

"일단, 중랑장 아저씨에게 말하고 함께 가자."

지혜는 여우 말을 듣고 중랑장에게 상황을 설명해 주었다. 지혜는 친구들과 함께 나주 관아에서 무진주 방향으로 40리 정도 떨어진 까마귀가 많이 산다는 오산마을 인근 산으로 갔다. 대나무 숲을 지나 안으로 들어가자 큰 당산나무 아래 괴기스런 당집이 보였다. 빠른 걸음으로 당집을 빠져나오자 바닥이 온통 색 바랜 은행잎으로 덮여있는 앙상한 아름드리 은행나무 숲이 나타났다. 중랑장과 지혜는 여섯 구의 시신이 나온 여마산 은행나무 숲이 생각났다. 머리가 아파왔다. 잿빛 하늘아래 앙상한 은행나무 줄기가 어색하지 않고 주위와 잘 어울렸다. 땅바닥에선 떨어진 은행 알 썩는 냄새가 스멀스멀 올라왔다. 유독, 암나무가 많은 은행나무 숲으로 들어서자 썩은 냄새가 심하게 진동했다.

"저기 보면 조금 다르지?"

"응, 배부른 언덕처럼 부풀어 올랐는데."

"그래, 저기였어. 돼지가 냄새에 예민하잖아."

"그럼, 저기가?"

"사람들은 은행나무 숲에서 나는 은행 알 냄새라고 생각했는데 그곳에 많은 시신들이 묻혀 있었어."

"그러니까 방화로 죽은 사람들이 여기에 묻혀 있는 거야?"

"맞아."

"이런 곳은 있는지도 몰랐네…."

중랑장은 미리 알아내지 못한 아쉬움이 밀려왔다. 결국 은행나무 숲에서 그동안 억울하게 죽어간 많은 사람들의 시신이 발견됐다. 현종도 은행나무 숲으로 달려왔다.

"전하! 여기에…."

"그랬구나. 감쪽같이 속고 말았어."

"예, 은행 알 섞는 냄새에 백성들도 저희도 그만…."

"죽어간 저들이 얼마나 억울했을까?"

"…."

"어서 시신들을 편한 곳에 모시거라."

"예, 전하!"

죽은 시신들을 수레에 실어 따뜻하고 양지바른 언덕에 묘를 만들어 주었다. 현종은 끝까지 백성들과 함께 일을 마무리했다. 나주 태수와 관련자들을 개경 만월대로 압송해 데려갔다.

거란은 압록강을 넘어 돌아갔다. 승지와 중랑장도 현종과 왕후들을 모시고 개경으로 안전하게 돌아왔다.

나주 몽진에서 돌아온 현종 왕은 몰라보게 달라졌다. 전쟁으로 인한 백성의 아픔을 위로했으며, 와해된 중앙정부를 견실하게 다시 세웠고, 농상 중심의 경제 정책과 조세를 균등하게 하는 법안을 마련했다. 국방을 강화하고 다양한 외교 정책으로 송나라 그리고 거란과 동여진의 침략을 슬기롭게 막아 백성의 목숨은 물론, 평화 시대를 유지했다. 거란 침입으로 소실된 고려 선조들의 실록도 새로이 편찬했다.

21. 지리산 마고할매의 약속

지혜와 웅녀, 돼지, 봉황, 여우는 대량원군을 지켜내는 마고할매와의 약속을 지킨 후 지리산 노고단에 있는 천제단으로 돌아왔다. 천제단에 있는 천년 묵은 괴이한 은행나무에는 노란 은행잎이 가득 달려 있었다. 돼지, 봉황, 여우는 마고할매가 마련해 준 맛있는 음식을 먹으며 영웅담을 늘어놓느라 침을 튀겨가며 자랑하기에 바쁘다. 하지만 웅녀에 기댄 지혜는 천제단 바위에 앉아 대금을 불었다.

배가 터질 만큼 먹었을 무렵, 마고할매가 들어왔다. 돼지, 봉황, 여우는 마고할매 치맛자락을 붙잡고 따라다니며 사정을 했다.

"이 놈들아. 그것만은 안 돼. 나 좀 살려주라."

"산신님! 한 번만 들어주세요."

입안에 음식물이 튀는 줄도 모르고 돼지는 크게 외쳤다.

"돼지야! 밥풀 튀여. 그만 해라."

마고할매는 얼굴에 묻은 밥풀을 떼어냈다.

"사람으로 살고 싶어요."

"그러면 산신 세계에서 쫓겨나. 다른 것은 몰라도 그것은 안 돼. 미안하구나."

"산신께서 말씀하신 것을 우리는 죽음을 무릅쓰고 했는데, 이러시면 안 되지요. 우리도 인간처럼 살아보는 것이 소원이라고요. 산신님! 도와주세요."

"야! 조용히 해. 마고할매도 안 돼. 계율을 어기면 또 천년 동안 돌로 묶여 있어야 해. 다른 것을 말해."

반달이 동물들을 다독이며 사정을 해봤다. 동물들은 "아-앙!" 하고 울어버렸다. 그러자 마고할매는 도망가듯이 나가 버렸다. 답답해진 마고할매가 먼 산을 바라보자 바위에 앉아있는 지혜가 보였다. 마고할매는 지혜에게 다가갔다.

"지혜야! 아버지가 보고 싶지? 돌아가면 네가 살던 세상에서는 하루가 지난 것이니, 아버지 시신은 썩지 않은 채로 잘 있을 것이다."

"…"

지혜는 대금을 불던 것을 멈추고 그냥 고개만 숙이고 말았다.

"너에게 너무나 미안하다. 처음 데려올 때 반달이 아빠를 살릴 수 있다고 했다는데….."

"저도 할매에게 아빠를 살려달라고 애원을 하고 싶어요. 예전에는 아빠가 미웠는데 지금은 너무나 불쌍해요."

"미안하구나."

"어른들은 피하고 싶을 때, '미안하다.' 하는데 너무나 무책임해요."

"그러게, 신의 계율을 깨고 인간 세상일에 직접 나섰다가 벌을 받고 돌이 돼버렸어. 천년이 지나 너 때문에 풀려났지만 또 그런 일을 되풀이 할 순 없잖아. 도와주고는 싶은데 어쩔 수 없구나."

"….."

"죽은 것을 다시 살리는 것은 계율 중에서도 절대 해서는 안 되는 일이야. 미안하구나. 지혜야!"

"그러면 할아버지가 준 호리병 약을 쓰면 되지 않을까요? 봉황이 창에 맞아 죽을 뻔했을 때 그 약을 먹고 살았거든요."

"그 약도 죽어버린 이후에는 효능이 없고 또한 네가 사는 세상에서는 약발이 먹히지 않을 것이다."

"너무하잖아요? 반달이 말만 믿고 아빠를 살릴 수 있을 거란 희망으로 어려움을 겪고 여기까지 왔는데….."

"미안해. 지혜야!"

"그냥 가세요. 말하고 싶지 않아요."

지혜는 고개를 돌려버렸다. 민망해진 마고할매는 자리를 떠나 어디론가 사라졌다.

며칠 동안 마고할매는 보이지 않았다. 고목나무 안에서 지혜와 친구들은 답답한 시간을 보내야만 했다. 며칠이 지나 기운이 쭉 빠진 마고할매가 돌아왔다. 돼지, 봉황, 여우는 보자마자 인간이 되게 해달라고 애원을 했다. 마고할매는 모두를 불러 모았다. 지혜와 동물들은 기대감을 가지고 마고할매 앞에 앉았다.

"하늘신을 만나 내가 할 수 있는 최선의 부탁을 했다."

동물들이 박수를 쳤다. 하지만 지혜는 긴장한 얼굴이다.

"어서 말해주세요."

돼지가 나섰다.

"먼저 아무런 요구도 없는 웅녀에게는 가슴에 반달을 달아 줄 것이다. 넌 지리산을 지키는 수호신으로 영원토록 지리산을 지키며 살아라!"

"영원토록 말인가요?"

"그렇다, 넌 지리산이 존재하는 동안 여기서 살 것이다. 그 증표가 바로 반달이니라."

"웅녀는 죽지 않아요? 좋겠다."

돼지가 부러운 표정이다.

"감사합니다. 산신님."

"다음은 돼지, 봉황, 여우이다. 너희들은 광양고을 백운산으로 돌아가 살면서 심신을 맑게 하고 공부도 많이 하여라. 주변에 덕을 베풀고 착하게 살면 인간으로 환생할 수 있다고 말씀하셨다."

"지금 바로 인간이 되는 것은 아니고요?"

"수양을 잘하면 내일에라도 될 수 있다."

"잘못하면요?"

"그거야, 천 년이 걸릴 수도 있지."

"산신님이 '뽕' 하고 당장 해주면 좋을 텐데…."

옆에 있던 반달이 돼지 이마를 때리며 다그쳤다.

"이놈이! 욕심이 과하구나."

반달이 역정을 냈다. 그러자 봉황과 여우도 더 이상 말을 하지 못하고 쳐다봤다. 마고할매는 지혜를 바라봤다. 지혜도 마고할매를 쳐다봤다. 옆에 있던 웅녀가 마고할매에게 물었다.

"그러면 지혜 소원도 들어주시는 거죠?"

"…."

마고할매는 말을 하지 못하고 고개를 떨구고 말았다. 그러자 지혜는 고목나무에서 나와 바위로 가버렸다. 웅녀가 따라가 지혜를 가슴에 안기도록 감싸 안아줬다. 지혜는 웅녀 가슴에서 하염없이 울었다. 마고할매는 멀리서 지혜를 쳐다봤다.

　지혜는 아침 일찍 일어나 배낭을 챙기고 떠날 채비를 했다. 고목나무 앞에는 반달과 돼지, 봉황, 여우가 나와서 헤어짐을 아쉬워했다.

　"마고할매는 어디 가셨어요?"

　"응, 어젯밤에 백두산에 급하게 가셨단다. 너에게 주라고 이 돌멩이를 주고 가셨어."

　투명한 반달 모양 푸른색 돌멩이였다.

　"내가 미워도 가는 것은 봐야지? 다시는…."

　지혜는 주변을 돌아봤다. 천제단 돌탑과 은행나무 그리고 노란 은행잎들이 보였다. 대금을 불던 바위도 보이고 벼락 맞고 타버린 주목나무도 보였다. 친구들과 아쉬운 작별인사를 했다. 인사를 하고 고개를 들자 동자꽃이 주변에 날리며 감싸더니 푸른빛에 휩싸여 지혜와 웅녀가 빛 구름 속으로 빨려들어 갔다.

　지리산 천왕봉 아래 칼바위 아래에 있는 반원모양의 덩어리 속으로 지혜와 웅녀가 떨어졌다. 죽은 아빠의 돌무더기가 눈 덮인 은행 낙엽 사이로 그대로 있었다. 돌무더기를 보는 지혜의 눈에서 눈물이 주르륵 흘러내렸다.

마고할매는 백두산에 가지 않고 고목나무 지하 얼음방에서 명상에 잠겼다. 이미 동자꽃가루가 얼음방을 가득 채우고 있었다. 마고할매의 이마 주름이 깊어지면서 푸른빛들이 불꽃을 일으켰다. 마고할매의 푸른 눈동자에 빛이 일어나더니 얼음벽에서 지혜가 아빠의 돌무더기를 보고 울고 있는 모습이 보였다.

"후회하지 않겠느냐?"

하늘신의 목소리가 들렸다.

"예, 저런 아이도 약속을 지키기 위해 최선을 다했는데, 부끄럽지는 않아야지요? 인간적, 도덕적 책임이라고나 할까요?"

"인간적 책임? 그거 안했다고 누가 잡아가는 것도 아니잖아?"

"가슴에서 느껴지는 작은 양심을 알게 되었어요. 하늘신께서 말씀하신 '인간 세상이 나약하지만은 않다.'라는 말의 뜻을 알 것 같아요."

"우리 마고가 뭘 좀 배웠네!"

"근데 너도 최선을 다했다. 동물 친구들을 위해 힘의 원천인 반달 무늬를 잃었고 산신이 가지는 많은 요술도 버렸다. 고집 부리지 말고 그만하자."

"그 아이의 호수 같은 푸른 눈이 생각나요."

"그만둬라. 네가 무식해도 난 좋다. 그러니 참아라."

"억울하지 않아요."

"…."

동지꽃과 푸른빛이 얼음방을 깅하게 휘이 김썼다. 지혜가 보이는 얼음벽 속으로 동자꽃과 푸른빛이 빨려 들어갔다.

지혜가 있는 반원 모양의 덩어리 안으로 동자꽃가루와 푸른빛이 일어나더니 돌무더기 안으로 파고 들어갔다. 일부는 웅녀 가슴에 붙었다. 웅녀 가슴에 반달 모양의 무늬가 자연스럽게 만들어졌다. 지혜는 웅녀의 반달 무늬를 보고 자기 가슴을 보았다. 지혜는 뽀송뽀송한 동자꽃가루를 한 움큼 쥐고 깊게 들이마셨다. 온 몸이 파르르 떨려오는 전율을 느꼈다. 지혜는 행복해졌다. 그때 돌무더기에서 신음하는 미세한 소리가 들렸다.

"돌무더기를 봐. 소리가 들려!"

"그러게, 움직여!"

놀란 지혜가 멈칫했다.

"웅녀야! 도와줘!"

웅녀와 지혜는 아빠를 덥고 있던 돌을 들어내기 시작했다. 몇 개를 내리자 작은 돌이 꿈틀거리며 움직였다. 돌 틈 사이로 아빠의 모습이 보이더니 "아-!" 하는 신음소리가 더 크게 들렸다.

"아빠! 아빠! 들려?"

"내 딸 목소리가 들리지 그럼 안 들려?"

"아빠! 으-아-앙!"

"내 딸이 울보가 아닌데 하루 사이에 울보가 되었나?"

웅녀는 차근차근 아빠를 덮고 있던 돌을 전부 내려놓았다. 아빠는 얼굴과 몸에 상처가 심했지만 지혜는 무섭지도 징그럽지도 않았다.

"아빠 괜찮아?"

"네가 보기에 괜찮아 보이니? 고개도 돌리기 힘들어."

"다행이야, 살아서. 고마워."

"다행은? 나 지금 죽을 정도로 아파. 어서 구조대를 불러."

"내가 내려가서 119를 부를게. 웅녀야 지켜줘!"

"으아! 곰이다. 아이고…. 지혜야! 조심해."

곰을 보고 아빠가 무서워했다. 지혜는 조금 이상한 생각이 들었다.

"지혜야! 곰이다. 조심하고 내 호주머니에 핸드폰 있어. 꺼내서 119에 전화해."

"아빠 호주머니에 있었어?"

웅녀와 지혜는 서로 바라보고 웃었다. 핸드폰을 꺼내 파워 버튼을 누르고 구조 신고를 했다. 불과 10분 만에 헬리콥터가 날아오는 것이 보였다.

"웅녀야! 어서 피해. 내가 금방 올게."

"그래, 반달 아가씨!"

지혜가 빙긋 웃자, 웅녀는 칼바위 사이로 사라졌다. 헬리콥터에서 내린 아저씨들이 아빠를 싣고 병원으로 데려갔다. 지혜도 헬리콥터를 처음 타봤다.

은행나무숲

22. 전라도 천년, 지혜로 태어나다

청소년을 대상으로 하는 한국사 겨울방학 특강 수업 날이다. 지혜는 규석과 함께 강의 시간 전에 강의실에 도착했다.

"너무 그러지마. 갖다 놓을 거야…."

"한 번만 더 그러면 나한테 죽어! 알았지."

"알았어. 피규어 하나 가지고 나를 아예 도둑을 만드는구먼."

"피규어 하나라니? 죽을래?"

지혜가 주먹을 불끈 쥔다. 그러자 규석이 캡틴아메리카와 왕건 피규어를 진열장 자리에 놓았다. 뒤에서 지혜가 박수를 쳤다. "잘했어. 웅녀."라고 말하자 규석이가 이상하다는 듯이 쳐다봤다.

한국사 선생님이 들어오자, 지혜는 〈한국사 이야기〉 책을
꺼냈다. 문득, 고려 전기 왕조가 궁금해졌다. 지혜는 페이지
를 넘기며 고려왕조실록의 제8대 실록 편을 찾았다.

"진짜 역사도 모르고 가짜를 배우다니, 대한민국 학생들
이 불쌍하다."

고려시대 전기 왕조의 제8대 실록을 찾아 넘겼다. 고려
전기 왕조 구조대를 보았다. 5대 경종, 6대 성종, 7대 목종,
8대 천추태후라고 써졌던 글자가 5대 경종, 6대 성종, 7대
목종, 8대 현종으로 스르르 바뀌어져 갔다.

"뭐야? 이게 왜 이래!"

놀란 지혜는 다시 페이지를 찾아 펴봤다. 책을 다시 펴고,
또 펴도 5대 경종, 6대 성종, 7대 목종, 8대 현종이라 쓰인
페이지만 보였다. 답답해진 지혜는 규석의 〈한국사 이야기〉
책을 보고 놀라고 말았다. 5대 경종, 6대 성종, 7대 목종, 8
대 현종이라고 적혀 있었다. 옆에 있는 다른 친구들 책을 다
찾아 펴보아도 규석의 책과 똑같았다. 지혜는 "뭐야? 내가
미친 건가?"라고 중얼거렸다.

"석아. 고려 5대 경종, 6대 성종, 7대 목종, 8대 왕은 누
구야?"

"너 미쳤냐? 내가 그걸 어떻게 알아…."

"후-, 미치겠네, 며칠 전까지 고려 8대 왕은 유일한 여왕인 천추태후라고 분명히 쓰여 있었는데, 이게 뭐야?"

"자, 수업 시작할게요."

선생님이 강의를 시작하자 지혜가 벌떡 일어나 질문했다.

"선생님, 고려 8대 왕이 누구지요?"

"한국사 박사인 우리 지혜가 모를 리는 없고 선생님을 떠보는 것인가? 자! 강의 시작합시다."

"선생님! 정말 몰라서 그래요. 떠보는 거 아니거든요?"

"지혜야, 장난치지 말고 수업 시작하자."

"선생님! 정말 궁금해서 그래요. 제발 알려주세요."

듣고 있던 선생님은 짜증이 났지만 답을 해줬다.

"고려 제 8대 왕은 현종으로 어려서 부모님을 잃고 절에서 생활을 하다 강조 장군의 정변으로 갑자기 왕위에 오르지요. 처음에는 무능한 왕이었지만 뒤에는 성군으로 고려 왕조의 기틀을 마련한 사람이지요. 사실 무능했던 현종이 갑자기 왜 성군이 되었는지는 모르지만 결론은 고려의 기반을 다진 훌륭한 왕입니다."

"천추태후가 아니고 현종이라고요?"

"뭔 잠꼬대 같은 소리야?"

"현종은 행정 제도를 지금 사용하고 있는 8도 체제로 개편한 왕이야. 전주와 나주의 첫머리 글자를 따서 1018년에 전라도라 지명했어. 정확히 말하면 천 년 전에 전라도가 생긴 것이지."

설명을 듣고 있던 지혜가 기절해 쓰러지고 말았다. 앰뷸런스 소리가 거리를 활보하며 병원으로 달려갔다.

"아빠! 얼마만이지?"

"1년이 조금 못된 것 같은데…."

"그러네, 아빠가 사고 나고 처음이지."

"지혜야, 난 가기 싫어. 곰이 얼마나 무서운데 곰을 보러 갔다고 그래."

"곰이 내 엄마라며?"

"어떻게 곰이 엄마가 되니…. 귀신 씨나락 까먹는 소리 말고."

"난 그 소리를 태어나면서부터 듣고 살았네요."

"모르겠고. 예전에 사고 난 데는 더 가기 싫어. 그리고 퇴원한 지 며칠이나 됐다고 그래."

"미안하지만 내가 싫다고 해도 아빠는 날 데리고 다녔어. 그때 했던 죗값이라고 생각하고 잔소리 말고 따라오세요."

기분이 좋아진 지혜는 아빠를 데리고 험난하기로 유명한 중산리에서 천왕봉 가는 길을 선택했다. 법계사를 지나 올라가는 길은 아이들이 가기에는 무척 힘들고 험난한 코스지만 지혜는 웅녀를 만날 기대감에 아빠를 데리고 올라갔다.

가을에 피는 쑥부쟁이와 자줏빛의 산오이풀, 그리고 보랏빛의 투구꽃, 동자꽃이 천지에 피어있어 지혜는 기쁨을 감출 수 없었다.

"으-음! 동자꽃 냄새 너무 좋아."

"힘들어 죽겠는데 좋기는 뭐가 좋다고…."

"아빠도 맡아봐! 느껴봐야 알지."

손으로 향기를 날려 보냈다.

"미쳤어. 미쳐!"

정상 부근에 다다르자 천년 묵은 주목나무들이 자태를 뽐내고 있다. 신이 난 지혜는 천왕봉을 보고 방향을 틀었다. 칼바위 사이에 있는 웅녀 집을 찾기 위해 비렁길로 접어들었다. 겁이 난 지혜 아빠는 더 이상 따라오지 않고 그 자리에 털썩 주저앉아 버렸다.

"난 여기에 있을 테니 갔다 오시게…."

"어디 가지 말고 그 자리에 있어야 해."

바위를 돌자 사람을 매혹하게 만드는 노란 은행나무 숲이 나타났다. 온통 노란색으로 아름드리 은행나무가 물들어 있었다. 지혜는 은행잎 위로 벌러덩 누웠다. 하늘에서 떨어지는 은행잎이 얼굴 위에 살포시 앉았다. 퀴퀴하게 느껴졌던 은행 알 냄새가 너무나도 구수하고 정겹게만 느껴졌다. 지혜는 겹겹이 쌓여있는 은행잎에 누워 그때를 생각했다. 갑자기 보고 싶은 갈망이 목구멍에 차올라 몸을 바삐 움직였다. 지혜가 조금 더 돌아가자 칼바위 사이에 있는 웅녀집이 보였다.

"웅녀야! 웅녀야!"

지혜가 불러도 아무런 인기척이 없었다.

"웅녀야!"

다시 불러도 대답이 없었다. 익숙한 냄새와 숨소리가 들렸다.

"이러면, 얼굴도 안보고 내려간다."

그때 웅녀가 뒤에서 지혜를 꽉 껴안아 주었다. 지혜와 웅녀는 배고픈 줄도 모르고 많은 시간을 함께 보냈다. 해가 뉘엿뉘엿 넘어가려 했다.

"지혜야, 늦었어. 그만가자. 곧 해가 지려고 해. 어서가자."

바위 너머에서 아빠의 목소리가 들려왔다.

"알았어. 기다려."

지혜는 웅녀와 아쉬운 작별을 하고 지리산을 내려갔다.

지리산 천왕봉 주변에 은빛구름이 일어나더니 구름 사이로 강렬한 햇살이 천왕봉 봉우리를 비춰줬다.

"지혜야, 저기 봐. 하늘에서 햇살이 내려와. 너무 멋지다."

"그러게."

지혜의 얼굴이 갑자기 굳어졌다.

"지혜야, 왜 그래. 어디 아파?"

"아니야."

지혜는 아무 말도 못하고 쳐다만 봤다. 강렬한 햇살이 서서히 지리산 천왕봉을 감싸더니 먹구름 사이로 동자꽃 꽃불이 내려앉았다.

"우와, 멋지다!"

아빠는 감탄을 연발했다. 마른하늘에 날벼락처럼 하늘에서 우레 같은 천둥과 함께 강력한 벼락이 천왕봉에 떨어지더니 정상에 있던 돌덩이들이 천 길 낭떠러지 아래로 무너져 내렸다.

"아이고 할매!"

지혜 가슴도 무너져 내렸다. 지혜는 그 자리에 주저앉고 말았다. 천왕봉을 휘감았던 비수 같은 굉음마저 시간이 지나자 사라져버려 아쉬웠다. 바람결을 타고 노란 은행잎과 동자꽃가루가 지혜 콧등을 스치며 사뿐히 내려앉았다. 지혜는 은행잎과 동자꽃가루를 한 움큼 쥐고 긴 숨을 들이마셨다. 시간의 채취가 그대로 느껴졌다. 소리 없이 밀려오는 지리산의 어둠이 지혜를 숨기고 있었다. 지혜는 지리산의 어둠을 가슴에 담았다. 처절하게 살아온 서글픈 백성들의 아픔도, 지혜(智慧)도 온몸에 품고 내려왔다.

은행나무숲